Bonnie Bryant

der Sattelclub™

Drei Mädchen gründen einen Club

Veronicas Fehler

Band 1 und 2

Bonnie Bryant

Drei Mädchen gründen einen Club

Veronicas Fehler

Band 1 und 2

Aus dem Amerikanischen übersetzt
von Brigitte Barbacsy

Ravensburger Buchverlag

MIX
Papier aus verantwortungsvollen Quellen
FSC® C006701
FSC www.fsc.org

Als Ravensburger Taschenbuch Band 54928 erschienen 2012

Die Originalausgaben erschienen 1988 bei Bantam Books, a division of Bantam Doubleday Dell Publishing Group Inc., New York unter den Titeln „The Saddle Club – Horse Crazy“ und „The Saddle Club – Horse Shy“

Published by arrangement with Bantam Doubleday Dell Publishing Group Inc., New York, New York, USA

Die deutschen Erstausgaben erschienen 1993 unter den Titeln „Sattelclub – Drei Mädchen gründen einen Club“ und „Sattelclub – Veronicas Fehler“ im Ravensburger Buchverlag

Umschlagfoto: Gabriele Kärcher
Sattelclub-Logo: © 2012 Crawford Productions Pty Ltd and Protocol Entertainment Inc.
KIKA-Logo: Verwendung unter freundlicher Genehmigung des Kinderkanals von ARD und ZDF, © KI.KA 2011
Umschlagdesign: Claudia Stein und Eva Bender

1 2 3 4 15 14 13 12

Printed in Germany

ISBN 978-3-473-54928-3

www.ravensburger.de
www.saddleclubtv.com

Für Marilyn E. Marlow

Drei Mädchen gründen einen Club

1

„… und das ist mein letztes Wort, Stevie!“ Damit hatte ihre Mutter mit Nachdruck die Zimmertür geschlossen. Noch lange klangen diese Worte Stevie Lake in den Ohren. Sie kannte ihre Mutter; sie meinte, was sie sagte. Hatte Mrs Lake erst einmal einen Entschluss gefasst, war sie ebenso eigensinnig wie ihre Tochter.

Stevie warf sich auf ihr Bett. „Wie ich es hasse, wenn sie mich Stevie nennt“, maulte sie. Madonna, ihre Katze, ließ sich am Fußende des Bettes nieder, und Stevie streichelte sie gedankenverloren. Sie musste sich jetzt etwas einfallen lassen. Ihre Eltern hatten ihr klar zu verstehen gegeben, dass sie an dem Dreitageritt in drei Wochen nicht teilnehmen dürfe, wenn sie wieder so schlechte Noten nach Hause brächte. Dann würden sie nämlich diesen Ausflug nicht bezahlen. Stevie sollte endlich beweisen, dass sie die Schule ernst nähme.

„Ausflug“ war leicht untertrieben, dachte Stevie. Der Ausritt in die Berge mit Zeltlager wurde jedes Jahr zum Abschluss der Turniersaison veranstaltet. Seit Monaten war er Gesprächsthema Nummer eins unter den Freundinnen im Reitstall. Hauptsächlich aber sprach sie darüber mit ihrer besten Freundin, Carole Hanson. Sogar ihr Gepäck hatten sie Stück für Stück durchgesprochen. Sie musste einfach dabei sein!

Stevie seufzte. Natürlich konnte sie bessere Noten schreiben, wenn sie wirklich wollte. Sie war nicht dumm, nur tat sie eben lieber das, was sie interessierte. Und das waren nicht gerade die Schularbeiten. Mit Mathe hatte sie allerdings Schwierigkeiten. Zu allem Übel musste sie in drei Wochen ein schriftliches Mathereferat über Dezimalzahlen und Prozentsätze abliefern, das für die Mathenote im Zeugnis ausschlaggebend war. Und dieses Zeugnis gab es genau einen Tag vor dem Ausritt! Aber wie sollte sie ausgerechnet mit einer Arbeit in Mathe ihre Noten verbessern?

Sie grübelte. Vielleicht sollte sie die Arbeit über die Hobbyfischzucht ihres Bruders Michael schreiben und täglich zählen, wie viele kleine Fische hinzugekommen waren? Daraus könnte sie Prozentsätze errechnen und Dezimalzahlen darstellen. Viel zu langweilig, entschied sie und verwarf die Idee. Sie konnte natürlich auch ein wenig im Büro ihres Vaters arbeiten. Er hatte viel mit Zahlen zu tun. Aber dann überlegte sie, welche Folgen es für ihren Vater haben könnte, wenn sie Fehler machen würde. Also auch keine Lösung.

Was konnte sie tun? Gab es denn keinen Ausweg? Doch! Ihre Eltern hatten zwar gesagt, sie würden bei schlechten Noten den Reitausflug nicht bezahlen, aber Stevie konnte doch selbst dafür aufkommen! Sie hatte immerhin ein paar Dollar in ihrem Sparschwein, aber nicht genug für diesen Ausritt mit zwei Übernachtungen. Ihr Taschengeld war regelmäßig in wenigen Tagen verbraucht. Alex, ihr Zwillingsbruder, tröstete sie immer mit der Erkenntnis, dass die Woche eben zu viele Tage hätte. Vom Taschengeld etwas zu sparen war daher unmöglich.

Aber sie konnte doch Geld verdienen und es für den Ausritt sparen! Das war die Lösung! Jetzt wurde Stevie lebendig. Ihr Hirn arbeitete fieberhaft. Es gab doch unzählige Dinge, die sie für die Leute in der Nachbarschaft erledigen konnte. Und dafür würde man sie bezahlen! Zwar hatte sie bis jetzt noch nie versucht, Geld zu verdienen, aber viele ihrer Mitschülerinnen hatten kleine Jobs. Also konnte es so schwierig nicht sein. Stevie ließ ihrer Fantasie freien Lauf. Sie sah sich Einkaufskörbe schleppen, Hunde spazieren führen und auf Babys aufpassen. Sie konnte ihren Freundinnen unangenehme Haushaltspflichten abnehmen oder für Leute, die in Urlaub waren, Blumen gießen. Es gab viele Möglichkeiten.

Madonnas beharrliches Miauen an der Zimmertür riss sie aus ihren Gedanken. Stevie sprang vom Bett und öffnete Madonna die Tür. Die Katze wand sich aus dem Zimmer und ging mit elegant aufgestelltem Schweif die Treppe hinunter. Und auch Stevie, jetzt in bester Stimmung, lief in die Küche und half ihrer Mutter bei den Vorbereitungen zum Mittagessen. Sie musste nämlich gleich nach dem Essen zur Reitstunde. Darauf freute sie sich immer. Außerdem würde sie dort Carole treffen, die bestimmt auch noch Ideen hatte, wie sie Geld verdienen konnte. Es sah jedenfalls nicht mehr so trostlos aus.

Carole Hanson war bereits im Stall. Ihr Vater, der Oberst bei der Marineinfanterie war, hatte an diesem Nachmittag Dienst. Da er derzeit in Quantico bei Washington stationiert war, musste er seine Tochter schon zwei Stunden vor der Reitstunde in Pine Hollow abliefern. Dafür entschuldigte er sich immer bei seiner Tochter, aber Carole beteuerte ihm, dass ihr das überhaupt nichts ausmache. Sie war immer gern dort; ja sie hielt sich nirgends lieber auf als in Pine Hollow.

Carole gefiel die Reitanlage, zu der 25 Pferde gehörten. Der Stall war u-förmig gebaut; an den beiden Längsseiten befanden sich die Pferdeboxen. Die kurze Seite bot Platz für die Sattelkammer, in der Sättel und Zaumzeuge untergebracht waren, sowie die Gerätekammer für das

Putzzeug, die Heu- und Mistgabeln sowie Stallbesen. Schließlich gab es noch die Futterkammer, wo Hafer und ein paar Ballen Heu lagerten. Carole konnte Stunden damit zubringen, von Box zu Box zu gehen, die Pferde zu tätscheln und mit ihnen zu reden. Max Regnery sah darin nur Zeitvergeudung. Max war der Besitzer der Anlage. Sein Großvater hatte sie seinem Vater und dieser ihm vererbt. Auf den ersten Blick wirkte Max locker und sehr ruhig, aber seine Schüler wussten genau, dass ihn nichts so sehr irritierte, als müßiges Herumstehen. Carole durfte sich immer im Stall aufhalten – solange sie sich nützlich machte. Heute arbeitete sie in der Sattelkammer. Sie hatte auf einen Sattelbock vor sich einen Sattel gelegt, den sie mit einem feuchten Schwamm und Sattelseife abrieb. Es gefiel ihr, wie durch die Seife das stumpfe Leder wieder glänzend wurde.

Carole Hanson war, wie Stevie, zwölf Jahre alt. Sie hatte eine zarte Figur und dunkelbraune, lebhafte Augen. Ihre gelockten, schwarzen, schulterlangen Haare trug sie meist offen, nur für Reitwettbewerbe flocht sie sich einen Zopf und steckte ihn hoch.

Pferde waren Caroles ganzer Lebensinhalt. Später einmal, wenn sie erwachsen war, würde sie ihren eigenen Reitstall haben. Das wusste sie jetzt schon.

Ihre Freundin Stevie kam meist in letzter Minute in den Stall, aber Carole war jetzt trotzdem nicht allein.

Während sie arbeitete, plauderte sie mit der Mutter von Max, die von allen liebevoll Mrs Reg genannt wurde.

„Dad hat sich doch tatsächlich entschuldigt, weil er mich heute schon so früh hier abliefern musste. Seltsam, immer wieder versichert er mir, dass ihm dies leidtut und jenes ..."

„Es ist ihm eben so zumute, Carole", sagte Mrs Reg sanft.

Carole dachte nach. Es stimmte. Ihr Vater war niedergeschlagen, seit Caroles Mutter vor sechs Monaten an Krebs gestorben war. Auch sie vermisste ihre Mutter schmerzlich.

„Es ist nicht nur Trauer, Mrs Reg", entgegnete Carole.

„Ja, dein Vater leidet darunter, dass er dir nicht gleichzeitig Vater und Mutter sein kann."

„Aber das erwarte ich doch gar nicht von ihm", protestierte Carole.

„Dann musst du versuchen, ihm das zu sagen", riet ihr Mrs Reg.

Carole vergaß den Sattel und überlegte, wie sie ihrem Vater erklären sollte, dass sie durchaus nicht mehr von ihm erwartete, als er ohnehin für sie tat.

„Mrs Reg", sagte sie schließlich mit fester Stimme. Die freundliche Dame sah sie an. „Haben Sie je den Ausspruch gehört: Ein Oberst lässt sich von einem kleinen Soldaten nicht belehren?"

Mrs Reg lachte und nickte. „Okay, dann musst du dich eben gedulden. Mit der Zeit wird er seine Tochter kennenlernen."

Carole nahm den gereinigten Sattel hoch und hob ihn auf den Halter. Dann holte sie das Zaumzeug herunter, das über dem Sattel hing.

„Wenn du das Zaumzeug gereinigt hast, brauche ich dich in der Bahn", rief ihr Max im Vorübergehen zu. Er führte Patch, einen schwarz-weißen Schecken, in die Halle. Carole stutzte und schaute ihm nach. Max und dem Pferd folgten ein Mädchen, das Carole irgendwie bekannt vorkam, und eine Dame, die anscheinend die Mutter des Mädchens war. Das Mädchen war zart, hatte welliges braunes Haar und eine kleine Stupsnase mit Sommersprossen. Sie sah niedlich aus und blickte mit klugen Augen um sich.

Jetzt fiel Carole auch der Name der neuen Reitschülerin ein. Sie hieß Lisa Atwood und besuchte, wie sie, die Willow Creek Junior Highschool, nur die nächsthöhere Klasse. Carole hatte sie bis jetzt nur nicht beachtet. In der Schule hatte sie das selbstbewusste Auftreten einer guten Schülerin, aber hier im Stall bewegte sie sich unsicher und schien sich in ihrer Haut nicht sehr wohlzufühlen. Carole beschloss, das Zaumzeug im Schnellverfahren zu reinigen, um dann zu sehen, was in der Halle vor sich ging.

Zögernd folgte Lisa ihrer Mutter in die Reithalle. Sie kam sich fehl am Platz vor. Mrs Atwood dagegen unterhielt sich angeregt mit Mr Regnery über die Reiterei. Sie schwärmte von dem Naturtalent seiner künftigen Schülerin, die den Reitsport über alles liebte, bereits unzählige Lehrbücher über die Reiterei verschlungen hatte und nur noch eines endgültigen Schliffs bedurfte.

„Erst kürzlich hat sie bei einem Wettbewerb ein blaues Band gewonnen", erklärte Mrs Atwood abschließend.

Erst jetzt begriff Lisa, dass sie das gepriesene, von der Reiterei besessene Naturtalent sein sollte, von dem ihre Mutter schwärmte. Und der Wettbewerb? Ach, das war ein Ponyreiten im Zoo gewesen. Sie war damals vier Jahre alt gewesen, und alle Kinder hatten blaue Schleifen bekommen!

Lisa seufzte. Da sie in der Schule die Klassenbeste war, schien ihre Mutter zu erwarten, dass sie auch sonst überall besser als die anderen war. Jeden Montag besuchte sie eine Ballettschule, am Mittwoch einen Malkurs und am Freitag spielte sie Tennis. Nun stand anscheinend dienstags und samstags noch Reiten auf dem Programm. Noch störte sie die hektische Betriebsamkeit ihrer Mutter nicht weiter, Lisa fand sie nur langsam etwas albern. Und manchmal, wie jetzt gerade, schämte sie sich ein wenig.

Letztes Wochenende hatten sie im Reitsportgeschäft Stunden damit verbracht, ihre Reitausstattung auszuwählen. Lisa steckte in einer modischen Reithose und in glänzend schwarzen Reitstiefeln, die bis zu den Knien reichten. Außerdem trug sie eine weiße Baumwollbluse und ein Halstuch, das mit Pferden bedruckt war. Ihr blaues Reitjackett war über den Hüften leicht ausgestellt. Sie trug eine mit schwarzem Samt bezogene Reitkappe. Ein Paar schwarze Reithandschuhe aus Leder vervollständigten ihre Ausstattung. So wie sie aussah, hätte man glauben können, sie würde gleich im berühmten New Yorker Madison Square Garden starten. Lisa dagegen kam sich vor wie eine Schaufensterpuppe.

Max Regnery wartete gelassen, während Mrs Atwood ihre Lobreden über Lisa abspulte. Er hielt Patchs Zügel in der rechten Hand. Lisa stand links von ihm. Noch während Mrs Atwood redete, wandte sich Max seiner neuen Schülerin zu. Bestimmt fand er ihre Mutter komisch, und Lisa spürte, dass sie errötete. Während er Mrs Atwood verständnisvoll zunickte, zwinkerte er Lisa zu. Er hatte also ihre Mutter durchschaut! Er war in Ordnung. Als Mrs Atwood endlich schwieg, fragte Max: „Bist du schon oft geritten, Lisa?"

„Nur Ponys im Zoo und einmal bei einem Ausflug. Das heißt, ich kann mit einem Pferd im Schritt gehen und bringe es auch zum Stehen", sagte sie und ignorierte den starren Blick ihrer Mutter.

„Okay, dann wollen wir einmal sehen, was du im Zoo

gelernt hast", entgegnete er. Dann zeigte er ihr, wie man auf ein Pferd aufsitzt, und schon befand sie sich im Sattel.

„Gut", lobte Max. Sie fühlte sich prächtig. Was sie aber noch mehr freute, war, dass dieser Mann ihre Mutter nicht ernst nahm, und es störte ihn offenbar nicht, dass sie keine Ahnung von Pferden hatte. Langsam entspannte sich Lisa. Vielleicht war Reiten doch nicht so übel.

In diesem Augenblick sah Lisa ein Mädchen in die Reithalle kommen. Auch sie trug Reithosen und hohe Reitstiefel, die aber schon lange den Glanz der Neuheit eingebüßt hatten. Dieses hochgewachsene, schlanke Mädchen fühlte sich sichtlich wohl in seinen Kleidern – nicht kostümiert, wie Lisa sich vorkam.

„Lisa", sagte Max. „Darf ich dir Carole Hanson vorstellen?"

Er deutete auf das Mädchen. „Wenn unsere neuen Reiterinnen die Einführungsstunden absolviert haben, lasse ich sie mit gleichaltrigen Mädchen in einer Gruppe reiten. Du wirst in Caroles Gruppe sein, deshalb sollt ihr euch auch gleich kennenlernen."

„Wir kennen uns vom Sehen, Max", sagte Carole. „Wir gehen auf dieselbe Schule."

Lisa sah sie erstaunt an, dann erkannte sie das Mädchen. In der Schule wirkte Carole immer etwas schusselig. Blätter, Hefte und Stifte umgaben sie in ziemlicher

Unordnung. Hier im Stall jedoch schien Carole gelöst und selbstbewusst. Sie gefiel Lisa; ein Mädchen wie sie hätte sie immer schon gerne zur Freundin gehabt. Vielleicht entpuppte sich die Reiterei doch noch als Spaß. Irgendwie wirkte Caroles Selbstvertrauen ansteckend auf Lisa.

„Okay, jetzt zeige uns, was du kannst", sagte Max. „Geh als Erstes einmal in den Schritt."

Lisa nahm die Zügel auf und drückte ihre Absätze gegen den Bauch des Pferdes. Patch setzte sich in Bewegung, und zwar in einen langsamen, behäbigen Schritt. Lisa fühlte sich sehr wohl. Das Natürlichste von der Welt, dachte sie. Nachdem sie dreimal die Bahn umrundet hatte, forderte Max sie auf zu traben. Sie hatte keine Ahnung, wie man ein Pferd in den Trab bringt, aber Patch schien das Wort zu verstehen, denn er begann sofort zu traben. Instinktiv passte sich Lisa den Bewegungen des Pferdes an, hob sich aus dem Sattel und setzte sich wieder hinein. Irgendwie musste sie ja versuchen, sich dem auf und nieder wogenden Sattel anzupassen.

„Gut, gut", lobte Max. „Jetzt wieder Schritt." Gehorsam verlangsamte das Pferd sein Tempo und fiel in den Schritt. Lisa hatte nicht das Gefühl, etwas Besonderes zu leisten, aber sie sah, wie ihre Mutter strahlte.

Gerade in diesem Augenblick öffnete jemand die Hallentür, sah wohl kurz herein und schlug sie wieder laut hinter sich zu.

Patch hatte, wie alle Pferde, ein gutes Gedächtnis für Geräusche, die ihn erschreckt hatten. Dazu gehörten Feuerwerkskörper. Er konnte zwar keinen Blitz wahrnehmen, aber ein lauter Knall war schon schlimm genug. Er brach aus – mit Lisa auf seinem Rücken.

Zunächst buckelte Patch. Lisa krallte sich vorne am Sattel fest und hoffte, oben zu bleiben. Dann, als das Pferd durch die Halle galoppierte, hatte sie doch einigermaßen Halt gefunden. Aber Patch legte zu und raste um die Bahn. Lisa wusste gar nicht mehr, wo sie sich befand. Die Bande, Türen, Leute, alles drehte sich um sie. Wie sollte sie das Pferd zum Stehen bringen?

Sie hörte, dass Max „entspann dich“ rief. Galt das ihr oder dem Pferd? Egal. Keiner von beiden entspannte sich. Im Gegenteil, Patch raste weiter um die Bahn, und Lisa hielt sich krampfhaft fest. Sie hörte nur die trommelnden Hufschläge des Pferdes: eins-zwei-drei, eins-zwei-drei. Es war wie ein rasender Walzer.

Lisa konnte Walzer tanzen. Immerhin besuchte sie seit drei Jahren eine Tanzschule. Plötzlich gab sie nach und ließ ihren Oberkörper leicht im Rhythmus der Bewegungen des Pferdes mitschwingen. Und anstatt dem Pferd wie ein Mehlsack in den Rücken zu fallen, spürte sie, dass sie ganz gut im Sattel saß. Sie stemmte sich nicht mehr gegen die Bewegungen des Pferdes. Sie ließ den Sattel los, nahm vorsichtig die Zügel auf und zog leicht daran. Sofort gehorchte Patch und wurde langsamer. Anscheinend war sein Schreck verflogen, und er besann sich wieder seiner guten Manieren. Er ging in den Trab über. Wieder zog Lisa die Zügel an, und das Pferd fiel vom Trab in den Schritt. Lisa ging mit ihm zu der Stelle, an der ihre Mutter, Max und Carole standen. Ihre Mutter war kreidebleich. Carole sah mit unverhohlener Bewunderung zu ihr auf. Lisa allerdings hätte gerne der Person in die Augen geschaut, die die Tür zugeschlagen hatte. Sie war jedoch nicht zu sehen.

Max half Lisa vom Pferd. „Gar kein schlechter Zoo, in dem du deine erste Reitstunde gehabt hast“, stellte er fest.

2

Max entließ die Mädchen. Zuvor bat er Carole noch, Lisa vor der Reitstunde ein wenig im Stall herumzuführen. Also folgte Lisa Carole, die Patch in den Stall führte. Max unterhielt sich noch ein wenig mit Mrs Atwood über die nun folgende Stunde.

Lisas erste Reitstunde! Sie hatte reichlich gemischte Gefühle. Ihr soeben bestandenes Abenteuer mit Patch erfüllte sie einerseits mit Stolz, anderseits hatte es ihr doch etwas Angst eingejagt.

„Warum ist denn das Pferd so durchgedreht?“, fragte Lisa.

Carole blickte etwas verlegen um sich, dann zuckte sie die Schultern.

„Es gibt Pferde, die erschrecken vor bestimmten Dingen. Wenn man kann, meidet man die natürlich. Manche Pferde mögen keine Hunde, andere springen zur Seite, wenn etwas flattert. Patch verträgt keine lauten Geräusche. Leider merkt sich ein Pferd sehr lange, was es einmal erschreckt hat, besonders wenn es in jungen Jahren geschehen ist. Es lernt vielleicht, dass der Hund oder die flatternde Fahne nicht gefährlich ist, aber die Furcht davor überwindet es lange nicht."

Lisa verstand das sehr gut. Sie hatte sich zwar gut gehalten, aber sie würde den Teufelsritt auch nicht so schnell vergessen. Das hatte sie wohl mit diesen großen Tieren gemein. Aber, wenn jeder hier im Stall wusste, dass Patch sich vor lauten Geräuschen erschreckte, warum hatte dann jemand die Tür zugeknallt und sie in Gefahr gebracht? Lisa wagte es nicht, Carole diese Frage zu stellen, und Carole schien auch nicht darüber reden zu wollen.

Während sie Patch zu seiner Box führten, sah sich Lisa um. Zu beiden Seiten der langen Stallgasse, die von der Decke her durch Tageslicht erhellt war, befanden sich Pferdeboxen. Jede Box hatte ein Fenster ins Freie und eine Schiebetür zur Stallgasse, die gerade so hoch war, dass das Pferd bequem darüberschauen konnte. Die anderen Pferde beäugten jetzt auch ihren Kameraden, den die zwei Mädchen vorbeiführten.

„Pferde sind neugierige Tiere. Sie wollen sehen, was vor sich geht", erläuterte Carole. „Deshalb hat jede Box sowohl ein Fenster als auch eine Tür, die oben offen ist."

Carole schob die Tür zu Patchs Box auf und führte ihn hinein. Sie gab Lisa die Zügel in die Hand und lockerte den Sattelgurt. Lisa blickte in Patchs Augen. Sie zeigten weder Angst noch Erregung. Im Gegenteil, die dunklen Pferdeaugen blickten sie eher schläfrig, aber sichtlich zufrieden an. Lisa strich zärtlich über Patchs Nase.

„Du wirst ihn auch in der Stunde reiten“, sagte Carole. „Wir satteln ihn deshalb nicht ab. Das stört ihn nicht, solange er trinken kann.“ Carole sah nach, ob im Eimer frisches Wasser war. Dann stülpte sie ein Halfter über seinen Kopf und klickte jeweils einen Strick links und rechts in sein Halfter ein. Die Stricke waren an je einem Ring an den Boxenwänden befestigt. So konnte das Pferd sich nicht hinlegen und wälzen und Sattel und Zaumzeug beschädigen. Sie klopfte ihm den Hals, dann verließ sie mit Lisa die Box. Draußen zog sie sofort die Tür zu, ließ sie ins Schnappschloss fallen und verriegelte sie. Lisa bemerkte das Schloss und den zusätzlichen Riegel.

„Ist denn das notwendig?“, fragte sie.

„Schau doch“, sagte Carole. Und tatsächlich. Patch streckte seinen Kopf über die Tür und begann sofort, den Türriegel mit der Nase zu bearbeiten. Innerhalb weniger Sekunden hatte er den Schiebebolzen zwischen den Zähnen und rüttelte daran.

„Pferde sind perfekte Ausbrecher. Gib ihnen keine Chance, sonst bekommst du Ärger! Okay, gehen wir jetzt in die Sattelkammer.“

Im gleichen Moment wurde die Tür der Box nebenan

zugeschoben und verriegelt. Carole versuchte, Lisa an dem Mädchen, das jetzt in der Stallgasse stand, vorbeizulotsen, aber das Mädchen sah sie herausfordernd an.

„Lisa Atwood – und das ist Veronica diAngelo“, stellte Carole ein hübsches Mädchen mit weichen schwarzen Haaren vor. „Sie ist die ...“

Veronica unterbrach Carole. „Du bist also die neue Schülerin!“, sagte sie zu Lisa.

Wieso wusste sie denn das? Da Lisa keine Ahnung hatte, was sie zu Veronica sagen sollte, stand sie etwas verlegen da, während Veronica sie unverhohlen musterte. Lisa fühlte sich wie von Röntgenstrahlen durchbohrt. Als schließlich Veronicas eingefrorenes Lächeln auftaute, wusste Lisa, dass sie die Prüfung bestanden hatte – allerdings nicht, warum.

„Wie geht es Cobalt?“, fragte Carole und deutete auf das Pferd in der Box hinter Veronica. Lisa reckte sich und schaute in die Box. Selbst ihr laienhaftes Auge erkannte, dass dies ein besonderes Pferd war. Sein glänzendes Fell war pechschwarz. Seine lebhaften Augen blitzten, und sein Kopf nickte einladend. Carole trat näher an die Box heran und streichelte liebevoll die Stirn des Rappen.

„Wie du siehst, geht es ihm gut“, sagte Veronica leichthin. „Willst du ihn morgen reiten?“ Carole nickte freudig. „Gut. Wir sprechen nach der Stunde noch darüber.“ Veronicas Stimme klang irgendwie drohend, dachte Lisa, aber sie konnte sich nicht denken, warum. Carole war doch so nett. Zu Lisa gewandt, sagte Veronica: „Wir sehen uns in der Stunde." Dann ging sie.

Die Mädchen liefen die Stallgasse entlang zur Sattelkammer. Hier begegneten ihnen noch etliche andere Mädchen, aber alles ging so schnell, Lisa konnte sich ihre Namen nicht merken – bis dann Stevie Lake angerannt kam.

„Carole!", rief sie ungestüm, „Ich muss unbedingt mit dir reden!"

Carole lächelte über ihre wilde Freundin. „Das ist Stevie Lake", sagte sie zu Lisa. „Und Stevie, lass dich mit Lisa Atwood bekannt machen. Sie reitet ab heute in unserer Gruppe mit."

„Ja, richtig, die Neue", sagte Stevie.

Woher kennt sie mich?, wunderte sich Lisa. Vielleicht hat sie die ...

„Was ist denn wieder los?", hörte Lisa Carole fragen. Stevie setzte zu einer ausführlichen Schilderung der Meinungsverschiedenheiten mit ihren Eltern und den Stand ihrer Schulnoten an. Lisa kannte die Lakes. Sie wohnten in ihrer Nachbarschaft – im vornehmeren Teil. Sie hatten ein großes Haus mit einem Swimmingpool im hinteren Teil des Gartens.

Lisa kannte Stevie nur vom Sehen. Stevie besuchte eine sehr teure Privatschule in der Nachbarstadt. Lisa zog aus diesen Tatsachen den Schluss, dass die Lakes ziemlich wohlhabend sein mussten. Stevie sah man das nämlich nicht an. Sie trug alte, verwaschene Jeans und Cowboystiefel, die so aussahen, als hätten sie schon bessere Tage erlebt. Da merkte sie, dass sie jetzt Stevie so musterte, wie Veronica es vorhin bei ihr getan hatte. Lisa wollte nicht unhöflich sein, denn sie mochte Stevie, weil sie bestimmt ein lustiges Mädchen war, mit dem man viel Spaß haben konnte.

„Wenn ich den Ausritt nicht mitmachen kann, sterbe ich!“, rief Stevie. „Ich habe immerhin schon die Jeans ausgewählt, die ich mitnehmen wollte, und seit Monaten träume ich nur noch von Bergpfaden und Lagerfeuer. Ich muss dabei sein!“ Carole nickte.

„Ich habe auch schon eine Idee. Ich werde genug Geld verdienen und niemals mehr eine Mathearbeit schreiben müssen!“ Aber im gleichen Atemzug wechselte sie das Thema: „Reden wir später darüber, ich muss Comanche vor der Stunde noch putzen. Willkommen in Pine Hollow, Lisa. Es wird dir hier gefallen – wenn du erst einmal alle unsere Bräuche kennst.“

Bevor Lisa fragen konnte, was sie damit meinte, war Stevie in einer der vielen Boxen verschwunden. Lisa schmunzelte. Sie würde Stevie gern besser kennenlernen.

„Ist sie immer so ein Wirbelwind?“, fragte Lisa.

„Immer“, versicherte ihr Carole lachend.

Jemand wie Stevie konnte natürlich auch die Tür zugeschlagen haben, als Patch in der Bahn war. Und das wäre dann keine Freundin für sie.

„Kommst du?“, fragte Carole. „Wir gehen in die Sattelkammer.“ Lisa folgte ihr ans Ende der Stallgasse. In der Sattelkammer herrschte scheinbar eine heillose Unordnung. Lederzeug, Riemen und Leinen hingen an der Wand – und überall lagen Sättel. Dann war da ein starker, ungewohnter Geruch nach Leder und Pferdeschweiß. Sie atmete tief ein.

„Was sagst du? Du denkst sicher, hier wirst du dich nie zurechtfinden“, erriet Carole Lisas Gedanken. Lisa nickte.

„Alles hat hier seinen Platz. Du musst nur mit dem System vertraut werden. Hier hängen auch Reitkappen für Reiterinnen, die noch keine eigene haben.“ Carole deutete auf eine lange Wand, an der wohl 40 Reithelme in allen möglichen Größen aufgehängt waren. Lisa war beeindruckt. Carole stutzte und sah ein zweites Mal auf die Reihe. Dann lachte sie laut auf. Auf den schwarzen Samt der Kappen waren sorgfältig ausgeschnittene weiße Buchstaben geklebt, die das Wort „Zeltlager“ ergaben.

„Was bedeutet das?“, fragte Lisa.

„Typisch Stevie“, stellte Carole fest, als wäre das eine Antwort auf Lisas Frage. „Ich wollte sagen, das ist Stevies Werk. Sie hat immer solche Einfälle. Nächsten Monat findet nämlich ein dreitägiger Ausritt in die Berge statt. Du wirst noch viel darüber hören. Stevie freut sich schrecklich darauf – ich übrigens auch."

Lisa überlegte, ob sie diesen Ausritt mitmachen könnte. Wollte sie denn überhaupt? Würde ihre Mutter es erlauben? War es nicht seltsam? Noch vor einer halben Stunde hatte sie Angst, ein Pferd zu besteigen, und nun, nach einem Teufelsritt, liebäugelte sie bereits mit einem dreitägigen Ausritt. Aber Carole ließ ihr keine Zeit zum Träumen. Sie kam gleich wieder zur Sache. Sie zeigte Lisa den Sattel und das Zaumzeug, die sie gerade erst mit Sattelseife eingerieben hatte. Es gehörte Delilah, dem Pferd, das Carole reiten würde.

„Delilah – was für ein Name", lachte Lisa.

„Warte, bis du sie gesehen hast", sagte Carole und führte sie wieder hinaus in die Stallgasse. Delilah stand auf der anderen Seite von Patchs Box. Sie war eine wunderschöne cremefarbene Palomino-Stute mit einer langen, silberfarbenen Mähne. Ihr Name passte zu ihr. Sie war eine Schönheit. So benahm sie sich aber auch: Sie war etwas überspannt und zickig und gegenüber Fremden scheu. Carole ignorierte ihr Gehabe und begann, sie mit viel Geduld für die Stunde fertig zu machen.

Während der nächsten 15 Minuten zeigte Carole Lisa, wie man ein Pferd zäumt und sattelt. Lisa erschien es schrecklich kompliziert.

„Niemals werde ich mir den Unterschied zwischen Stirnband und Genickstück oder gar Backenstück und Kehlriemen merken können!", seufzte sie.

„Das kannst du bestimmt, warte nur", tröstete sie Carole. „Du weißt immerhin schon die Namen dieser Teile. Das ist schon etwas. Abgesehen davon, die Pferde kennen das alles und machen dir in der Regel die Arbeit nicht schwer. Und solange du Hilfe brauchst, ist immer eine von uns in der Nähe. Wenn du dann Erfahrung hast, wirst du wiederum einer neuen Reitschülerin helfen."

„Das kann ich mir gar nicht vorstellen."

„Doch, das ist zum Beispiel einer unserer Bräuche, Lisa", erklärte ihr Carole geduldig. „Wir alle helfen uns untereinander, im Stall und wo es nötig ist. So lernt man und hilft sparen."

„Ich wollte nicht sagen, dass ich nicht helfen will", sagte Lisa schnell, „ich kann mir nur noch nicht vorstellen, dass ich es schaffe, diesem Brauch gerecht zu werden."

Lisa hatte das Gefühl, dass das Wort „Brauch" in Pine Hollow eine große Bedeutung hatte. Gerne hätte sie gefragt, wie weit das „Einander-Helfen" ging. Lisa glaubte nämlich, dass Carole wusste, wer die Tür zugeschlagen und Patch erschreckt hatte. Warum blieb sie hier so verschlossen? Wem half sie in diesem Fall?

„Seid ihr bald fertig hier drinnen?“, rief Stevie Lake und streckte ihren Kopf in Delilahs Box. Jäh wurde Lisa aus ihren Gedanken gerissen.

„So gut wie“, antwortete Carole. „Aber sei so nett, mach doch bitte Patch noch fertig und bring ihn für Lisa in die Halle!“

„Natürlich“, sagte Stevie bereitwillig.

Stevie verschwand, und Carole zeigte Lisa, wie man den Sattelgurt anzog – das breite Band, mit dem der Sattel um den Pferdebauch gebunden wird. Delilah mochte das nicht. Zuerst blies sie sich auf. Als sie wenig später die Luft wieder herausließ, saß der Sattel zu locker. Dann wich sie Carole aus oder stieß mit dem Kopf. Delilah drängte Lisa in eine Ecke der Box, und Lisa bekam es mit der Angst zu tun. Aber Carole blieb ganz ruhig. Jedes Mal, wenn Delilah wieder aufmuckte, wies sie die Stute scharf zurecht und versuchte rasch nachzugurten. Nach dem sechsten Versuch hatte sie es geschafft.

Endlich konnte Carole Delilah und Lisa zum Aufsteigeblock auf dem Sandplatz führen. Patch stand, am Zaun angebunden, schon bereit. Lisa beäugte ihn misstrauisch, aber er machte einen völlig gelassenen Eindruck. Lisa stellte fest, dass sie und Carole die Letzten waren. Max half noch einer Schülerin, den Gurt nachzuziehen. Alle anderen saßen bereits hoch zu Ross und beobachteten Carole und Lisa. Lisa war es unangenehm, dass sie sich vor aller Augen aufs Pferd schwingen sollte, aber es gab kein Entrinnen. Hilfe suchend blickte sie zu Carole hinüber.

„Okay, eins nach dem anderen“, sagte Carole. „Siehst du dieses Hufeisen hier an der Bretterwand?“ Lisa schaute und nickte. „Das ist unser Glücksbringer. Du musst ihn mit der rechten Hand berühren, bevor du auf dein Pferd steigst. Ein wichtiger Brauch, denn auf Pine Hollow hat sich noch niemand ernsthaft verletzt. Wir schreiben das unserem Glücksbringer zu.“

Carole wischte mit der rechten Hand über das abgenutzte Hufeisen und schwang sich dann mühelos auf Delilah. Das geschah so selbstverständlich, dass Lisa gar keine Bedenken kamen, ob sie das ebenso fertigbrachte. Sie wischte gehorsam über das Hufeisen, dann nahm sie die Zügel in die linke Hand und wollte aufsteigen. Dass alle Augen dabei auf sie gerichtet waren, versuchte sie zu ignorieren.

Irgendetwas stimmte nicht. Sie hob das linke Bein, aber da fehlte doch etwas? Sie versuchte sich dennoch hochzuziehen, aber es gelang ihr nicht. Richtig, es war kein Steigbügel da! Wo war der Aufsteigeblock, von dem Carole gesprochen hatte? Sie sah sich um – nichts. Sie versuchte auf das Pferd zu springen, aber es war zu hoch. Noch einmal versuchte sie, sich am Sattel hochzuziehen. Sie schaffte es nicht, weil sie den Sattel nicht richtig zu greifen bekam. Hilflos starrte sie auf das hohe Pferd, während ihr die Tränen in die Augen schossen.

Da hörte sie ein unterdrücktes Lachen. Und durch den Schleier ihrer Tränen aus Wut und Scham sah sie die Gesichter der Mädchen ihres Kurses. Etliche grinsten, eine verkniff sich mühsam das Lachen, eine andere kicherte, und eine lachte aus vollem Hals. Das war Stevie. Als ihre Blicke sich trafen, versuchte Stevie ihr Lachen zu ersticken, indem sie die Hand vor den Mund presste.

Auf Pine Hollow gab es wohl auch Bräuche, die Lisa nicht so gefallen würden.

3

„Lisa“, rief Max mit energischer Stimme von der Mitte der Bahn, „setz dich gerade in den Sattel, und dann fass deine Zügel nach! Oberkörper zurück! Beine lang! Absätze tief!“

Lisa gab sich alle Mühe, aber fünf Anweisungen auf einmal zu befolgen war nicht leicht.

„Schultern zurück! Zehenspitzen nach innen! Beine lang!“

Das waren jetzt schon acht Anweisungen, seufzte Lisa in sich hinein. Alles ging schief, seitdem Carole ihr die Steigbügel gebracht und einhaken geholfen hatte. Nie würde sie eine gute Reiterin werden! Eigentlich wollte sie ja auch gar nicht reiten lernen. Ihre Mutter hatte wieder einmal alles eingefädelt. Sollte doch ihre Mutter die Stunden nehmen!

Endlich wandte Max seine Aufmerksamkeit einer anderen Schülerin zu, und Lisa konnte sich entspannen. Sie sah sich erst einmal die sechs anderen Reiterinnen in der Bahn an. Neben Carole und Veronica, die sie schon kannte, waren da noch Polly Giacomin, Betsy Cavanaugh, Meg Durham und, natürlich, Stevie Lake.

Lisa spürte noch immer den Stich in der Brust, den Stevies Gelächter ihr verursacht hatte, nachdem Stevie absichtlich die Steigbügel von Patchs Sattel entfernt hatte. Ein Mädchen, das ihr einen solchen Streich spielen konnte, war sicher auch dazu fähig, die Tür zuzuschlagen, wenn Patch in der Bahn war. Carole und Stevie waren gute Freunde, deshalb hatte Carole auch ihre Frage nicht beantwortet. Lisa nahm sich vor, Stevie das heimzuzahlen. Sie wusste nur noch nicht, wie.

„Okay, jetzt paarweise weiterreiten!“, rief Max ihnen zu. Jeweils zwei Reiterinnen mussten mit ihren Pferden nebeneinanderreiten.

„Das macht mir immer den meisten Spaß“, flüsterte Betsy Lisa zu, als sie mit ihrem Pferd an Patch heranritt. „Ich liebe Pferde!“ Lisa wusste darauf keine Antwort, also schaute sie geradeaus.

„Gut, Lisa, schon viel besser“, lobte sie Max. Das Lob tat ihr gut, obwohl sie wirklich nicht wusste, was sie nun falsch oder richtig gemacht hatte.

Sonst hörte Stevie es gar nicht gern, wenn Max die Gruppe aufforderte, paarweise zuerst im Schritt und dann im Trab um die Bahn zu reiten. Das war nämlich immer die letzte Übung vor dem Ende der Stunde. Nur heute wollte sie ausnahmsweise einmal schnell vom Pferd kommen, weil sie noch sehr viel zu tun hatte. Vor der Reitstunde hatte sie nämlich einer Nachbarin erzählt, dass sie Geld verdienen wollte, und sogleich ihren ersten Auftrag bekommen: „Du kannst meinen Swimmingpool sauber machen", hatte sie ihr spontan angeboten.

Außerdem musste sie Carole unbedingt sprechen. Ihre Freundin mochte zwar in der Schule etwas schusselig sein, wenn es aber um Pferde ging, war sie zuverlässig. Stevie musste für den Wanderritt unbedingt Geld verdienen, und dabei brauchte sie Caroles Hilfe.

Wie Max es angeordnet hatte, trabten sie jetzt paarweise. Dann war die Stunde zu Ende. Das hieß, die „Limonaden-Peitsche" (wieder ein Pine-Hollow-Brauch) musste gezogen werden.

Bei der letzten Runde in der Bahn zog jede Reiterin vom Pferde aus eine Peitsche aus einem Eimer. Wer die Peitsche mit dem Kronkorken erwischte, musste für den ganzen Kurs Limonade holen, und ihre Partnerin musste ihr Pferd versorgen.

„Heute schnappe ich mir die Limonaden-Peitsche", rief Stevie, als sie in den Peitscheneimer griff. Aber sie hatte kein Glück. Sie hielt eine neutrale Gerte in der Hand. „Mist!“, zischte sie. Die anderen Mädchen lachten.

„Warum wolltest du denn heute unbedingt die Limonade holen?“, fragte sie Carole.

„Es wartet noch ein Job auf mich – du erinnerst dich, ich habe dir doch erzählt, wie ich Geld verdienen werde.“ Carole nickte. Stevie merkte sehr wohl, dass Carole noch nicht daran glaubte. Aber sie würde es ihrer Freundin schon beweisen!

Schließlich stellte sich heraus, dass Lisa die Limonaden-Peitsche gezogen hatte. Enttäuscht saß Stevie ab und führte Comanche zurück in seine Box. Carole erklärte Lisa inzwischen, was sie zu tun hatte.

Lisa gefiel das weniger, aber keiner sollte denken, sie wäre ein Spielverderber. So übergab sie Betsy ihr Pferd und ging in die Sattelkammer, wo neben einigen Stahlschränken auch ein Kühlschrank stand. Lisa war allein. Alle Mädchen hatten mit ihren Pferden zu tun. Mütter, Väter und sonstige „Abholer“ warteten im Büro, das sich in einem anderen Gebäude der Anlage befand. Und da, früher als sie gedacht hatte, bot sich die Gelegenheit, es Stevie heimzuzahlen.

Eigentlich konnte Lisa kleine Streiche unter Freundinnen mit einem Achselzucken abtun oder einfach darüber lachen. Aber heute brachte sie das nicht fertig. Die Angst, die sie ausgestanden hatte, als Patch mit ihr durch die Bahn preschte, saß ihr noch in den Gliedern. Und dann Stevies Hohngelächter und das Grinsen der anderen, als sie ohne Steigbügel aufs Pferd kommen wollte! Lisa schämte sich noch immer.

Vor ihr auf dem Boden stand ein Paar Turnschuhe. Es gehörte Stevie. Überall auf den Schuhen waren die Buchstaben J. L. aufgemalt; sonst hatte niemand diese Initialen. Und blitzschnell verknotete Lisa die Schuhbänder.

Lisa war einmal bei den Pfadfindern gewesen und hatte dort alle nur erdenklichen Knoten gelernt. Mit diesen verknüpfte sie nun Stevies Schuhe gründlich. Stevie würde zwar schnell herausbekommen, dass es Lisa gewesen sein musste. Aber wer anderen solche Streiche spielte, musste mit einer Retourkutsche rechnen.

Nach kurzer Zeit waren Stevies Schuhe für mehrere Stunden unbrauchbar – es sei denn, Stevie Lake war auch einmal bei den Pfadfindern gewesen. Jetzt holte Lisa sieben Flaschen Limonade aus dem reichlich bestückten Kühlschrank und verteilte sie unter den Reitschülerinnen, die noch mit ihren Pferden beschäftigt waren. Lisa befand sich am anderen Ende der Stallgasse, als Stevie laut aufschrie. Carole war in der Nähe. Sie rannte sofort in die Sattelkammer, um nachzusehen, was geschehen war. Dort stand ihre beste Freundin in Socken und mit ihren Turnschuhen in der Hand.

Die Schuhbänder waren kunstvoll verknotet, und zwar so, dass man nicht einmal einen Schuh vom anderen trennen konnte.

„Ich kann es nicht fassen! Wo ich doch so in Eile bin!“, jammerte Stevie, als sie Carole sah.

„Schau dir das an! Jetzt sitze ich hier fest! Ich kann doch nicht in Reitstiefeln bei meiner Nachbarin erscheinen und dann ihren Swimmingpool putzen!“

Carole kannte Stevies Temperament. Regen und Sonnenschein folgten oft rasch aufeinander. Diesmal würden die Gewitterwolken nicht so schnell abziehen. Zu dumm, Stevie würde es jetzt wirklich nicht mehr schaffen, ihren ersten Job pünktlich anzutreten. Sie schimpfte und tobte und zerrte verzweifelt an den Knoten. Die anderen Mädchen strömten in die Sattelkammer und staunten über Stevies Wutausbruch.

Carole beobachtete die Mädchen. Einige schauten peinlich berührt, ein paar zeigten Mitgefühl. Veronica stand in der Tür. Um ihren Mund spielte ein höhnisches Lächeln. Von ihr hatte Carole nichts anderes erwartet.

Dann kam Lisa herein. Carole sah sie an und wusste, dass sie es gewesen war. Stevie, die plötzlich den Kreis von Zuschauern um sich wahrnahm, sah Lisas Gesicht, das ein einziges Schuldbekenntnis war.

Was würde nun geschehen? Carole kannte Stevie. Sie konnte zwar austeilen, aber nicht einstecken. Sie würde nicht bereit sein, ihren Streich mit den Steigbügeln mit den verknoteten Schuhbändern aufzurechnen. Für sie zählte im Augenblick nur ihr Job, für den sie jetzt zu spät dran war. Also schrie und schimpfte sie auf Lisa ein.

Lisa wäre am liebsten im Boden versunken. Sie hasste es, angeschrien zu werden, ebenso wie sie es hasste, ausgelacht zu werden. Hätte sich Stevie jetzt zu ihrem Streich – und zu der zugeknallten Tür – bekannt und entschuldigt, Lisa hätte ihr auf der Stelle die Schuhbänder wieder entknotet. Aber Stevie hörte nicht auf, sie zu beschimpfen. Lisa stand da und erwiderte nichts. Als Stevie sich endlich entschloss, ihre Schuhbänder aufzuknoten, drehte sich Lisa um und ging hinüber ins Büro, wo ihre Mutter schon auf sie wartete.

Lisa verkroch sich in die äußerste Ecke des Beifahrersitzes und erklärte: „Freiwillig komme ich nicht mehr hierher, Mom. Ich will nicht reiten lernen! Keines dieser Mädchen will ich je wieder sehen! Ich will mich auf kein Pferd mehr setzen! Ich will keine Sattelgurte nachziehen, keine Trensen ins Pferdemaul schieben, ich will meine Beine nicht lang machen, nicht geradeaus schauen, die Absätze nicht nach unten drücken und die Zehenspitzen nicht nach innen drehen …! Ich will das alles nie mehr tun müssen!“

„Aber Liebling, du bist doch gut zurechtgekommen“, versuchte sie Mrs Atwood zu beruhigen, „und Max ist so nett, und die Pferde sind doch bildschön. Ich bin sicher, du wirst eine hervorragende Reiterin, Lisa. Dein Vater und ich werden stolz auf dich sein. Und stell dir vor – Veronica diAngelo ist in deiner Gruppe; du wirst bald ihre Freundin sein, bestimmt, Liebes!“

Hatte ihre Mutter überhaupt gehört, was sie gesagt hatte, überlegte Lisa. Oder hatte sie wieder einmal nur mit sich selbst gesprochen?

„Du bist so still, Lisa“, sagte ihre Mutter und beantwortete damit Lisas Frage. „Du hast dich doch amüsiert, nicht wahr, Liebes?“

Lisa seufzte. Wieder einmal würde sie das tun, was ihre Eltern wünschten. Wieder einmal würde sie ihr gutes kleines Mädchen sein, egal was sie gern getan hätte. Abgesehen davon, die Freundin von Veronica diAngelo zu werden, war nicht schlecht. Wenn sie Veronicas Freundin wäre, könnte sie Carole und Stevie links liegen lassen. Und für einen Moment vergaß sie Carole und Stevie und dachte an ihr Pferd Patch. Während der ganzen Stunde war es sanft und gutmütig gewesen und hatte ihr Unvermögen geduldig hingenommen. Gegen ihren Willen musste sie sich eingestehen, dass es schön war, auf einem Pferd zu sitzen. Es war ein erhabenes Gefühl. Und so sehr es ihr widersprach, wenn Max von ihr verlangte, acht Anweisungen gleichzeitig zu befolgen, so sehr gefiel es ihr, wenn er sie lobte.

Gut, sagte sie zu sich selbst. Einmal, nächsten Dienstag, will ich noch in eine Stunde gehen – und danach entscheide ich mich.

4

„Carole, kannst du mir Kleingeld borgen. Ich muss telefonieren“, bat Stevie und hüpfte auf einem Bein zu Carole hinüber. Ihren zweiten Turnschuh, dessen Schuhbänder noch immer hoffnungslos verknotet waren, hielt sie in der linken Hand.

„Aber sicher“, sagte Carole und griff in ihre Tasche. „Wozu?“

„Ich schaffe es nicht mehr, rechtzeitig bei diesen O'Mearas zu sein und deren Schwimmbad sauber zu machen. Ich kann nur noch meinen Bruder fragen, ob er es tun will. Die O'Mearas haben eine Tochter, die Tim gefällt, also wird er anbeißen. Ich kann dann noch ins Einkaufszentrum hinübergehen und dort meine Anzeige am Schwarzen Brett anschlagen. Gute Idee, nicht wahr?“

„Ja“, sagte Carole, obwohl sie der Meinung war, Stevie könnte mehr Geld verdienen, wenn sie einen Job, den sie schon hatte, auch ausführen würde, anstatt wieder zu annoncieren. „Ich geh mit dir hinüber und nehme dann von dort den Bus.“

„Prima“, freute sich Stevie, „dann können wir noch ein wenig zusammen sein.“

„Schon, aber das bringt dir kein Geld ein“, neckte sie Carole. Stevie zuckte nur mit den Achseln.

Nachdem Stevie telefoniert und ihre Schuhbänder entwirrt hatte, gingen die beiden Mädchen den kurzen Weg zu dem kleinen Einkaufszentrum von Willow Creek.

Die kleine Stadt war nur eine halbe Autostunde von Washington entfernt, wo die meisten Bewohner, so auch Stevies Eltern, arbeiteten und auch einkauften. Deshalb hatte Willow Creek nur ein bescheidenes Einkaufszentrum. Es gab dort einen Supermarkt, einen Geschenkeladen, zwei Apotheken, einen Juwelier, einen Hi-Fi-Markt, ein Sportartikelgeschäft und eine Eisdiele, wo sich die Schüler gerne trafen. Schließlich gab es noch drei Schuhgeschäfte. Diese Einkaufspassage lag nicht weit vom Stall und nur ein paar Gehminuten von Stevies Haus entfernt. Auch Caroles Bus hielt hier. So verbummelten die Freundinnen nach den Reitstunden so manche Stunde dort.

„Ich kann es einfach nicht fassen, was dieses neue Mädchen sich da erlaubt hat“, sagte Stevie auf dem Weg ins Einkaufszentrum.

„Und was du mit ihr gemacht hast, darüber redest du nicht?“, wandte Carole ein.

„Das war doch nur ein Spaß“, verteidigte sich Stevie.

„Ein Spaß für dich, aber bestimmt nicht für Lisa."

„Schon, aber dass man einer Neuen einen Streich spielt, ist doch auf Pine Hollow immer schon Brauch."

„Ja, aber ein Brauch, auf den wir meiner Meinung nach verzichten könnten", unterbrach sie Carole. „Abgesehen davon, hast du gehört, was passiert ist, als Max sie vorreiten ließ?"

„Nein, was? Ist vielleicht ihre Modellkleidung beschmutzt worden?"

„Nein, aber das hätte leicht sein können – oder noch viel schlimmer. Sie saß auf Patch, und jemand schlug die Hallentür zu, ja, und ..."

Stevie wusste genau, was unter diesen Umständen eintreten musste: „Oh nein! Patch ist durchgegangen! Welcher Idiot macht denn so etwas? Hat sie sich denn nicht wehgetan?"

„Nein, das war ja die Überraschung. Sie ist oben geblieben."

„Aha, deshalb hat sie Max in unsere Abteilung aufgenommen", kombinierte Stevie.

Fast hätte sie ihren Steigbügelstreich bereut, aber dann erinnerte sie sich wieder an ihre verknoteten Turnschuhe. Doch jetzt hatten sie das Einkaufszentrum erreicht, und schnell waren Lisa und die Turnschuhe vergessen. Carole ging mit Stevie zum Supermarkt und wartete, bis diese ihre Anzeige geschrieben und an das Schwarze Brett geheftet hatte. Sie würde „Arbeiten jeder Art prompt und zuverlässig erledigen“ war darauf zu lesen.

„Jetzt gehen wir noch in die Eisdiele“, erklärte Stevie.

„Lass mich noch schnell in den Hi-Fi-Laden schauen. Vielleicht finde ich für Dad eine Kassette mit Schlagern aus den Sechzigerjahren. Weißt du, damals führte er Mom zum Tanzen aus. Er hat mir nämlich kürzlich gestanden, dass er als Highschool-Schüler ganz ernsthaft daran gedacht hat, Rockstar zu werden. Er hat mir sogar vorgesungen. Es war bestimmt besser, dass er zur Marineinfanterie gegangen ist!“

Kichernd gingen die Mädchen in die Musikabteilung. Carole suchte lange nach einer Kassette mit den Schlagern, die ihr Vater gesungen hatte. Inzwischen studierte Stevie an der Verkaufstheke Werbebroschüren für die neuesten Fernsehgeräte und Stereoanlagen.

Eine dieser Firmen veranstaltete ein Preisausschreiben, und Stevie füllte zum Spaß eine Teilnahmekarte aus. Der erste Preis war eine Reise zu zweit nach Hawaii. Das wäre genau das Richtige für mich, dachte Stevie. Und schon versank sie in die Vorstellung, wie sie bei Sonnenuntergang auf einem Pferd ohne Sattel am Strand von Hawaii entlang ritt. Sie hatte exotische Blumen im Haar und neben ihr ritt ein gut aussehender Junge …

Während sie Name und Adresse auf die Teilnahmekarte schrieb, hatte sie auch noch einen Blütenkranz um den Hals und konnte buchstäblich den zarten Duft der tropischen Blüten einsaugen.

„Ich nehme diese hier“, sagte Carole und reichte dem Kassierer eine Kassette. Das brachte Stevie wieder zurück nach Willow Creek. Ernüchtert warf sie die Karte in den Schlitz der Pappschachtel neben der Kasse und wartete dann an der Tür auf Carole. Jetzt würde ein in Schokolade getauchtes Vanilleeis schmecken – nachdem sie auf Hawaii noch eine Weile würde warten müssen.

Carole nahm die Kassette, steckte das Wechselgeld in ihre Tasche und folgte Stevie in die Eisdiele. Stevie bezahlte ihr Eis und sicherte ihnen in dem kleinen Garten, der hinter der Eisdiele lag, einen Tisch. Carole musste auf ihr Eis etwas warten. Als sie es bekam und bezahlte, fiel ihr das Kleingeld auf den Boden. Beim Aufsammeln wäre ihr beinahe auch noch das Eis heruntergefallen – wenn Stevie ihr nicht zu Hilfe gekommen wäre.

„Manchmal frage ich mich, wie du ohne mich über die Runden kämst“, lachte sie.

„Das frage ich mich auch“, bekannte Carole kopfschüttelnd.

„Wie sollte ich da erst einen Reitausflug ohne dich bewältigen! Sag mir deshalb endlich, wie du das nötige Geld verdienen willst!“

Stevie legte los. Sie zählte unzählige Tätigkeiten auf, für die sie sich beworben hatte. Dabei vergaß sie ganz, dass sie sich für das Schneiden von Hecken oder das Reinigen von Schwimmbädern gar nicht eignete. Carole kannte ihre Freundin sehr gut; sie hatte nicht sehr viel Ausdauer, besonders wenn ihr etwas nicht lag. Und die 50 Dollar waren bestimmt nicht schnell verdient.

„Stevie!“, bremste Carole ihren Redeschwall. „Hast du dir wirklich überlegt, was du dir da vorgenommen hast?“

„Natürlich“, erwiderte Stevie im Brustton der Überzeugung. „Ich bin eine andere geworden, Carole.“

„Ich will keine ‚andere‘ Stevie. Ich mag die alte, so wie sie ist. Du müsstest nur die alte Stevie dazu bringen, das Mathereferat zu machen.“

„Hast du eine Ahnung! Ich kann ja Fische zählen, aber was glaubst du, welche Note ich dafür bestenfalls bekomme?“, entgegnete Stevie. Carole verstand inzwischen gar nichts mehr. Sie sah ihre Freundin fragend an. „Im besten Fall bekomme ich im Zeugnis eine Drei. Ich brauche aber mindestens eine Zwei, besser noch eine Eins, um meine schlechten Noten ausgleichen zu können. Also muss ich Geld verdienen.“

„Aber was ist, wenn du bis zum Ausritt nicht genug

verdienen kannst?", fragte Carole. „Dann kannst du dir drei herrliche Tage zu Pferd aus dem Kopf schlagen."

„Du traust mir nicht zu, dass ich es schaffe." Stevie war ernsthaft gekränkt.

„Das nicht", beschwichtigte sie Carole. „Aber ..."

Carole wagte nicht mehr, ihre Bedenken zu äußern. Aber schaffte es Stevie nicht mit der Arbeit, würde auch keine Zeit mehr für das Mathereferat bleiben. Und ohne Mathearbeit und ohne Geld – kein Ausritt.

Seit Monaten war dieser Ausflug für Carole und Stevie ständiges Gesprächsthema. Er war einfach der Höhepunkt des Reiterjahres. Und nun drohte alles zu platzen, und Carole konnte bei Stevie nichts bewirken, was sie dem Ziel näher brächte. Carole biss in ihr Eis, aber es schmeckte ihr heute nicht. Stevie dagegen plagten keine Zweifel. Im Gegenteil, ständig fielen ihr neue Arbeiten ein, die sie für Geld ausführen würde: „... Hunde spazieren führen, Blumen gießen, Zeitungen austragen, tapezieren, Wände streichen ..."

Tapezieren und Wände streichen? Carole seufzte. Damit würde Stevie auch in den nächsten zehn Jahren noch keinen Dreitageritt finanzieren können!

5

Mit recht gemischten Gefühlen musterte Lisa Pepper, das Pferd, das ihr Max für die zweite Reitstunde zugeteilt hatte. Sie hielt Zügel und Reithalfter in der rechten Hand, wusste aber nicht, wie sie damit das Pferd aufzäumen sollte. Während sie sich bemühte, die einzelnen Teile zu entwirren, verstrickten sich Riemen und Zügel erst recht hoffnungslos ineinander.

„Hallo, Lisa", grüßte Veronica sie im Vorübergehen. Vielleicht konnte ihr dieses Mädchen weiterhelfen.

„Ich fürchte, ich komme mit dem Zaumzeug noch nicht zurecht", begann Lisa, „obwohl es mir Carole am Samstag erklärt hat. Es ist verdammt kompliziert! Vielleicht könntest du mir helfen?"

„Aber sicher", antwortete Veronica verbindlich. Doch sie kam nicht zu ihr in die Box, sondern schrie laut durch die Stallgasse: „Hallo, Red! Die Neue kommt nicht zurecht! Kannst du ihr Pepper auftrensen?"

Ein etwa zwanzigjähriger Mann trat aus einer der vorderen Boxen. Er hatte eine Mistgabel in der Hand und war gerade dabei, frisch einzustreuen. Er sah Veronica an, gab ihr aber keine Antwort. Dann nickte er, stellte die Mistgabel ab und kam die Stallgasse herunter. Veronica war schon in Cobalts Box verschwunden.

Lisa sah aufmerksam zu, wie der Bursche, der sich als Red O'Malley vorgestellt hatte, das Pferd auftrenste und sattelte. Wieder sah alles ganz einfach aus.

„Wenn ich es alleine tun müsste, wäre die Stunde um und ich hätte es noch nicht geschafft", sagte Lisa mit Galgenhumor. Red sah sie an.

„Möchtest du es lernen?", fragte er beinahe überrascht.

„Ja, natürlich", antwortete sie, „deshalb bin ich doch wohl hierhergekommen."

„Stimmt", sagte er und fing an, ihr die einzelnen Teile des Kopfgeschirrs und des Sattels zu erklären. Dabei zeigte er ihr auch, wie man den Sattel auflegt und festgurtet. Auch das hatte sie bereits gehört und demonstriert bekommen, aber man würde es ihr wohl noch einige Male zeigen müssen.

„Vielen Dank", sagte sie, als der junge Mann ihr auch noch half, Pepper in die Bahn zu führen.

Er wünschte ihr noch „Viel Glück" und ging zurück in den Stall.

Lisa vergaß nicht, mit der Hand über das Hufeisen an der Wand zu streichen. Dann saß sie auf.

„Gut gemacht diesmal“, lobte Max und reichte ihr eine kurze Reitpeitsche.

Das Kompliment von Max brachte Lisas Augen zum Leuchten. Aber sie schlug sie schnell nieder, damit niemand es merkte.

Während die anderen Mädchen ihre Pferde sattelten und nach und nach aufstiegen, ging sie mit Pepper ein paar Runden im Schritt.

Auf Pepper zu reiten war ihr zunächst etwas unheimlich, aber gleichzeitig war es auch schön. Im Schritt fühlte sie sich auf ihm sehr sicher. Er hatte einen fleißigen Schritt und war gut zu sitzen. Lisa hatte inzwischen gelernt, wie man ein Pferd nach links oder rechts dirigiert: Man nahm entweder den linken oder den rechten Zügel etwas an und brachte den Pferdekopf damit in die gewünschte Richtung. Es erstaunte sie immer wieder, dass ein Pferd mit so viel Erfahrung ihr gehorchte, denn gewiss waren ihre Hilfen noch sehr unsicher. Wenn sie sich fest in den Sattel setzte und den Rücken anspannte, blieb es stehen. Presste sie die Beine leicht zusammen, trat es wieder an. Pepper gehorchte ihr. Es war wunderbar. Lisa strahlte.

Carole führte Delilah in die Halle.

„Ich habe einen Job!“, rief ihr Stevie aufgeregt zu. Stevie war schon in der Bahn und bewegte Comanche.

Carole atmete auf. Wenn Stevie einen Job hatte, bestand immerhin die Hoffnung, dass sie das Geld für den Ausritt noch verdienen konnte.

„Was für einen Job?“, fragte Carole und schob den linken Fuß in den Steigbügel.

„Einer unserer Nachbarn hat eine verstopfte Dachrinne. Ich soll sie ausräumen.“

Stevie reinigt Dachrinnen!? Carole schwang das rechte Bein über den Sattel und ließ sich leicht in Delilahs Sattel gleiten. Sie prüfte die Länge der Steigbügel, sah, dass sie stimmte, tippte mit den Beinen an Delilahs Seiten, und das Pferd setzte sich in Bewegung. Carole wurde getragen. War es das, was sie so liebte? Nicht nur das. Wenn sie auf einem Pferd saß, konnte sie es dirigieren, wohin sie wollte. Das gelang ihr weder bei Stevie noch bei ihrem Vater. Sie war auch machtlos gegen die Krankheit ihrer Mutter gewesen. Aber Delilah fügte sich ihrem Willen. Während sie ritt, verflogen ihre Sorgen und auch so komische Vorstellungen wie ihre Freundin Stevie beim Ausräumen einer verstopften Dachrinne. Wusste Stevie denn überhaupt, wo sich an einem Haus die Dachrinne befand? Die Stunde begann.

„Okay, paarweise einstufen!“, rief Max und kündigte damit den Schluss der Stunde an. Lisa hatte sich so sehr auf ihre Reiterei konzentriert, dass sie ziemlich geschafft, aber glücklich war.

„Ach, wie schön," sagte Veronica freudig, „du bist meine Partnerin!" Sie trieb ihr Pferd neben Pepper, und die Pferde trabten nebeneinander. Lisa hatte Mühe, ihr Pferd im Trab zu halten. Es wollte im Schritt gehen.

„Schau mir zu", sagte Veronica, „ich tippe Cobalt hinter meinem Bein mit der Gerte an. Dann bleibt er im Trab."

Lisa widerstrebte es, Pepper die Peitsche zu geben, aber Max hatte ihr versichert, dass sie dem Pferd damit nicht wehtat. Die Gerte, so hatte er ihr erklärt, sollte nur die Verstärkung einer Hilfe darstellen. Lisa tippte also Pepper mit der Gerte an, und er trabte im gleichen Tempo wie Cobalt.

Veronica beugte sich ein wenig vor und sagte zu Lisa: „Ziemlich langweilig die Stunde heute."

Lisa hatte die Stunde sehr anstrengend, verwirrend, schwierig gefunden und hatte auch gegen ihre Angst gekämpft! War das langweilig gewesen? Gewiss nicht. Lisa fühlte sich einsam. Wenn sie eine Freundin unter den Mädchen hätte, wäre alles leichter. Carole gefiel ihr, aber dann müsste sie auch mit Stevie Freundschaft schließen. Und es war unwahrscheinlich, dass Stevie sie mochte. Es sah fast so aus, als käme nur Veronica auf sie zu. Und eben dieses Mädchen hatte ihr auch ihre Mutter schon ans Herz gelegt. Warum also sollte sie die Freundschaft nicht annehmen? Gerade wollte sie etwas zu Veronica sagen, da kam schon die Rüge von Max:

„Ihr Mädchen könnt euch bei eurer Limonade unterhalten! Lisa, vielleicht weißt du es noch nicht, aber bei uns gilt die Regel: keine Unterhaltung während der Stunde!"

Lisa errötete.

„Ich habe gesprochen, Max", bekannte Veronica.

Die Lippen von Max wurden schmal, aber er schwieg. Er gab der Abteilung lediglich das letzte Kommando dieser Stunde: „Und zum Schluss reiten wir noch eine Acht. Carole, du und Polly, ihr führt die Abteilung an und wechselt durch die ganze Bahn."

Nach der Stunde wollte Lisa nichts anderes als Pepper absatteln und nach Hause gehen. Sie hatte keine Lust mehr, Limonade zu trinken und sich mit irgendjemand in der Sattelkammer zu unterhalten. Sie hoffte, ihre Mutter würde bereits draußen warten. Dann könnte sie sofort fahren und sich zu ihren Hausaufgaben flüchten.

„Hier, deine Limonade, Lisa", sagte Veronica und reichte ihr die Dose. „Zwar hat Meg heute die Limonaden-Peitsche gezogen, aber ich dachte, du möchtest sie vielleicht gleich. Du siehst ziemlich durstig aus."

„Vielen Dank", sagte Lisa und nahm gleich einen Schluck. Er schmeckte und tat ihr gut.

„Und vielen Dank auch, dass du bei Max die Schuld auf dich genommen hast. Aber warum hat er dich dann nicht zurechtgewiesen?“

„Das würde ich ihm nicht raten. Es bekäme ihm auf die Dauer nicht gut“, sagte Veronica bedeutungsvoll. „Hör zu, möchtest du am Samstag nach der Reitstunde zu mir kommen? Zum Abendessen? Wir lassen uns eine Pizza kommen – mit allem. Ich bespreche das mit meiner Mutter.“

„Ja, gerne“, antwortete Lisa spontan. Immerhin, sie hatte jetzt eine Freundin – und sogar eine, die ihrer Mutter gefiel. Sie hätte sich selbst allerdings eine andere gewünscht. Ob ihre Mutter von Veronica zwar noch so begeistert wäre, wenn sie gehört hätte, wie sie über Max sprach und wie sie den Stallburschen herumkommandierte? Aber vielleicht war eine solche Freundin immer noch besser als gar keine?

Carole sattelte Delilah in aller Ruhe ab. Sie hatte gehofft, noch ein wenig mit Stevie plaudern zu können, aber ihre Freundin war sofort davongehetzt, kurz nachdem sie ihr Pferd abgesattelt hatte. Nicht einmal ihre Limonade hatte sie ausgetrunken. Carole musste auf ihren Vater warten, der frühestens in einer halben Stunde hier sein konnte. In der Zwischenzeit würde sie Delilah, die neben Pepper stand, putzen.

Carole wollte eigentlich die Unterhaltung zwischen

Lisa und Veronica gar nicht belauschen, aber die Boxen waren nur durch eine dünne Bretterwand getrennt und oben waren sie ganz offen.

Für Carole war Veronica das eingebildetste Mädchen, das sie kannte. Sie hatte keine echten Freunde, sondern scharte nur Bewunderer um sich. Nun wollte sie Lisa wohl auch noch in ihre Sammlung aufnehmen. Das war nicht gut, denn Carole mochte Lisa. Schade, dachte Carole, wäre sie nicht mit den Pferden so beschäftigt gewesen und wäre Stevie nicht so eilig davongerannt, hätten sie Lisa vielleicht in die Eisdiele eingeladen. Aber dazu war es jetzt zu spät.

Carole nahm den Striegel und begann Delilah von Kopf bis Fuß mit kräftigen Strichen zu bürsten. Das Letzte, was sie herüberhörte, war Veronicas süße Schmeichelstimme:

„Sag deiner Mutter, du bist am Samstag bei mir eingeladen und wirst, sagen wir, gegen zehn Uhr zurück sein."

Das bedeutete, dass Lisa mit Veronica fast sieben Stunden beisammen sein würde! Zum Glück blieb ihr das erspart! Niemals könnte sie es so viele Stunden mit Veronica aushalten – niemals!

6

Nach der Reitstunde am Samstag fühlte sich Lisa gut. Max hatte viel mit ihr gearbeitet. Zuerst hatte sie gedacht, er wäre böse auf sie, bald aber hatte sie gemerkt, dass er ihr helfen wollte. Sie hatte sich bemüht, seine Anweisungen zu befolgen, und es hatte funktioniert.

Sie übten den leichten Trab. Lisa musste sich dabei aus dem Sattel heben und sich wieder setzen. Schwierig war für sie immer noch, in den Rhythmus der Pferdebeine hineinzufinden, das heißt auf dem richtigen Fuß zu traben. Sie musste sich dafür einprägen: Tritt das äußere Vorderbein vor, steht der Reiter auf, tritt es zurück, setzt er sich in den Sattel. Dabei durfte sie nicht die Balance verlieren.

Aber Max hatte Geduld, und sie lernte. Sogar Patch, den sie heute wieder ritt, war nachsichtig mit ihr.

„Er ist heute viel besser aufgelegt als an meinem ersten Tag“, sagte sie zu Max.

„Wie kommst du darauf?“, fragte er.

„Weil er sich leichter reiten lässt.“

„Kann sein“, antwortete Max nur. „Okay, aufstehen, hinsetzen, aufstehen, hinsetzen.“

Lisa gab ihr Bestes und gegen Ende der Stunde glaubte sie, es begriffen zu haben.

„So, und anstatt aufzustehen, als hättest du einen Stock im Kreuz, werde noch geschmeidig in den Hüften! Also noch mal: auf, nieder, ja! Sehr gut, Lisa. Gut gemacht!“

Lisa konnte es nicht fassen. Ein Lob von Max! Die Stunde hatte ihr zum ersten Mal wirklich Spaß gemacht. Und obwohl sie sich noch dagegen sträubte, Reiten gefiel ihr. Was ihr in dieser Stunde aber noch gefiel, war, dass Max laufend Stevie ermahnte, ihren Kopf doch nicht sonst wo, sondern bei ihrer Reiterei zu haben. Lisa hatte Stevie den üblen Streich, den sie ihr in der ersten Reitstunde gespielt hatte, noch nicht vergeben. Sie hatten seither auch noch kein Wort miteinander gesprochen.

Lisa machte nicht nur Fortschritte im Reiten, sie hatte auch schon Freundschaft geschlossen. Gleich nach dieser Reitstunde war sie bei Veronica eingeladen. Ihre Mutter war zwar entsetzt gewesen, dass sie erst so spät nach Hause kommen würde, aber als Lisa sie daran erinnerte, dass sie im Haus der diAngelos zu Gast sein würde, hatte Mrs Atwood zugestimmt.

Doch gleich nach der Reitstunde sollte Lisa ihre neue

Freundin richtig kennenlernen. Während sie noch ihr Pferd versorgte, erschien Veronica.

„Du bist noch nicht fertig? Ich möchte meine Mutter nicht warten lassen“, sagte sie.

Lisa beeilte sich so gut es ging, denn sie wollte Mrs diAngelo bestimmt nicht warten lassen. Aber weil sie sich so beeilte, brachte sie wieder einmal alles durcheinander.

„Ich habe noch nicht einmal das Reithalfter unten, weil ich nicht mehr weiß, welche Riemen ich öffnen muss. Und den Sattelgurt bringe ich leider auch nicht auf“, stöhnte Lisa.

„Komm her, ich helf dir!“, seufzte Veronica. Sie hatte das Pferd rasch abgezäumt und auch den Sattelgurt gelockert, aber sie machte kein Hehl daraus, dass sie nicht sehr gern für andere arbeitete, auch nicht für eine neue Freundin. In der Sattelkammer, wo sie dann Sattel und Reithalfter aufräumten, sprach Polly Giacomin Veronica an. Sie schien gar nicht zu bemerken, dass Lisa neben Veronica stand.

„Hallo, Veronica“, sagte sie, „ich habe diese Woche Geburtstag und darf eine Party geben. Sogar ein Zauberer wird auftreten. Ich würde dich gern einladen!“

Lisa fand es unhöflich, dass Polly Veronica zur Party einlud und sie unbeachtet ließ, auch wenn sie keine Freundinnen waren. Wozu gab es ein Telefon? Aber bevor sie länger darüber nachdenken konnte, hob Veronica eine Augenbraue und sah Polly überrascht an.

„Ich habe keine Zeit“, antwortete sie.

„Wir feiern am Freitagnachmittag“, sagte Polly und merkte zu spät, dass Veronica für sie, Polly, grundsätzlich keine Zeit hatte, egal wann Polly die Party ansetzte. Polly sah zu Boden; sie wurde rot und sehr verlegen. Dann drehte sie sich um und ging hinaus.

„Was die sich einbildet“, sagte Veronica zu Lisa. „Polly Giacomin meint, ich komme zu ihrer Party. Und ein Zauberer!“ Sie lachte höhnisch. „Vielleicht erwartet sie auch noch, dass ihre Gäste Papierhüte tragen! Sind wir denn im Kindergarten?“

Lisa sah Veronica fragend an. Sie schwärmte für Zauberer und ihre Kunst und fand die Idee wirklich originell. Sie hätte die Einladung nicht ausgeschlagen. Was konnte Veronica nur dagegen haben? Aber sie spürte, dass es wenig Sinn haben würde, mit Veronica darüber zu reden. Ihrer beginnenden Freundschaft würde das bestimmt schaden. Lisa hob den Sattel auf den Halter und hängte das Zaumzeug darunter.

„Fertig, nun braucht deine Mutter nicht mehr länger zu warten“, sagte sie.

Veronica spähte durchs Fenster auf den Parkplatz. „Ich glaube, sie ist noch gar nicht da“, bemerkte sie.

Lisa verkniff es sich, Veronica daran zu erinnern, dass

sie noch vor ein paar Minuten gedrängt hatte, weil sie ihre Mutter nicht warten lassen wollte. Lisa wollte vermeiden, ähnlich wie Polly Giacomin abgefertigt zu werden.

Mrs diAngelo erschien 20 Minuten später. Sie fuhr einen Mercedes, dessen Rückbank von zwei großen Hunden mit sehr schmutzigen Pfoten belegt war. Die feinen Lederpolster wiesen entsprechende Spuren auf. Veronica setzte sich auf den Beifahrersitz und überließ es Lisa, sich neben die Hunde zu quetschen. Lisa mochte Hunde, aber diese Labradore schienen sie nicht zu mögen, zumindest nicht auf ihrer Sitzbank. Während der ganzen Fahrt zu Veronicas Haus musste Lisa deshalb um ihren schmalen Sitzplatz kämpfen. Weder Veronica noch ihre Mutter bemerkten ihre ungemütliche Lage. Sie waren in ein heftiges Streitgespräch verwickelt. Es ging um den Kauf einer neuen Reithose für Veronica.

„Hast du ihre gesehen, Mom?“ Veronica deutete nach hinten zu Lisa. Mrs diAngelo betrachtete Lisa durch den Rückspiegel. „Eine solche möchte ich – nur in Jägergrün.“

„Dieser Schnitt steht dir ganz und gar nicht“, erklärte Mrs diAngelo streng und erläuterte ihrer Tochter genauestens, wieso der Schnitt von Lisas Reithose einfach „unmöglich“ war.

Lisa atmete tief durch und sehnte das Ende der Fahrt

herbei. Als sie schließlich vor dem Haus der diAngelos hielten, sprachen Mutter und Tochter nicht mehr miteinander. Aber Lisa zweifelte nicht daran, dass Veronica ihren Willen durchsetzen würde.

Niemals würde Lisa ihre Mutter derart bearbeiten, wenn sie einen Wunsch hätte, und gewiss würde sich ihre Mutter das auch nicht bieten lassen. Aber noch viel weniger käme es ihr in den Sinn, einen Streit mit ihrer Mutter vor einem Gast auszutragen.

Lisa hatte, außer in Filmen, noch nie ein so nobles Haus gesehen wie das der diAngelos. Es war ein altes, großes Haus aus der Kolonialzeit, mit einer Eingangssäulenhalle, die bis in den zweiten Stock reichte. Das Haupthaus war dreistöckig, die beiden Seitenflügel zweistöckig. Das ganze Haus war von einem parkähnlichen Garten umgeben, mit sorgfältig geschnittenen Hecken und Büschen sowie exotischen Bäumen inmitten eines weitflächigen, makellos grünen Rasens. Im Hintergrund des Parks erhoben sich die hügeligen Virginia Hills. Im rückwärtigen Teil des Parks erkannte Lisa einen großen Swimmingpool, und etwas am Rand des großen Grundstückes stand noch ein Gästehaus, das größer war als das Haus ihrer Eltern. Lisa schluckte und schloss die Augen. Träumte sie? Nein, das Haus war noch da, als sie die Augen wieder aufschlug, und Veronica stand vor ihr und starrte sie an.

„Komm schon, Lisa, wir wollen unsere Zeit doch nicht vergeuden!"

Die Hunde stürzten aus dem Wagen und stürmten mit ihren schmutzigen Pfoten direkt in das schöne Haus. Die Mädchen folgten ihnen.

Die nächsten Stunden verlebte Lisa wie im Traum. Sie hatte immer in schönen Häusern gewohnt. Aber Veronica lebte in einem Palast und kannte nur Luxus – ein Luxus, der Lisa fremd war. So ließ sie durch ein Dienstmädchen Erfrischungen in ihr Zimmer bringen, der Gärtner musste ein paar Blätter aus dem Swimmingpool absaugen, bevor sie ihn benutzten, und schließlich musste der Chauffeur wegfahren und ihnen eine Pizza holen, obwohl Veronicas Mutter gesagt hatte, sie sollten essen, was der Koch schon zubereitet hatte.

Lisa schüttelte fassungslos den Kopf. Sie verstand jetzt auch, warum Veronica damals Red O'Malley geholt hatte, damit er ihr half, Pepper zu satteln. Genauso macht sie es mit mir, kam es Lisa plötzlich in den Sinn. Sie hat mich noch kein einziges Mal gefragt, was ich, ihr Gast, gerne tun möchte. Veronica bestimmte das Programm. Noch störte es Lisa nicht sonderlich, denn alles hier war aufregend neu für sie. Doch nach der Pizza hatte Veronica eine Idee, die Lisa nicht mehr gefiel.

„Mom hielt heute vor der Reitstunde am Einkaufszentrum, weil sie in die Apotheke musste. Ich war in der

Zwischenzeit im Video-Laden und habe mir einen Horrorfilm ausgeliehen, den Mom mir verboten hat. Den schauen wir uns jetzt an."

Und schon schob Veronica die Kassette in den Video-Rekorder, der an ihrem Fernsehapparat angeschlossen war.

Lisa sah auf Veronicas Radiowecker und stellte fest, dass es schon halb neun war. Wenn sie den Film anschauten, konnte sie unmöglich bis zehn Uhr zu Hause sein. Davon abgesehen wollte sie keinen Horrorfilm sehen, egal ob Mrs diAngelo es erlaubte oder nicht.

„Für mich wird es aber langsam Zeit, nach Hause zu gehen", wandte Lisa ein.

„Nach Hause!", empörte sich Veronica und betrachtete Lisas Einwand als persönliche Beleidigung.

„Nun, es ist schon ziemlich spät, und ich möchte nicht, dass Mom noch nach zehn hierherfahren muss. Sie mag es nicht, wenn ich die vereinbarte Zeit nicht einhalte."

„Lächerlich!", sagte Veronica. „Deine Mutter muss dich doch nicht abholen! Unser Chauffeur bringt dich nach Hause. Das ist doch kein Problem."

Abgesehen davon, dass Lisa gar nicht darauf erpicht war, von einem Chauffeur nach Hause gebracht zu werden, wäre das Problem damit nicht gelöst. Sie wusste nämlich, dass ihre Mutter schon lange auf eine Gelegenheit wartete, ins Haus der diAngelos zu kommen und davon so viel wie möglich zu sehen.

Veronica startete mit der Fernbedienung den Video-Rekorder und legte sich etliche Sofakissen am Boden zurecht, um bequem schauen zu können.

„Ich möchte doch nach Hause gehen“, sagte Lisa entschlossen.

Veronica warf ihr einen strafenden Blick zu. Lisa versuchte zu erklären: „Ich habe vielleicht zu viel von der Pizza gegessen, weißt du, oder es war die Salami, jedenfalls ist mir nicht gut im Magen ...“

„Okay, ich sag dem Chauffeur, er soll dich nach Hause bringen“, erklärte Veronica und griff zum Haustelefon.

Carole trug in einer Hand eine große Schüssel mit frischem gebuttertem und gesalzenem Popcorn ins Wohnzimmer. In der anderen Hand balancierte sie zwei Gläser Limonade und zwei Servietten.

„Essen fassen“, sagte sie streng.

Ihr Vater, der sich auf dem Sofa ausgestreckt hatte, sprang auf.

„Was für ein köstlicher Geruch“, schwärmte er und nahm ihr die Limonaden ab.

„Es ist Viertel vor neun, und ich weiß doch, dass du

um neun ‚Casablanca' anschauen willst. Und was ist der schönste Film ohne frisches Popcorn? Schließlich hast du Abendessen gemacht, da war ich jetzt an der Reihe."

„Und in der ersten Reihe ist gerade noch ein Platz frei", erklärte Oberst Hanson und schob einen Lehnstuhl neben das Sofa, auf dem er sich wieder niederließ. Carole schob ein Tischchen dazwischen und stellte die Schüssel darauf. Gerade hatte sie es sich im Sessel bequem gemacht, da klingelte das Telefon.

„Ich geh schon, Kleines", sagte ihr Vater. „Ich will ohnehin noch Salz holen."

„Okay", nickte Carole und kostete das Popcorn. Ihr war es salzig genug.

Carole wusste nicht, wer am Telefon war, aber ihr Vater plauderte so vergnügt, dass es nur Stevie sein konnte. Schon bei ihrem ersten Zusammentreffen hatten sie ihre gemeinsame Leidenschaft für alte Witze entdeckt. Seither erzählten sie sich bei jeder Gelegenheit einen nach dem anderen.

Carole hörte ihren Vater auflachen: „Sehr gut, den hatte ich doch tatsächlich vergessen gehabt."

Carole stand auf und ging zum Telefon. „Komm schon, Dad, lass mich mit Stevie sprechen."

„Meine Tochter tyrannisiert mich schon wieder, Stevie", scherzte er, „aber das nächste Mal erzähle ich dir vom Gorilla auf dem Golfplatz", und er drückte Carole den Hörer in die Hand.

„Hallo", sagte Carole, „was gibt's?"

„Nichts weiter, ich bin nur fix und fertig", erklärte Stevie mit der größten Selbstverständlichkeit. „Ich habe nämlich den ganzen Nachmittag damit verbracht, unsere gesamte Nachbarschaft abzuklappern und Flugblätter mit meiner Adresse zu verteilen. Dabei konnte ich alle Nachbarn gleich fragen, ob sie einen Job für mich hätten – keiner hatte einen. Dafür luden mich alle ein, ihre Kuchen zu probieren. Also Mrs Crockers Gebäck ist ungenießbar. Alles aus Vollkorn und Vollwert – scheußlich."

Carole lachte. Stevie erzählte ihr noch, welche Hunde sie verbellt hatten und welche Leute unfreundlich zu ihr gewesen waren. Dann schilderte sie ihr ein Haus, in dem es so seltsam roch und sie dann feststellte, dass dort frisch tapeziert worden war.

Dies und noch mehr berichtete Stevie. Nur was Carole hören wollte, konnte Stevie nicht berichten, nämlich dass sie einen guten Job bekommen hätte.

„Also alles umsonst?", fragte Carole.

„Die Leute werden mich irgendwann einmal anrufen", beruhigte sie Stevie.

„Aber wird ‚irgendwann' noch rechtzeitig für den Dreitageritt sein?", wagte Carole zu fragen.

„Natürlich“, entgegnete Stevie entrüstet.

„Woher weißt du das so genau?“, entgegnete Carole. Weil sie aber Stevies aufbrausendes Temperament gut kannte, fügte sie schnell besänftigend hinzu: „Ich werde langsam unruhig, verstehst du? Der Ausritt ist schon in zwei Wochen. Und wenn du das viele Geld nur durch schwere körperliche Arbeiten wie Dachrinnen- und Schwimmbeckenreinigen verdienen kannst, wird dir das zu viel.“

„Keine Angst“, beruhigte sie Stevie, „diese beiden Jobs habe ich an meine Brüder weitergegeben.“

„Aber Stevie ...“

„Mach dir keine Sorgen, Carole“, sagte Stevie mit so viel Überzeugungskraft, dass Carole versucht war, ihr zu glauben. Vielleicht hatte sie doch noch etwas in der Hinterhand.

„Weißt du“, gestand Carole, „wenn du den Ausritt nicht mitmachen könntest, hätte ich auch keine Freude mehr daran. Oder kannst du dir vorstellen, dass ich mit Veronica oder gar mit dem neuen Mädchen in einem Zelt schlafen möchte? Veronica müsste ich dann drei Tage hindurch klarmachen, dass sie sich endlich einmal selbst um ihr Pferd kümmern muss.“

„... und trotzdem würdest du Cobalt versorgen.“

„Natürlich, sie hat ja nicht die geringste Ahnung, wie man mit diesem wunderschönen Pferd umgeht. Cobalt hätte es in der freien Wildbahn wirklich besser als bei Veronica."

„Dann überrede sie doch, ihn laufen zu lassen. Du fängst ihn dann wieder ein – und vielleicht darfst du ihn dann behalten", schlug Stevie vor.

„Das einzig Vernünftige, was du heute von dir gegeben hast, aber leider ein Wunschtraum", scherzte Carole.

„Danke, Kumpel. Ich muss jetzt die Telefonleitung freihalten; meine künftigen Kunden könnten mich nämlich noch mit Aufträgen überschwemmen. Schau du dir mit deinem Vater den Film an!"

Carole legte auf und ging wieder ins Wohnzimmer. Und in diesem Moment begann auch der Film.

7

„Bist du der Junge, der einen Job sucht?“, erkundigte sich eine Stimme am Telefon. Kaum hatte Stevie ihr Gespräch mit Carole beendet, erreichte sie dieser Anruf.

„Ja“, antwortete Stevie, die einem neuen Kunden nicht widersprechen wollte.

„Unter meiner Hecke müsste das Laub herausgerecht werden. Könntest du das übernehmen?“

Diese Art Gartenarbeit war schweißtreibend und nicht gerade angenehm. Stevie hatte sich im Herbst, wenn es kühl war, davor gedrückt, Blätter zusammenzurechen.

„Ich bezahle 2,50 Dollar für die Stunde“, ergänzte die Dame.

„Gerne“, sagte Stevie eifrig.

„Dann Montag um vier Uhr?“

„Ja, ich komme“, versprach Stevie, notierte Name und Adresse und legte auf.

Unter Hecken herauszurechen war nicht nur mühsam, sondern eindeutig eine Arbeit für kleine Leute, die sich leicht bücken konnten, also für ihren Bruder, der ohnehin auf ein größeres Aquarium für seine Fische sparte.

„Michael!", rief sie in den nächsten Stock hinauf. Ihr neunjähriger Bruder erschien am Treppengeländer.

„Ja?", fragte er misstrauisch.

„Du willst doch Geld verdienen?"

Michael grinste und nickte. Schon wieder läutete das Telefon.

„Bin ich mit Stevie Lake verbunden?", fragte ein Mann. „Ich brauche jemanden, der mir hilft, meinen Dachboden zu entrümpeln", sagte er. Das war doch der Job für ihren Zwillingsbruder Alex!

Stevie sagte zu, machte den Zeitpunkt aus, notierte die Adresse und informierte ihren Bruder. Kaum war das erledigt, klingelte das Telefon schon wieder. Sie konnte es kaum fassen. So hatte sich ihr Rundgang durch die Nachbarschaft doch gelohnt! Den Leuten fiel jetzt nach und nach ein, dass sie eine Menge Arbeit hatten. Stevie war begeistert.

Auch während des Sonntags läutete das Telefon ohne Unterlass. Eine Frau suchte jemanden, der für ihren sechsjährigen Sohn Würmer ausgraben konnte. Der Junge wollte nämlich unbedingt fischen gehen und hatte keine Köder. Eine andere Anruferin wollte ihr Gemüsebeet umgegraben haben, damit sie es neu anpflanzen konnte. Die Zieglers suchten für Mittwochnachmittag einen Babysitter für ihre Zwillinge. Alle, so schien es, hatten plötzlich dringend etwas zu tun, was sie alleine nicht schafften. Stevie hatte dafür volles Verständnis. Schließlich schaffte sie es auch nicht, ihre Mathearbeit in Angriff zu nehmen.

Nachdem Stevie fast den ganzen Tag am Telefon Aufträge entgegengenommen hatte, fiel sie am Sonntagabend erschöpft in ihr Bett. Im Traum sah sie sich auf Comanche sitzen und stolz den Bergpfad entlangreiten. Nur sie, Carole und Max waren dabei. Die anderen hatten in der Stadt bleiben müssen. Sie standen nämlich alle bei ihr unter Vertrag und erledigten Aufträge. Stevie lächelte zufrieden im Schlaf.

Montags fanden eigentlich auf Pine Hollow keine Reitstunden statt. Carole aber hatte noch am Sonntag Veronica angerufen und sie daran erinnert, dass sie ihr versprochen hatte, sie dürfe nach der Schule Cobalt reiten. Veronica hatte das natürlich vergessen. Das hatte Carole nicht überrascht. Schlimm war nur, dass Veronica wieder einmal ihr Pferd Cobalt vergessen hatte. Jedenfalls war sie gerne damit einverstanden, dass Carole ihn bewegte.

Caroles Schulbus hielt am Einkaufszentrum. Dort stieg

sie aus und ging zu Fuß nach Pine Hollow. Gegen halb vier war sie im Stall.

Auf dem Sandplatz war niemand; sie konnte also mit dem schönen Pferd draußen auf dem großen Übungsgelände reiten. Lächelnd betrat sie Cobalts Box. Er beschnupperte zärtlich ihre Schulter, als sie den Arm um seinen seidig glänzenden schwarzen Hals legte.

„Armer Junge“, flüsterte sie ihm ins Ohr, „du bist einfach zu schön. Würdest du nicht so gut aussehen, hätte dich Mr diAngelo niemals gekauft, und du würdest nicht Veronica gehören. Vielleicht hättest du dann einen Besitzer, der sich wirklich um dich kümmern würde.“

Veronica kümmerte sich zwar um ihr Pferd, aber eben nur insoweit, als sie sich mit ihm wichtig machen konnte. Er gehörte zu ihren Untergebenen wie ihre Dienstboten und Freundinnen.

Cobalt war ein Vollbluthengst. Mr diAngelo hatte viel Geld für ihn bezahlt. Aber Cobalt war trotzdem nicht das passende Pferd für Veronica. Seine Persönlichkeit war mit der Persönlichkeit von Veronica nicht in Einklang zu bringen. Cobalt war selbstbewusst und eigenwillig. Veronica hätte ein Pferd gebraucht, das sich ihr willig unterordnete. Das aber tat Cobalt nicht. Veronica musste immer mit ihm kämpfen, und es konnte ihr keinen Spaß machen, ihn zu reiten. Aber Carole bedauerte eigentlich nur Cobalt.

In wenigen Minuten hatte Carole Cobalt gesattelt und gezäumt. Sie führte ihn hinaus auf den Sandplatz, wo inzwischen Max mit einem Braunen arbeitete, den er kürzlich als Schulpferd gekauft hatte. Mit einem freundlichen Lächeln begrüßte er Carole und Cobalt.

„Ich sehe es immer gern, wenn du dieses Pferd reitest", sagte er.

„Und ich reite ihn gern", entgegnete Carole. „Ich gebe die Hoffnung nicht auf, dass er, wenn ich ihn oft genug reite, eines Tages doch noch Vertrauen zu Menschen entwickelt."

Max schüttelte traurig den Kopf. „Er ist ein feiner Kerl und wird es immer bleiben. Daran kann Veronica nichts ändern. Aber als Reitpferd wird er bald unbrauchbar sein. Schau dir den an, auf dem ich sitze: Diablo. Sie nannten ihn so wegen seiner kurzen, spitzen Ohren." Carole sah das Pferd an und musste lachen. Er sah wirklich aus wie ein kleiner Teufel.

„Trotzdem, ein braves Pferd und für Anfänger bestens geeignet. Aber er ist ziemlich hart im Maul."

Carole wusste, was das bedeutete. Wenn ein Pferd die Zügelhilfen, die über das Trensengebiss auf sein Maul einwirken, nicht annimmt, ist es hart oder tot im Maul.

Reagiert es bereits auf eine leichte Parade, ist es weich im Maul.

„Cobalt ist weich im Maul. Wenn ich sehe, wie Veronica am Zügel reißt, weiß ich, wie weh sie ihm tut."

„Kein Wunder, dass er sich verspannt und niemals ruhig geht, wenn sie ihn reitet", sagte Carole.

„Bei dir geht er gut", gestand Max ihr zu.

Carole wusste das und war stolz darauf. Cobalt reagierte auf die leichteste Parade, ja es genügte schon ein leichter Schenkeldruck gegen seine Seiten. Oft schien es Carole, als könne Cobalt ihre Gedanken lesen.

„Zeig einmal, wie schön das Pferd gehen kann", forderte Max sie heraus. „Dabei kann ich Diablo gleich ausprobieren. Ich reite eine Figur, und du versuchst mir zu folgen."

Carole stellte sich gern solchen Herausforderungen. Sie zweifelte nicht daran, dass Cobalt ihnen gerecht werden würde. Die meisten Reitstunden waren auf die Schüler ausgerichtet, die mit dem Wohlwollen und der Mitwirkung ihres Pferdes die Grundbegriffe des Reitens erlernten. Nur wenige Reitschüler hatten den Ehrgeiz und das Talent, dem Pferd Dressurfiguren beizubringen, das heißt vor allem Gehorsam, Versammlung und Aufrichtung. Bei Dressurwettbewerben werden dann Pferd und Reiter gleichermaßen beurteilt.

Max wollte sehen, was Diablo konnte, und gleichzeitig Carole die Gelegenheit geben, Cobalt einmal voll auszureiten. Er war ein englisches Vollblutpferd. Diese Pferde sind sehr schnell, denn sie werden hauptsächlich für Rennen gezüchtet. Aber Carole wusste, dass Cobalt auch sehr willig war, und sie fand es interessant, mit ihm eine Dressuraufgabe zu reiten.

Max ritt eine Acht. Er begann im Linksgalopp auf dem Zirkel und ritt bis zum Mittelpunkt der Bahn, dem Punkt X. Hier wechselte er aus dem ersten Zirkel in den nächsten Zirkel, musste also in den Rechtsgalopp gehen. Im Linksgalopp sprang Diablos linkes Vorderbein vor, beim Wechsel in den Rechtsgalopp das rechte. Bei Max ging dies weich, fast unmerklich, vor sich. Er ritt den Zirkel aus, parierte durch zum Schritt und stellte sich auf die Mitte der langen Seite, um für Carole Platz zu machen.

Es bedurfte nur eines fast unsichtbaren Schenkeldrucks von Carole, und Cobalt galoppierte in tadelloser Aufrichtung links an. Am Punkt X vollzog er einen so perfekten Galoppwechsel, als wäre er diese Lektion schon immer mit Carole gegangen.

„Schön, Carole, wirklich schön“, sagte Max.

Carole wusste, dass nicht sie, sondern Cobalt das Lob verdiente.

Max arbeitete mit Carole und Cobalt noch über eine Stunde. Nicht ein einziges Mal machte Cobalt Zicken oder war ungehorsam. Er wirkte vollkommen zufrieden und schien seiner Reiterin gerne zu gehorchen.

„Genug für heute“, verkündete Max. „Das war gute, harte Arbeit. Ihr habt euch beide eine Erholung verdient und Cobalt noch eine Bürstenmassage dazu!“

Carole saß ab und führte Cobalt noch eine Weile um den Sandplatz, bis er ganz trocken war. Dann brachte sie ihn in seine Box und sattelte und zäumte ihn ab. Dann kam sie mit Striegel und Kardätsche, Mähnenkamm und Hufkratzer wieder zurück.

Es dauert lange, bis ein Pferd von den Ohrenspitzen bis zum Schweifende gestriegelt und gekämmt ist. Carole tat es gern. Sie hängte Cobalt in seiner Box beidseitig an und reinigte als Erstes mit dem Hufkratzer seine Hufe. Dann kämmte sie mit dem Mähnenkamm Mähne und Schweif. Schließlich striegelte sie von vorn nach hinten seinen ganzen Körper, zuerst die linke, dann die rechte Seite. So wurden Staub und Schweiß aus dem Fell entfernt. Zum Schluss glättete sie es mit einem feuchten Schwamm, sodass es tiefschwarz glänzte. Schließlich warf sie ihm noch eine leichte Decke über, denn die ersten Frühlingsabende waren noch sehr kühl.

Und natürlich bekam er zum Abschied noch ein Stück Zucker. Grundsätzlich war Carole dagegen, Pferde mit

Leckerbissen zu verwöhnen. Das konnte zu der Unart führen, dass ein Pferd dann immerzu bettelt und seine Reiter überall beknabbert. Bei Cobalt bestand diese Gefahr nicht, denn er bekam von Veronica nur sehr selten einen Leckerbissen. So erwartete er nichts, genoss es aber, wenn Carole ihn manchmal mit einem Stück Zucker oder Karotten verwöhnte. Bei ihr benahm er sich stets tadellos. Veronica dagegen klagte oft, wie ungezogen er sein konnte. Carole aber wusste genau, wer von den beiden die schlechteren Manieren hatte.

Sie legte noch einmal den Arm um Cobalts Hals, dann verließ sie Pine Hollow in Richtung Einkaufszentrum.

Wenn ich einmal meinen eigenen Stall haben werde, beschloss sie, werde ich keine Pferde aufnehmen, deren Besitzer sich nicht wirklich um ihre Tiere kümmern – egal wie reich oder prominent diese Leute sein mögen.

8

„Ach, hier wohnst du?“, fragte Veronica, als Lisas Mutter den Wagen am Samstagnachmittag in die kleine Einfahrt lenkte. In diesem Moment wusste Lisa, dass ihr ein schwieriger und langer Nachmittag bevorstand.

Die beiden Mädchen zogen sich in Lisas Zimmer zurück. Mrs Atwood versprach, ihnen gleich Milch und selbst gebackenen Honigkuchen heraufzubringen. Zum Glück sah sie nicht mehr, welche Grimasse Veronica dazu schnitt.

Lisa gefiel ihr Zimmer. Sie hatte sich immer wohl darin gefühlt. Es passte auch zu ihr. Die weißgrundige Tapete war mit rosafarbenen Blümchen bedruckt. Ihr Prunkstück war ein Lehnstuhl, der mit demselben rosa und weiß gemusterten Stoff bezogen war wie ihre Bettdecke. Auf ihrem Kopfkissen saß ihre geliebte Stofftiersammlung. An der gegenüberliegenden Wand neben dem Einbauschrank stand ein Frisiertisch, darüber hing ein großer Spiegel. An der Fensterwand schließlich befand sich ihr Schreibtisch mit einem Bücherbord, das ihre Lieblingsbücher, etliche Spiele und Spielsachen beherbergte. Vor dem Bett lag ein kleiner Teppich auf dem sonst blanken Holzboden, der warm in der Sonne schimmerte. Für Lisas Bedürfnisse war alles vorhanden. Sie sah natürlich sofort, dass dieses Zimmer Veronicas Ansprüchen nicht genügte: kein Telefon neben dem Bett, kein Sofa, kein Fernseher, kein Videogerät, keine Stereoanlage und kein Haustelefon, um das Personal zu rufen.

Veronica setzte sich sogleich in den Lehnstuhl; Lisa legte sich bäuchlings auf ihr Bett, sah Veronica an und sagte entschuldigend: „Ich habe etliche Dinge nicht, die für dich selbstverständlich sind."

„Wo habt ihr deine Reithose gekauft?", fragte Veronica, ohne auf Lisas Entschuldigung einzugehen. Offensichtlich war der Kampf zwischen ihr und ihrer Mutter noch nicht ausgefochten.

„Mom und ich haben sie im ‚Hufeisen' gekauft", sagte Lisa.

„Oh!" Veronica holte Luft. So wie sie diesen Laut hervorbrachte, war klar, dass sie in exklusiveren Geschäften einkaufte. Und wenngleich sie Lisas Reithose bewundert hatte, konnte Veronica diAngelo sie jetzt nicht mehr kaufen. Das „Hufeisen" war nämlich kein exklusives Geschäft. Lisa fragte sich, ob Veronica sie überhaupt zur Freundin haben wollte, wenn sie in diesem Geschäft Kundin war. Aber was für ein Mädchen war Veronica überhaupt, wenn sie ihre Freunde danach beurteilte, wo sie ihre Reitkleidung kauften?

In diesem Moment betrat Mrs Atwood das Zimmer und brachte Milch und Kuchen. Diesmal entging ihr Veronicas Grimasse nicht. Nun war der Nachmittag verdorben.

„Stevie, sitzt du auch wirklich über deinen Hausaufgaben?", rief Mrs Lake von unten herauf.

Stevie wollte nicht lügen, wollte aber auch nicht Nein sagen. Sie musste aber unbedingt vermeiden, dass ihre Mutter zu ihr ins Zimmer kam und ihr wieder eine Standpauke hielt. Also äußerte sie sich zweideutig: „Was soll man denn sonst an einem Samstagnachmittag tun?", rief sie hinunter. Es wirkte. Ihre Mutter gab sich zufrieden und kam nicht herauf.

Abgesehen davon arbeitete sie an ihrer Hausaufgabe, besser gesagt am „Ersatzprojekt" für die Mathearbeit.

Ihre drei Brüder waren bereits eingespannt, und soeben verteilte sie die Aufträge.

„Tim", sagte sie zu ihrem älteren Bruder. Tim war vierzehn und sehr an Mädchen interessiert. Stevie konnte ihn daher immer für einen Job gewinnen, wenn der Auftraggeber eine nette Tochter hatte.

„In der Granite Street möchte eine Dame heute Nachmittag ihren Rasen gemäht haben. Sie heißt Richman, ist also mit großer Wahrscheinlichkeit Janets Mutter."

„Oh, Janet", sagte Tim und verdrehte die Augen. „Ich mähe den Rasen."

„Dachte ich mir doch", kicherte Stevie. „Alex, willst du einen Hund spazieren führen?"

„Wenn es kein Schoßhündchen ist."

„Ich kann dir nicht auch noch deine Lieblingsrasse vermitteln", sagte Stevie schon etwas ärgerlich. Ihr Zwillingsbruder sagte zu.

„Michael, du hast letzte Woche unter der Hecke so gewissenhaft sauber gemacht, dass dir die Dame jetzt auch noch ihre Blumenbeete anvertrauen möchte."

„Schon wieder Gartenarbeit", stöhnte Michael.

„Aber sie bezahlt doch 2,50 in der Stunde, und davon bleiben dir runde 2 Dollar." Stevie wusste, was bei ihrem Bruder den Ausschlag gab – nämlich Geld.

„Okay, wird gemacht", stimmte Michael zu.

„Worauf wartet ihr dann noch?", fragte Stevie ihre Brüder. „Geht an eure Arbeit!"

Sie trollten sich aus ihrem Zimmer, aber Stevie nahm das gar nicht mehr wahr. Sie musste auf ihrem Schreibblock notieren, welche Jobs sie weitergegeben hatte und an wen. Gerade als sie damit fertig war, klingelte schon wieder das Telefon.

„Stevie“, meldete sich eine Mädchenstimme, „hier ist Polly, ich kann am Mittwoch nicht babysitten. Ich habe einen Termin beim Kieferorthopäden.“

„Gut, ich werde Mrs Ziegler fragen, ob es ihr recht ist, wenn du die Zwillinge zum Zahnarzt mitnimmst“, sagte Stevie nach kurzem Nachdenken.

„Unmöglich!“, wehrte Polly ab. „Diese beiden sind schlimmer als ein Sack Flöhe. Die stellen die ganze Praxis auf den Kopf. Du musst jemand anderen finden.“

„Okay“, stimmte Stevie zu und legte auf. Sie beschloss, die neue Reitschülerin anzusprechen. Sie wohnte nämlich ganz in der Nähe der Zieglers. Da könnte sie allerdings wissen, wie ungezogen diese Zwillinge waren. Während sie noch überlegte, griff sie schon zum Hörer. Doch bevor sie abheben konnte, läutete das Telefon schon wieder.

„Spreche ich mit Stevie? Möchtest du mir helfen, meinen Keller auszuräumen? Bei dem starken Regen letzte Woche ist Wasser eingedrungen. Jetzt muss alles an der Luft getrocknet werden.“

„Du kannst dir gar nicht vorstellen, wie viele Anrufe ich erhalte“, erzählte Stevie Carole, als sie spät am Abend noch bei ihr anrief. „Mein Ohr ist schon ganz wund.“

„Sag einmal, Stevie, was hast du eigentlich auf dieses Flugblatt geschrieben, das du in der ganzen Nachbarschaft verteilt hast?", wollte Carole wissen. In der Stadt gab es viele Kinder, die einen Job suchten. Warum riefen alle Leute bei Stevie an?

„Nun ja, ich kämpfe eben mit harten Bandagen", sagte Stevie ausweichend. Carole wusste, wenn Stevie auswich, hatte sie etwas zu verbergen.

„Was soll das heißen, mit harten Bandagen kämpfen?"

„Was es eben heißt – in der Boxersprache."

„Rede normal mit mir. Wir sind keine Boxer", bohrte Carole weiter.

„Also gut, ich werde dir den Text vorlesen", gab Stevie nach.

„Gut, ich höre", sagte Carole.

„Okay, dann höre", seufzte Stevie. „Ich brauche dringend Geld! Ich erledige jede noch so ausgefallene Arbeit für Sie. Nichts ist zu groß, zu klein oder zu schwer für mich. Ich scheue keine Arbeit, wenn sie nur ehrlich ist. Ich brauche sofort Geld, weil ich kein Dach über dem Kopf und nichts zu essen habe! Gezeichnet: eine hungernde Zwölfjährige. Bitte wählen Sie 555-7823 und fragen Sie nach Stevie."

„Bist du wahnsinnig? Du bist gesetzlich dazu verpflichtet, in einem Inserat die Wahrheit zu sagen!"

„Nun, es ist doch irgendwie wahr. Ich muss das Geld

verdienen, um für den Dreitageritt mein Zelt und mein Essen bezahlen zu können. Stimmt doch, oder? Ich habe ja auch schon unzählige Anrufe erhalten. Ah, da fällt mir ein, kannst du am Montag Cobalt putzen?“

„Ja, natürlich, ich putze Cobalt immer und jederzeit, aber …“

„Vielen Dank. Hör zu, Carole, ich muss jetzt weg. Wir sehen uns!“ Stevie legte auf, noch bevor Carole sie fragen konnte, warum sie jemanden für Cobalt suchte. Carole kombinierte, dass Stevie von dem Oberfaulpelz Veronica diAngelo den Auftrag bekommen hatte, Cobalt zu putzen, für den gleichen Termin aber schon etwas anderes angenommen hatte. Gut, wenn Stevie es dadurch gelang, das nötige Geld für den Ausflug zu verdienen, dann half ihr Carole nur zu gern. Abgesehen davon war ihr jede Gelegenheit willkommen, mit Cobalt beisammen zu sein.

Als Carole am Abend zu Bett ging, war sie trotz Stevies Zuversicht noch nicht davon überzeugt, dass ihre Freundin es schaffen würde, den Wanderritt zu bezahlen.

Als Lisa zu Bett ging, sah sie noch den Halbmond, der durch ihr Fenster schien. Er spiegelte sich in ihrem Frisierspiegel wider – zwei Halbmonde, eine Viertelmillion Meilen entfernt. Wenn sie die Hälften zusammenfügen könnte, hätte sie dann einen Vollmond? Vielleicht würden die Hälften gar nicht zusammenpassen. In diesen Tagen schien vieles nicht zusammenzupassen.

Obwohl Lisa geglaubt hatte, sie würde niemals reiten wollen, machte es ihr nach den ersten Reitstunden riesigen Spaß. Sie hatte geglaubt, für diesen Sport kein Talent zu haben, aber Max hatte sie heute wieder gelobt. Max schmeichelte niemandem; er wusste, dass sie sich sehr bemüht hatte und das Lob verdiente.

Sie hatte auch gedacht, es wäre schön, Veronica diAngelos Freundin zu sein. Aber das war ein Trugschluss. Für Veronica eine Freundin zu sein hieß nicht, dass Veronica eine Freundin für einen selbst war. Lisa begriff jetzt, dass Veronica sehr egoistisch war. Eigentlich hatte sie das schon bemerkt, als Veronica damals im Stall Red O'Malley herbeirief, damit er ihr half. Sie war vielleicht bereit, ihren Video-Rekorder oder den Chauffeur ihrer Eltern mit ihr zu teilen, aber sie wäre niemals bereit, für ihre Freundin ein Opfer zu bringen. Sie würde nie eine wahre Freundin sein. Das war Lisa jetzt klar.

Reiten war ein geselliger Sport. In der Reitstunde waren sie eine Gruppe, und ein Dreitageritt war bestimmt ein lustiges Unternehmen, wenn man eine Freundin hatte. Aber auch Veronica würde es nicht leicht haben, eine Partnerin zu finden. Lisa wollte sich nicht damit abfinden, eine Außenseiterin zu bleiben. Wenn es so blieb, würde sie trotz allem das Reiten aufgeben. Selbst ihre Mutter würde jetzt Verständnis dafür haben, hatte sie doch selbst erlebt, wie ungezogen Veronica sein konnte.

Lisa schloss für ein paar Minuten die Augen. Als sie sie wieder aufschlug, war der Mond untergegangen. Der Himmel leuchtete tiefblau, nur ein paar Sterne blinkten. Ihr Spiegel über dem Frisiertisch war völlig dunkel.

9

Am Dienstag vor der Reitstunde stand Lisa ganz still neben Pepper in dessen Box. Seit Samstagabend überlegte sie sich schon, ob sie das Reiten wieder aufgeben sollte. Sie schien es auf Pine Hollow nicht zu schaffen, in den Kreis der Reitschülerinnen aufgenommen zu werden. Also würde dies ihre letzte Stunde sein.

In die Box nebenan war jetzt Veronica getreten. Lisa rührte sich nicht, denn Veronicas Anwesenheit erfüllte sie mit Unbehagen. Tatsächlich schien auch Cobalt etwas gegen seine Besitzerin zu haben. Lisa horchte, streckte sich und konnte sehen, wie Cobalts Sattel ziemlich unsanft auf seinem Rücken landete. Gleich darauf hörte sie den Sattel zu Boden fallen. Lisa verstand. Cobalt hatte gegen das grobe Auflegen des Sattels protestiert. Lisa konnte ihn verstehen.

„Du blödes Pferd“, schimpfte Veronica. „Ich hole Red, er soll dich satteln. Red! Wo bist du?“, rief sie laut. Keine Antwort. Lisa hatte Red in der Sattelkammer gesehen. Er musste Veronica hören, aber wollte offensichtlich nicht hören, was Lisa wiederum gut verstehen konnte.

Lisa legte behutsam die Satteluntérlage auf Peppers Rücken und strich sie sorgfältig glatt. Danach hob sie den Sattel hoch und legte ihn behutsam auf den Pferderücken. Das Pferd verlagerte nur sein Gewicht von einem Bein auf das andere, blieb aber stehen. Dann zog sie, so wie Red es ihr gezeigt hatte, die Satteldecke links und rechts sowie vorne und hinten noch einmal glatt, damit bestimmt keine Falte blieb. Nun hob sie den Sattel ein wenig hoch, um ihn vor dem Mähnenkamm wieder aufzulegen. Dann schob sie ihn vorsichtig wieder etwas zurück, wobei das Fell unter dem Sattel glatt gestrichen wurde. Der vordere Teil des Sattels, also Vorderzwiesel und die Sattelkammern, musste über dem Widerrist des Pferdes liegen. Als Lisa dieses Wort zum ersten Mal hörte, konnte sie sich nichts darunter vorstellen, aber Red hatte ihr erklärt, dass der Widerrist die leichte Erhöhung des Rückens über den Schultern ist, der höchste Punkt des Pferderückens.

Nachdem Lisa sich vergewissert hatte, dass der Sattel richtig lag, griff sie nach dem Sattelgurt. Da hörte sie Caroles Stimme: „Kann ich dir helfen?“

Lisa wollte schon Ja sagen, als sie merkte, dass Carole nicht sie angesprochen hatte, sondern Veronica, die natürlich eifrig bejahte.

„Dieser Red ist nur faul und dumm! Er hilft mir nicht und bestimmt kümmert er sich auch nicht um mein Pferd!“, jammerte Veronica.

Carole gab darauf keine Antwort, stattdessen redete sie beruhigend auf Cobalt ein: „Komm, mein guter Junge, ist ja gut …“

Lisa hörte, wie Carole seinen Hals abklopfte und er ein leises Schnauben von sich gab. Carole redete ständig mit Cobalt, während sie ihn sattelte und zäumte. Es ging völlig lautlos und ohne Kampf vor sich. Das Pferd schien sie eben zu verstehen. Erst als Carole den Sattelgurt nachgezogen hatte, sprach sie mit Veronica. Vielleicht weil Lisa sie nicht sehen, sondern nur hören konnte, fiel ihr auf, dass Caroles Stimme jetzt irgendwie unsicher und stockend klang: „Cobalt ist neulich wirklich sehr schön gegangen. Max hat ein wenig mit ihm und mir gearbeitet. Ich wollte …“

„Hoffentlich habt ihr nicht zu viel gemacht, Carole“, unterbrach sie Veronica schroff.

„Nein, bestimmt nicht. Ich habe ihn nur eine Stunde geritten, aber ich wollte dich fragen, ob ich …“

„Carole“, fiel ihr Veronica wieder und noch schärfer ins Wort. Lisa war erstaunt, dass Carole sich diesen Ton gefallen ließ, aber Veronica hatte sichtlich die Oberhand: „Du hast doch nicht etwa …“

„Rede nicht in diesem Ton mit mir. Ich habe niemandem, nicht einmal Max gesagt, dass du die Tür zugeschlagen und Patch erschreckt hast. Ich möchte dir nur sagen, du kannst Lisa gern in deine Sammlung aufnehmen. Mir ist das egal, aber eigentlich ist sie zu schade für dich."

„Sammlung?", fragte Veronica, als verstünde sie nicht. „Lisa ist ein nettes Mädchen, wenn du das sagen willst, aber wir haben wirklich nichts miteinander gemein. Sie ist nicht einmal eine gute Reiterin", meinte Veronica abfällig.

„Gute Reiterin", wiederholte Carole nachdenklich, „was verstehst du denn davon?"

Ein paar Augenblicke lang blieb Veronica stumm. Sie hatte wohl begriffen, dass Carole den Spieß umgedreht hatte und zum Angriff übergegangen war.

„Hör zu, Carole, wenn du Cobalt am Donnerstag reiten möchtest, bin ich einverstanden. Aber mach nicht zu viel mit ihm, okay?"

Dann hörte Lisa noch das Klappern von Cobalts Hufen. Veronica führte ihn hinaus auf den Sandplatz. Lisa kauerte sich in die hinterste Ecke der Box. Keines der Mädchen sollte wissen, dass sie alles mit angehört hatte!

Ihre Hände waren feucht geworden. Es war nicht sehr schön, wenn man anhören musste, wie über einen geredet wurde. In welche Sammlung sollte sie aufgenommen werden? Nichts hatte sie mit Veronica gemein? Nicht einmal eine gute Reiterin war sie? Sie galt also nichts in diesem Stall, zumindest für Veronica. Was bildete sich dieses Mädchen überhaupt ein? Sie war die Tochter des reichsten Bürgers von Willow Creek. Das war aber auch schon alles!

Dann kamen Lisa aber doch die Tränen und waren nicht mehr aufzuhalten. Sie schniefte und versuchte die Tränen wegzuwischen. Nie, nie durfte diese schreckliche Veronica erfahren, wie sehr sie sie gekränkt hatte!

„Pepper, alles in Ordnung bei dir?“ Das war Caroles Stimme.

„Was ist denn los mit dir, Junge? Du bist ja schon gesattelt? Lass mal sehen.“

Dann wurde die Boxentür zurückgeschoben, und Carole trat in die Box. Jetzt gab es kein Versteck mehr für Lisa. Als Carole sie sah, wusste sie, was geschehen war. Lisas Gesicht sagte ihr alles.

„Du hast uns gehört, nicht wahr?“, fragte Carole. Lisa nickte.

„Besser jetzt als später“, meinte Carole nüchtern. „Veronica ist ein Biest. Du darfst nie glauben, was sie über andere redet – egal, ob gut oder böse.“

Lisa hockte sich auf einen Strohballen, der in der Box lag, drückte die angewinkelten Beine gegen die Brust und presste die Stirn auf ihre Knie. Die letzten Tränen tropften ins Stroh. Als sie sich wieder in der Gewalt hatte, hob sie den Kopf und sah Carole an, die Pepper inzwischen aufgezäumt hatte und ihm jetzt über den Hals strich.

„Und was ist mir dir?“, fragte sie. „Wann hättest du mir die Wahrheit gesagt?“

„Ich?“, fragte Carole verwundert.

„Ja, du. Du hast von Anfang an gewusst, dass Veronica damals die Tür zugeschlagen hat, oder?“

„Schon, aber ...“

„... aber was? Warum hast du es mir verschwiegen?“

„Was hätte es dir denn gebracht, wenn du es gewusst hättest?“, fragte Carole.

„Ich hätte mir nicht eingebildet, dass Veronica meine Freundin sein könnte, und ich hätte von vorneherein gewusst, dass Veronica ein – ein Biest ist.“

„Das weiß doch jeder“, stellte Carole fest.

„Aber ich habe es nicht gewusst. Ich bin doch noch nicht lange hier. Und ich hätte Stevie nicht verdächtigt.“

„Du hast wirklich geglaubt, Stevie wäre es gewesen?“, fragte Carole erstaunt. Lisa nickte.

„Niemals!“ Carole schüttelte den Kopf. „Stevie macht viel Blödsinn, wie den unglückseligen Streich mit deinen Steigbügeln, aber sie würde niemals, wirklich niemals eine Tür zuschlagen, wenn Patch in der Halle ist.“ Carole überlegte, dann sagte sie: „Ich glaube, ich bin dir eine Erklärung schuldig. Ich habe wegen Cobalt geschwiegen. Hätte ich Veronica verraten, hätte sie mir nicht mehr erlaubt, ihn zu reiten. Er ist nämlich das wunderbarste Pferd auf der Welt; ich kann einfach nicht auf ihn verzichten. Was ich dadurch angerichtet habe, tut mir aufrichtig leid."

Lisa starrte Carole fassungslos an. Doch noch bevor sie etwas sagen konnte, knackte der Lautsprecher, und Mrs Regs Stimme verkündete: „Bitte Pferde und Reiter auf den Sandplatz. Die Stunde beginnt!"

„Oh nein!", stöhnte Carole. „Ich muss doch noch Delilah aufsatteln. Sag, könnten wir nicht nach der Stunde zusammen ein Eis essen, drüben in der Eisdiele?"

„Warum nicht", stimmte Lisa zaghaft zu.

Die Stunde begann, und Lisa konnte sich entspannen. Vorher hatte sie immer noch Angst, ob sie beim Aufsatteln oder Aufsitzen nicht irgendetwas falsch machte und wieder zum Gespött der ganzen Gruppe wurde. Aber wenn Max seine Anweisungen erteilte, wusste sie, was sie zu tun hatte. Und wenn sie tat, was Max ihr sagte, gehorchte ihr Pepper.

Alle Pferde trabten bereits in einer Reihe hintereinander auf dem Sandplatz, als Stevie erschien.

„Wir sind außerordentlich erfreut, dass Sie uns noch die Ehre geben, Miss Lake", sagte Max. Ein paar Mädchen kicherten, aber Lisa hatte aus dem Ton seiner Stimme herausgehört, dass er Stevies verspäteten Auftritt nicht witzig fand. Er nahm den Reitunterricht ernst und duldete keine Unterbrechung. Eine Reitschülerin, die zu spät kam, stellte eine Unterbrechung dar, genauso wie eine Unterhaltung oder eine Unaufmerksamkeit. Max nahm es nicht übel, wenn ein Schüler etwas nicht wusste oder nicht konnte. Wichtig war ihm nur, dass er sich wirklich Mühe gab. Wer aber zu spät kam, schwätzte oder unaufmerksam war, nahm die Reiterei nicht wirklich ernst.

„Es tut mir leid, Max. Ich musste unbedingt noch etwas erledigen. Ich verspreche, es ...“

„... wird nicht wieder vorkommen?“

„Ja, Max, es wird nicht wieder vorkommen“, versprach Stevie und schwang sich auf Comanche. Dann reihte sie sich als Letzte in die Gruppe ein.

Max achtete heute ganz besonders darauf, dass jede Reiterin mit ihrem Pferd einen gleichmäßigen Abstand zum nächsten Pferd hielt. Für Lisa war das nicht einfach, denn Pepper hatte einen ziemlich flotten Trab. Er war ein sehr ehrgeiziges Pferd und wollte immer das Pferd vor ihm überholen.

Lisa ritt hinter Polly Giacomin. Deren Pferd Nero war ein altes Schulpferd. Er lief schon so lange im Schulbetrieb, dass er alle Übungen und Lektionen auswendig konnte. Er war gleichzeitig mit Max von dessen Vater ausgebildet worden. Nero hatte gelernt, seine Kräfte zu schonen, und trabte nicht schneller als unbedingt nötig. Lisa geriet ziemlich außer Atem, weil sie Pepper ständig zurückhalten musste. Wenn Polly mit Nero nur etwas zulegen könnte!

Normalerweise hätte Max eingegriffen und Polly ermahnt, besser „vorwärtszugehen“, und Lisa angehalten, ihr Pferd nicht so sehr „laufen zu lassen“. Aber Max nahm sich heute Stevie vor.

„Bring deine Beine ans Pferd, Stevie! Comanche geht nicht im Takt! Und dann leg zu! Wenn du schon zu spät kommst und nicht abreiten kannst, musst du umso aktiver reiten. Ich will nicht, dass du hinterherzockelst!“

Stevie nickte nur. Lisa bangte für Stevie mit, und sie tat ihr sogar leid. Aber sie war froh, dass Max sie dafür heute verschonte.

„Stevie Lake! Ein Anruf für dich!“, rief Mrs Reg über den Lautsprecher. „Es scheint wichtig zu sein. Bitte komm ins Büro!“

„Uh, Max, entschuldigst du mich?“, fragte Stevie ängstlich.

Als sie mit ihrem Pferd aus der Bahn ging, machte Max ein finsteres Gesicht, aber er schwieg.

Stevie hatte heute einen schlechten Tag. Zwei Mitschüler, denen sie für den Nachmittag Jobs vermittelt hatte, waren bei den Auftraggebern nicht aufgetaucht. Deshalb hatte Stevie, kurz bevor sie das Haus verlassen wollte, noch zwei wütende Telefonanrufe bekommen. Sie hatte versucht, noch schnell eine Aushilfe aufzutreiben, aber ohne Erfolg. Es war ihr nichts anderes übrig geblieben, als Alex eine verzweifelte Nachricht zu hinterlassen. Dann war sie nach Pine Hollow hinübergespurtet und zu spät gekommen.

„Hallo?“, fragte sie ins Telefon.

„Stevie, hier ist Alex. Ich sehe gerade deine Nachricht, aber mit der alten Mrs Ramsey gehe ich nicht zum Einkaufen. Sie macht mich total wahnsinnig!“

„Alex, du musst! Du darfst mich jetzt nicht hängen lassen!“, klagte Stevie. „Sid Jackson hatte mir zugesagt und jetzt hat er mich versetzt. Mrs Ramsey braucht unbedingt jemanden, der mit ihr geht, ihr die Aufschriften und Preise von den Waren abliest und die Sachen für sie nach Hause trägt.“

„Kommt nicht infrage.“

„Sie ist eine arme alte Frau, fast blind. Sie braucht nur für eine Stunde jemanden, der sie begleitet.“

„Kommt nicht infrage.“

„Ich zahle dir die 5 Dollar, die ich bekomme“, sagte sie und biss sich auf die Zunge.

Einen Augenblick herrschte Stille am anderen Ende der Leitung, dann vernahm Stevie ein Seufzen und schließlich Alex' Stimme: „Okay. Aber nur einmal und dann nie wieder."

„Du undankbare Ratte ...", begann Stevie, aber ihr Bruder hatte schon aufgelegt.

Stevie legte ebenfalls auf, ging aus dem Büro und zurück zu ihrer Reitstunde. Sie wollte Comanche gerade wieder losbinden, da bildete die Abteilung bereits Paare. Die Stunde war also gleich zu Ende. Es hatte keinen Sinn mehr, sich nochmals einzureihen. Also führte sie Comanche gleich zurück in den Stall und sattelte ab. Während sie das Sattelzeug aufräumte, ging sie ihren geistigen Notizzettel durch. Was musste sie noch erledigen, bevor sie nach Hause ging?

Carole hatte gestern für sie Cobalt geputzt und gestriegelt. Sie musste sie noch bezahlen, zuvor aber das Geld von Veronica kassieren. Dann durfte sie nicht vergessen, bei Mrs Traeger vorbeizugehen und sich das Geld für die Arbeit geben zu lassen, die gestern eine ihrer Klassenkameradinnen erledigt hatte. Dann musste sie bei Mrs Vitelli babysitten, weil Betsy Cavanaugh nicht konnte – und schließlich ...

„Stevie!" Max rief sie. Stevie erschrak, denn seine Stimme klang nicht gerade freundlich. Normalerweise redete sie gern mit Max. Er war ein hervorragender Reitlehrer, ein guter Reiter und überhaupt ein netter Mann. Aber er verlangte auch viel von seinen Schülern, und Stevie wusste, dass sie heute nicht bei der Sache gewesen war.

„Stevie, kann ich kurz mit dir reden?“, sagte er scharf.

„Ja, Max.“

„Dann bitte komm zu mir ins Büro, wenn du Comanche versorgt hast.“

„Eine Sekunde“, rief Stevie zurück. Nun musste alles zurückstehen, was sie noch erledigen wollte, denn die Reiterei rangierte in jedem Fall an erster Stelle. Abgesehen davon arbeitete sie ja auch nur, um am großen Ausritt teilnehmen zu können. Sie hoffte, Max würde das verstehen.

10

„Können wir gehen, bist du fertig?", fragte Carole und spähte in Peppers Box. Als sie sah, wie liebevoll Lisa Pepper versorgte, war sie froh, sie eingeladen zu haben. Ursprünglich hatte sie sich vorgenommen, diesem herausgeputzten Mädchen, das sich noch dazu mit Veronica anfreundete, die kalte Schulter zu zeigen. Aber wie Lisa mit Pepper umging, verriet Carole, dass aus ihr noch eine echte Pferdefreundin und auch eine gute Reiterin werden würde. Also passten sie zusammen.

„Komme sofort", rief Lisa, „ich habe Pepper nur noch ein wenig verwöhnt."

„Heute bist du gut mit ihm zurechtgekommen, nicht wahr?", stellte Carole fest.

Ihr war aufgefallen, dass Pepper in der Stunde gut ging und Lisa auch entspannt ritt.

„Ja. Aber weißt du, eines verstehe ich nicht", sagte Lisa nachdenklich. Carole nickte und erwartete Lisas Frage. „Als ich Pepper das erste Mal ritt, war er stocksteif, und ich brachte ihn nur mit Mühe dahin, wo ich hinwollte. Beim nächsten Mal war es schon besser, und jetzt geht er richtig gut. Ist er denn krank gewesen?"

Carole musste lachen, bezwang sich aber sofort, um Lisa nicht zu kränken. „Entschuldige", sagte sie. „Ich mache mich nicht lustig über dich, aber was du sagst, hören wir von allen Anfängern. Sie denken, ihre Pferde werden besser, in Wirklichkeit werden sie besser. Das ist so: Erwirbst du dir als Reiter Sicherheit und Selbstvertrauen, überträgst du das auf dein Pferd – und es beginnt dich zu respektieren. Viele Pferde tricksen dich nämlich ganz schön aus, wenn du völlig unerfahren bist. Deshalb setzt Max ja die Anfänger zuerst einmal auf Patch. Er ist nämlich immer brav und willig."

„... solange er sich nicht erschreckt!"

„Richtig. Normalerweise kannst du ihm ein zweijähriges Kind anvertrauen. Pepper dagegen hat durchaus seinen eigenen Kopf. Du hast inzwischen schon so viel gelernt, dass du dich bei ihm durchsetzen kannst. Das ist ein toller Fortschritt."

Lisa errötete, denn Caroles Kompliment machte sie verlegen, wenngleich sie sich darüber freute. Carole war nämlich mit Abstand die beste Reiterin in der Gruppe. Da sie nicht wusste, was sie darauf antworten sollte, lenkte sie das Gespräch wieder auf die Pferde.

„Sind Pferde tatsächlich so verschieden?", fragte sie.

„Und ob", sagte Carole. „So verschieden wie Menschen auch. Pepper ist zum Beispiel ein sehr ausgeglichenes Pferd, wenn ihm sein Reiter vermitteln kann, was er zu tun hat. Erhält er von seinem Reiter keine eindeutigen Hilfen, schaltet er auf stur und macht, was er will. Max hat dir also schon einiges zugetraut, als er dir Pepper zuteilte."

Lisa gab Pepper noch einen liebevollen Klaps, vergewisserte sich nochmals, ob alles in Ordnung war, nahm das Sattelzeug und ging aus der Box. Carole schob die Tür zu, ließ sie ins Schloss einrasten und verriegelte sie.

„Wie ist es mit Cobalt?", fragte Lisa. „Was hat er für Eigenheiten?"

„Cobalt ist ein englisches Vollblutpferd. Seine Mutter ist ein Jagdpferd und sein Vater ein Rennpferd. Eine solche Abstammung bewirkt, dass er sehr ehrgeizig ist und immer vorne sein will. Er begehrt gegen seinen Reiter auf, denn er will sich nicht unterordnen. Lässt das ein Reiter zu, hat er verspielt."

„Deshalb kommt Veronica so schlecht mit ihm zurecht?"

„Ja. Dazu kommt, dass sie Angst vor ihm hat."

„Wieso? Fürchtet sie, dass er sie abwerfen und sie sich verletzen könnte?"

„Das wahrscheinlich nicht. Es gibt kaum ein Pferd, das seinen Reiter absichtlich verletzt. Aber schließlich ist ein Pferd groß, schnell und hat viel Kraft, da kann schon etwas passieren. Sollte er ihr wirklich einmal durchgehen, ist die Gefahr, dass er sich selbst verletzt, wohl größer."

Carole mochte gar nicht daran denken, dass ein unschuldiges Pferd in Gefahr geriet, nur weil sein Reiter ihm nicht gewachsen war. Schweigend half sie Lisa, das Zaumzeug aufzuhängen. Dann nahmen sie die Limonade, die Meg Durham ihnen gebracht hatte, und verließen den Stall in Richtung Einkaufszentrum.

„Dann schau dir einmal ein Pferd wie unseren Nero an!", nahm Carole das Gespräch wieder auf. „Er geht immer so verhalten, dass man meinen könnte, er sei faul. In Wirklichkeit geht er nur nicht schneller, als er unbedingt muss."

„Stimmt, ich bin heute hinter ihm geritten und musste Pepper immerzu zurückhalten, was mir nicht leicht fiel."

„Das glaube ich dir gerne, aber du hast deine Sache gut gemacht", sagte Carole. „Max hat das auch registriert."

„He, Carole, warte!" Das war Stevie. Carole blieb stehen und drehte sich um. Stevie rannte ihr entgegen.

„Ich dachte, du wärst schon längst weg. Du hast es doch so eilig gehabt", sagte Carole, erinnerte sich aber dann, dass Max noch mit Stevie sprechen wollte. „Was gab es denn?"

„Ach, die übliche Gardinenpredigt, dass Pine Hollow

gute Reiter heranbilden will und er daher von seinen Schülern Pünktlichkeit und Aufmerksamkeit erwartet. Immer die alte Leier. Aber warum ich dir nachlaufe: Das ist für dich." Sie streckte ihr vier Dollarscheine entgegen.

„Wofür?", fragte Carole verwundert.

„Für Cobalt", entgegnete Stevie.

„Dann musst du es auf sein Konto bei der diAngelo-Bank überweisen!" Carole lachte über ihren eigenen Witz.

„Nein, nicht doch für das Pferd, Carole. Das Geld ist für dich. Du hast ihn doch gestern geputzt."

„Richtig, aber weil du mich darum gebeten hast, nicht für Geld", entgegnete Carole leicht gekränkt. „Seit wann musst du mich für einen Gefallen bezahlen?"

„Aber das war doch ein Job, kein Gefallen. Veronica bezahlt mich dafür. Also gehört das Geld dir", erklärte ihr Stevie.

Carole betrachtete die Scheine. „Aber du brauchst doch Geld für den Dreitageritt. Also behalte es."

„Das habe ich doch schon – meine Provision zumindest. Du brauchst dich nicht um mich zu kümmern, ich schaffe das schon. Nimm jetzt dein Geld! Ich muss weg. Tschüss!" Sie drückte die vier Dollarscheine in Caroles Hand und rannte zurück zur Auffahrt von Pine Hollow, wo ihre Mutter hinter dem Steuer ihres Kombiwagens auf sie wartete.

Carole steckte das Geld in ihre Tasche. „Weißt du, Lisa, bei Pferden weiß ich eigentlich immer, woran ich bin, bei den Menschen ist das schon nicht mehr so einfach. Stevie möchte unbedingt an dem großen Ausritt teilnehmen. Und was macht sie? Sie verbaut sich eine Möglichkeit nach der anderen. Sie hätte nur ein gutes Mathereferat schreiben müssen. Aber dazu hatte sie keine Lust. Dann beschloss sie, sich das nötige Geld selbst zu verdienen, aber nein, sie ist sich zu gut für die Arbeit. Ich habe noch niemanden kennengelernt, der so erfolgreich andere Leute zu beschäftigen versteht. Und weil das noch nicht ausreicht, tut sie alles, was Max verärgert, bis er sie am Ende gar nicht mitnimmt. Wie will sie da jemals ans Ziel kommen?"

„Hör zu", sagte Lisa jetzt, „du kannst mir etwas über Pferde sagen, dafür sage ich dir etwas über die Leute."

„Wie meinst du das?", fragte Carole.

„Ich meine, Stevie ist gar nicht so ungeschickt, wie du meinst."

„Wovon redest du?"

„Stevie hat doch soeben gesagt, sie hätte für das Putzen von Veronicas Pferd eine Provision einbehalten", sagte Lisa. „Sag mir doch, wie viel Geld braucht Stevie überhaupt für den Ausritt?"

„50 Dollar."

„Okay. Und sie hat schon viele Aufträge bekommen."

„Ja, hätte sie, aber sie verbringt ihre Zeit damit, am Telefon zu sitzen und ihre guten Jobs an andere weiterzugeben. Wenn das so weitergeht, kann sich bald jeder Schüler dieser Stadt den Ausflug leisten, nur nicht Stevie."

„Du machst dir völlig unnötig Sorgen um sie! Stevie gibt die Jobs nicht weiter, sie verkauft sie. Begreifst du denn nicht, dass sie für jede Arbeit, die sie vergibt, Provision einbehält! Inzwischen hat sie schon eine ganze Truppe, die für sie arbeitet. Sie ist sozusagen eine Ein-Mädchen-Arbeitsvermittlung. Dich, zum Beispiel, hat sie für Cobalts Pflege eingeteilt."

„Woher weißt du das alles?", fragte Carole.

„Das hat sie mir gesagt, als sie mich anrief und fragte, ob ich morgen auf die Ziegler-Zwillinge aufpassen könnte. Aber ich kann nicht."

„Dein Glück, das sind nämlich Monster hoch zwei." Carole unterbrach Lisa.

„Siehst du, du weißt ja doch, was hinter den Leuten steckt", scherzte Lisa, und beide mussten lachen. „Verstehst du jetzt: jedes Mal, wenn Stevie einen Job an jemanden weitergibt, behält sie etwas vom Lohn ein. Man nennt das Vermittlungsprovision. Du hast für sie Cobalt geputzt, und sie hat dir vier Dollar gegeben." Carole nickte und fühlte nach den Dollarscheinen in ihrer Hosentasche.

„Nun, Veronica hat ihr wahrscheinlich fünf Dollar bezahlt. Also hast du die Arbeit gemacht, und Stevie hat einen Dollar verdient."

„Aber von einem Dollar ist noch ein weiter Weg zu 50 Dollar. Da hätte ich mir lieber gleich die fünf ..."

„Richtig, aber während du für sie gearbeitet hast, waren noch drei andere Kinder für sie tätig. Wahrscheinlich hat sie auch von deren Verdienst jeweils einen Dollar oder mehr kassiert. Und während sie diese vier Dollar verdiente, saß sie zu Hause am Telefon und wartete auf neue Aufträge."

Jetzt fing Carole zu rechnen an: „Wenn sie so an einem Wochentag vier Dollar verdient, verdient sie am Wochenende noch weit mehr. Auf diese Weise kommt sie vielleicht tatsächlich auf 50 Dollar und kann den Ausritt mitmachen, wenn Max sie lässt."

„Mach dir keine Gedanken, Carole", beruhigte sie Lisa. „Stevie ist eine gute Rechnerin. Sie weiß auch, wie weit sie bei den verschiedenen Leuten gehen kann. Sie wird beim Ausritt dabei sein."

Hoffentlich hat Lisa Recht, dachte Carole.

Die Mädchen hatten das Einkaufszentrum erreicht und steuerten die Eisdiele an.

„Weißt du was?", fragte Carole.

„Was?"

„Ich lade dich ein. Immerhin habe ich soeben ganz unverhofft vier Dollar verdient!"

„Du sollst aber nicht für mich bezahlen“, wehrte Lisa ab.

„Gut, stell dir einfach vor, Stevie hätte dich eingeladen, weil sie den schlechten Streich mit den Steigbügeln schon längst gutmachen will. Okay?“

„Okay“, willigte Lisa ein. „Dann muss ich mir aber auch etwas wegen der Knoten in ihren Schuhbändern einfallen lassen!“

„Da gibt es sicher bald eine passende Gelegenheit“, meinte Carole.

Jetzt war das Eis gebrochen. Warum hatte sie Lisa eigentlich nicht schon früher eingeladen?

11

„Bitte erzähl mir doch noch mehr von den Pferden im Stall“, bat Lisa.

Die beiden Mädchen saßen an einem Ecktisch in der Eisdiele. Eine dunkle Regenwolke hielt sie davon ab, sich in den kleinen Garten hinter der Eisdiele zu setzen. Inzwischen hatten sie ihre Eisbecher gegessen und nun plauderten sie. Lisa war vom Reiten ganz begeistert. Sie machte Fortschritte und hatte eine Freundin gefunden.

Carole saß ihr gegenüber und redete leidenschaftlich über ihr Lieblingsthema: Pferde. Sie charakterisierte jedes Pferd im Stall.

Lisa hörte aufmerksam zu.

„Ja, da haben wir Comanche. Er und Stevie sind wie füreinander geschaffen. Die Persönlichkeiten von Pferd und Reiter müssen nämlich auch harmonieren. Ich will damit sagen, dass du einem zaghaften Reiter kein temperamentvolles Pferd anvertrauen darfst. Ein temperamentvolles Pferd braucht eine energische Hand. Comanche, zum Beispiel, ist ein eigenwilliger Dickkopf. Stevie bekanntlich auch. Wenn beide zufällig einmal das Gleiche wollen – dann sind sie ein perfektes Paar."

Lisa lachte. „Wenn jeder aber etwas anderes will, was ist dann?"

„Stevie ist eine gute Reiterin", sagte Carole, „meistens kann sie sich durchsetzen."

„Das hat sie heute beim Handwechsel bewiesen, nicht wahr?", fragte Lisa. Als die Stunde begann, waren die Pferde auf der rechten Hand im Uhrzeigersinn gegangen. Im Verlauf der Stunde verlangte Max des Öfteren „Handwechsel", damit die Pferde beidseitig geschmeidig werden. Stevie hatte die Abteilung angeführt und sollte durch die ganze Bahn wechseln. Das heißt eine Diagonale durch das Oval der Bahn reiten und dann auf der linken Hand, oder gegen den Uhrzeigersinn, weiterreiten. Comanche war damit nicht einverstanden gewesen.

„Ich dachte schon, Stevie würde ihn weitergehen lassen und sich als Letzte in die Abteilung einreihen, sodass Comanche nur den anderen Pferden hätte folgen müssen!"

„Das wäre aber grundverkehrt gewesen, und Max hätte Stevie böse gescholten", sagte Carole. „Ein Pferd darf niemals seinen Willen durchsetzen. Es gehorcht dann nie mehr. Wie du gesehen hast, trieb Stevie Comanche energisch auf die Diagonale, und schließlich ging er dann auch."

„Es sah aber schon nach Zweikampf aus", bemerkte Lisa.

„Natürlich, aber den Rest der Stunde machte er keine Zicken mehr, oder?"

„Nein. Manchmal denke ich mir, Pferde sind doch wie kleine Kinder."

Carole nickte. „Richtig. Manchmal können sie unausstehlich sein. Aber der Reiter darf sich einfach nichts bieten lassen."

„Was gefällt dir an der Reiterei am besten, Carole?" Lisa beobachtete Carole, während sie sich ihre Antwort lange überlegte. Lisa hatte nicht gedacht, dass ihre Frage so schwierig war.

„Alles", sagte Carole bestimmt.

Carole saß auf der Bank vor der Bushaltestelle. Es dauerte zwar noch 15 Minuten, bis ihr Bus kam, aber was sollte sie bis dahin tun? Sie wollte nicht herumspazieren, denn letztes Mal hatte sie prompt den Bus verpasst. Sie musste dann eine ganze halbe Stunde auf den nächsten warten.

Ein wenig zu warten machte ihr nichts aus. Manchmal traf sie eine Mitschülerin, wenn nicht, konnte sie ein paar Schaufenster anschauen. Also stand sie wieder auf und ging hinüber zum Hi-Fi-Laden, in dem sie erst kürzlich die Kassette für ihren Vater gekauft hatte. Er war ganz begeistert gewesen. Hätte sie genug Geld dabeigehabt, hätte sie noch eine Kassette für ihn mitgenommen. Heute prangte in dem Fenster ein großes Schild mit der Aufschrift: „Die Gewinner des Preisausschreibens“. Carole erinnerte sich langsam: Stevie hatte doch eine Teilnehmerkarte ausgefüllt und abgegeben, als sie die Kassette für ihren Vater ausgesucht hatte. Danach hatte sie eine Weile von Hawaii geschwärmt.

Da stand nun der Gewinner der Hawaii-Reise, aber es war nicht Stevie. Doch darunter standen die Namen von 25 anderen Teilnehmern, den „Gewinnern von prächtigen Trostpreisen“, wie es hieß. Carole überflog die Liste und stutzte. Stand ganz oben nicht „Stevie Lake“?

Carole las noch einmal. Ja, es war Stevies Name. Sie hatte tatsächlich einen Preis gewonnen! Schnell hatte sie herausgefunden, dass es der dritte Preis war, ein tragbarer Kassetten-Rekorder. Leider keine Hawaii-Reise und auch nicht 50 Dollar in bar, was ideal gewesen wäre, aber immerhin ein Preis! Das musste sie ihr sofort erzählen!

Carole fischte ein paar Münzen aus ihrer Tasche und sah sich nach einem Telefon um. Im Einkaufszentrum gab es etliche Apparate, aber sie konnte sich im Augenblick nicht erinnern, wo. Da entdeckte sie eine Telefonkabine gleich vor dem Supermarkt. Sie rannte über den Parkplatz, kaum auf die ein- und ausfahrenden Autos achtend, warf ihre Münzen in den Apparat und wählte Stevies Nummer, die sie auswendig wusste. Belegt. Sie versuchte es noch einmal. Wieder belegt. Um etwas Zeit vergehen zu lassen, schritt sie einmal die Front des Supermarkts auf und ab. Als sie dann zum Telefon zurückkam, telefonierten ein Junge und ein Mädchen in der Zelle. Carole pflanzte sich vor ihnen auf, tippte ungeduldig mit dem Fuß und beobachtete die Leute, die aus dem Supermarkt kamen. Nachdem das Pärchen nicht einen, sondern drei Anrufe getätigt hatte, verließ es die Telefonzelle.

Carole hob den Hörer ab und wählte nochmals Stevies Nummer.

Frei. Es läutete ... einmal ... zweimal ... Nach dem sechsten Läuten sah Carole ihren Bus kommen. Sie knallte den Hörer auf die Gabel, stürzte aus der Kabine und rannte los.

Die Haltestelle lag aber quer über dem Parkplatz, und Reitstiefel eignen sich schlecht für einen Kurzstreckenspurt. Sie lief so schnell sie konnte, bekam aber nur noch eine Wolke Kohlenmonoxid ins Gesicht geblasen.

Carole war böse auf sich und die Welt. Aber sie ging zurück zur Telefonzelle und versuchte noch einmal ihr Glück. Wieder kam das Freizeichen, aber es war eine falsche Nummer. Sie knallte den Hörer auf und stellte fest, dass sie keine Münzen mehr hatte. Sie konnte also nicht mehr anrufen.

Sie kehrte zur Bank an der Haltestelle zurück und gelobte sich, nicht wieder aufzustehen, bis der nächste Bus kam. Sie stützte die Ellbogen auf die Knie, legte ihr Kinn in die gewölbten Handflächen und starrte vor sich hin. So gut hatte der Nachmittag begonnen, dachte sie und rief sich das nette Gespräch mit Lisa ins Gedächtnis zurück. Warum klappte jetzt plötzlich nichts mehr?

„Hallo, Schatz! Dachte ich mir doch, dass ich dich hier finde!“ Es war die fröhliche Stimme ihres Vaters! Er parkte sein Auto direkt in der Haltebucht. „Ich musste in der Stadt etwas besorgen und hoffte, dir noch zu begegnen. Jetzt kann ich dich nach Hause fahren.“

Das schätzte Carole an ihrem Vater ganz besonders: Wenn man ihn brauchte, war er – fast immer – zur Stelle. Sie stimmte freudig zu und setzte sich neben ihn auf den Beifahrersitz.

„Stevie! Der nächste Anruf für dich! Sollte es allerdings wieder eine Dame sein, die einen Hund namens Fifi ausgeführt haben will, such dir einen anderen!“

Von Brüdern ist einfach keine Dankbarkeit zu erwarten, dachte Stevie voll Verachtung. Stunden hatte sie jeden Tag geschuftet, um ihnen Jobs zu verschaffen, damit sie Geld verdienen konnten. Und was erntete sie? Nichts als Beschwerden. Sie nahm sich vor, den nächsten Job an jemand anderen zu vermitteln. Sie konnte noch einige Mitschüler und Freunde anrufen. Nur wusste sie augenblicklich noch nicht, welche.

Sorgfältig ordnete sie einen Stoß Zettel, auf denen ihre Notizen standen. Sie war nämlich gerade damit beschäftigt, sämtliche Informationen in ihr Notizbuch zu übertragen. Sie hatte inzwischen so viele Kunden und fast ebenso viele Mitarbeiter und musste sorgfältig darüber Buch führen, wer ihr Geld schuldete und wie viel sie davon auszahlen musste. Gleichzeitig wusste sie sehr genau, wie viel in ihrer Tasche blieb, weil sie für jede Arbeit einen Dollar Provision abzweigte. Ihre vorläufige Endrechnung ergab nun schon mindestens 65 Dollar. Der Dreitageritt war gerettet!

Sie legte noch den letzten Zettel auf den Stoß, stand auf und ging ans Telefon. Vielleicht wieder ein neuer Auftrag? Wer kam dafür infrage? Keiner ihrer Brüder, sie musste hart bleiben. Ihr Verstand arbeitete bereits fieberhaft. In ihrer Klasse gab es noch etliche Mitschüler, die sie noch nicht angesprochen hatte. Im Notfall konnte sie sich auch noch Tims und Michaels Klassenlisten geben lassen. Bestimmt waren einige darunter, die sich gern etwas verdienen wollten. „Hallo?“, fragte sie mit gespielter Zuversicht. Gerne würde sie die Klassenkameraden ihrer Brüder zwar nicht ansprechen ...

„Stevie, hier ist Carole. Du hast gewonnen! Der Hi-Fi-Markt hat die Gewinnerliste im Schaufenster, und da steht dein Name! Du erinnerst dich doch an das Preisausschreiben?“ Carole war ganz außer Atem.

„Huh?“, sagte Stevie und verstand Bahnhof. Sie war ganz und gar auf einen neuen Auftrag eingestellt, dass sie beinahe Caroles Stimme nicht erkannt hätte. Wovon redete sie überhaupt? Sie konnte sich an kein Preisausschreiben erinnern. Doch, halt ...

„Hawaii? Darf ich nach Hawaii fahren?“

„Nein, das nicht. Die Reise hast du leider nicht gewonnen. Aber du bist die Gewinnerin eines tragbaren Kassetten-Rekorders“, beeilte sich Carole zu sagen. „Das heißt, dein Name steht zumindest auf der Liste. Seit ein paar Stunden versuche ich schon, dich zu erreichen, aber euer Telefon war immer belegt. Du musst jedenfalls in das Geschäft und deinen Preis abholen. Kannst du es fassen?“

„Bist du sicher?“

„Natürlich! Wenn doch dein Name auf der Gewinnerliste steht!“

Endlich hatte Stevie begriffen. „Ich habe also bei dem Preisausschreiben etwas gewonnen?“

„Das sage ich doch schon die ganze Zeit!"

„Super! Danke für deinen Anruf. Ich kann es nicht glauben! Ist das toll! Ich gehe gleich hinüber und hole den Rekorder ab. Da gibt es allerdings ein Problem: Ich habe nur Schallplatten. Ich besitze nicht eine einzige Kassette. Ich kann also gar nichts anhören." Stevie sah die Dinge immer so, wie sie waren.

„Hat denn Alex keinen Kassetten-Rekorder? Dann könnte er dir ein paar Kassetten leihen."

„Du wirst doch nicht glauben, dass ich mir diesen Schrott anhöre!"

„Vielleicht kannst du dir eine Kassette kaufen – für den Anfang", schlug Carole vor.

„Mal sehen", meinte Stevie unsicher. „Ich muss jetzt zusehen, dass ich hinüberkomme. Es ist einfach fantastisch! Nochmals danke, dass du es mir gesagt hast!" Sie legte auf.

Stevie geriet außer sich. Zum ersten Mal in ihrem Leben hatte sie etwas gewonnen. Sie, Stevie Lake, die normalerweise nicht einmal bei einer Geburtstagsfeier etwas gewinnt! Sie lachte und tanzte im Zimmer umher. Sie konnte es einfach nicht fassen. Schließlich setzte sie sich an den Rand ihres Bettes und atmete dreimal tief durch.

Träumte sie wirklich nicht? Sie brauchte den Preis ja nur abzuholen. Bis zum Abendessen war noch eine

Stunde Zeit. Der Weg zum Hi-Fi-Markt dauerte zu Fuß 15 Minuten. Also nichts wie hin! Schon wollte sie ihr Zimmer verlassen, da fiel ihr ein, dass sie sich ja vielleicht ausweisen musste. Schnell nahm sie noch ihre Brieftasche an sich, in der sie ihren Büchereiausweis und ihr gesamtes verdientes Geld aufbewahrte. Dann stürmte sie die Treppe hinunter und zur Tür hinaus.

„Ich habe gewonnen!“, sang sie vor sich hin und legte fast den ganzen Weg zum Einkaufszentrum hüpfend zurück.

Der Ladenbesitzer kannte sie auch ohne Ausweis, und in wenigen Minuten gehörte ihr der Kassetten-Rekorder. Sie wurde gleich mehrere Male fotografiert – strahlend, das Gerät hochhaltend. Dennoch glaubte Stevie, noch immer zu träumen. Alles war so wunderbar.

„Das ist ja wie Weihnachten – nur noch schöner“, sagte sie zu Miss Weiss, der Geschäftsführerin.

„Das freut auch uns. Wir wünschen dir viel Spaß mit dem Rekorder!“

Wie sollte sie das nur anstellen ohne eine einzige Kassette? Sie musste sich wenigstens eine kaufen! Die Auswahl in dem Geschäft war groß. Genügend Geld hatte sie auch eingesteckt. Nachdenken konnte sie jetzt nicht. Dazu war sie noch viel zu aufgeregt. Mit dem Rekorder unter dem Arm ging sie hinüber zum Kassettenständer und schaute die Fächer durch.

Was für ein Tag! Sie brauchte eine bleibende Erinnerung daran. Aber was? Eine Kassette, die sie jetzt kaufte! Und dann begann sie auszusuchen.

12

„Weißt du, Carole, der Kassetten-Rekorder ist einfach Spitze“, schwärmte Stevie in der Reitstunde am Samstag. „Ich höre schon die ganze Woche nur noch Kassetten. Der Sound ist eine Wucht. Du solltest dir das einmal anhören!“

„Stevie!“, rief Max ärgerlich. „Dies ist eine Reit- und keine Plauderstunde! Zeige doch der Abteilung, wie gut du zugehört hast. Wechsle bitte durch die ganze Bahn im Trab.“

Stevie hatte Glück. Sie beherrschte diese Übung. Sie presste ihre Beine leicht gegen Comanches Seiten, und sofort ging er im Trab. Trat sein rechtes Vorderbein vor, stand Stevie im Sattel auf. Das war für sie ein ganz natürlicher Bewegungsablauf. Andere Reiter schafften es nur mit Mühe, auf dem richtigen Fuß zu traben. Stevie hatte aber viel Erfahrung. Nachdem Comanche auf der Diagonale die Mitte der Bahn passiert hatte, saß sie statt einem zwei Tritte aus, sodass sie aufstand, als das linke Vorderbein vortrat. Sie hatte die Hand gewechselt, ritt also in der entgegengesetzten Richtung weiter.

„Gut“, lobte Max. Das war ein Kompliment für eine Leistung, die vielleicht das Schwatzen während der Stunde wiedergutmachte. Sie ritt Comanche bis zum letzten Pferd der Gruppe, die inzwischen ihre Figur nachritt – manche Reiterin besser, manche schlechter.

Stevie beherrschte den Handwechsel so gut, dass sie es sich leisten konnte, im Geist ein wenig ihren Melodien nachzulauschen, die sie seit Dienstag fast ununterbrochen hörte. Eigentlich war es schade, dass sie die zwei Dinge, die sie am liebsten tat – reiten und Rockmusik hören – nicht miteinander verbinden konnte. Aber zum Ausritt konnte sie ihren Kassetten-Rekorder doch mitnehmen! Dann könnten sie auch abends in ihrem Zelt Musik hören. Welche Kassetten sollte sie mitnehmen? Am besten alle. Oder sie würde Carole bitten, ihr bei der Auswahl zu helfen. Immerhin, der große Ausritt war bereits in zwei Wochen.

Zum Abschluss der Stunde wechselten sie diesmal im Trab paarweise durch die ganze Bahn. Stevie hatte Carole als Partnerin.

„Komm doch heute Nachmittag zu mir! Ich muss dir etwas zeigen. Es ist wichtig“, lud Stevie ihre Freundin ein.

„Ich dachte, du musst arbeiten, deshalb habe ich mich

eigentlich schon mit Lisa in der Eisdiele verabredet. Aber vielleicht darf ich sie mitbringen?"

Stevie schluckte. Natürlich hatte sie bemerkt, dass Carole und Lisa sich angefreundet hatten. Sie war nicht eifersüchtig, aber sie konnte Lisa die schrecklichen Knoten in ihren Turnschuhen nicht verzeihen. Außerdem hatte es Lisa abgelehnt, die Ziegler-Zwillinge zu betreuen, als sie dringend jemanden für diesen Job gebraucht hätte.

„Weißt du, Stevie, Lisa war der Meinung, du hättest damals die Tür zugeschlagen."

„Ist sie verrückt? Wie kann sie mir so etwas zutrauen?"

„Beruhige dich, sie weiß inzwischen Bescheid. Und das mit den Turnschuhen tut ihr leid – so wie dir sicherlich der Streich mit den Steigbügeln. Du erinnerst dich doch?"

Natürlich erinnerte Stevie sich. Sie erinnerte sich an alles, auch an Lisas Gesicht, während sie sich abmühte, aufs Pferd zu kommen. Es war so komisch, dass sie auch jetzt wieder kicherte. Sie erinnerte sich aber auch, dass Lisa den Tränen nahe gewesen war. Sie musste jedoch zugeben, dass Lisa gelernt hatte, mit Pferden umzugehen, und schon recht ordentlich reiten konnte. Offensichtlich hielt sie durch, was man von den wenigsten Anfängern behaupten konnte.

„Okay, bring sie mit“, sagte sie. „Aber was ich noch wissen wollte: Kommt sie mit auf den Dreitageritt?“

„Sie und ihre Mutter sprechen am Dienstag nach der Stunde mit Max darüber. Sie möchte gerne mitreiten, und Max hat nichts dagegen, nur ihre Mutter sieht tausend Gefahren.“

„Das ist seltsam“, sagte Stevie. „Max hat mich auch gebeten, am Dienstag nach der Stunde noch dazubleiben. Er tat ziemlich geheimnisvoll.“

„Du glaubst doch nicht …“, begann Carole zaghaft.

Aber gerade die Person, über die sie sprachen, unterbrach sie jetzt. „Mädchen!“, sagte Max tadelnd. „Die Stunde ist noch nicht zu Ende. Deswegen bin ich der Einzige, der spricht. Ihr setzt euch immer wieder über diese Regel hinweg. Ich nehme das nicht mehr hin. Habt ihr mich verstanden?“

„Ja“, sagten sie einstimmig.

„Jetzt hört euch das an“, sagte Stevie, schob die nächste Kassette in ihren Rekorder und betätigte die Play-Taste. Ein wunderschönes Lied, dachte Lisa. Sie hatte es schon im Radio gehört, aber auf Stevies Kassetten-Rekorder klang es noch viel besser. Es war ein verträumtes, romantisches Lied. Lisa lehnte sich in Stevies bequemem Polstersessel zurück und genoss die Musik. Es gelang ihr aber nicht, sich zu entspannen. Sie fühlte sich wie ein Eindringling. Carole gab sich Mühe, sie und Stevie einander näher zu bringen, aber das war nicht so leicht. Die Ereignisse während Lisas erster Reitstunde auf Pine Hollow hingen wie eine dunkle Wolke über ihnen. Lisa hatte ein schlechtes Gewissen wegen der Knoten in den Turnschuhen und Stevie wegen der fehlenden Steigbügel. Lisa bemühte sich wirklich, die Geschichte zu vergessen. Und Stevie?

„Wenn dir dieses Lied gefällt, wird dir das nächste auch gefallen", sagte Stevie zu Carole.

„Mann, hast du eine Menge Kassetten!", staunte Carole mit einem Blick auf den Kassettenstoß. „Ich dachte, du hast keine. Sind diese hier nun doch von Alex?"

„Nein, die gehören mir. Ich habe dir doch gesagt, mein Bruder hat einen abscheulichen Geschmack, zumindest was Musik anbelangt. Er hört zum Beispiel Heavy Metal. Das darf sich doch nicht Musik nennen!"

„Das finde ich auch", stimmte ihr Lisa zu. Wenigstens hatten sie eine gemeinsame Abneigung.

„Hast du dir diese Kassetten gekauft?", fragte Carole argwöhnisch.

„Natürlich, sie haben eine tolle Auswahl in dem Hi-Fi-Laden."

„Du hast die Kassetten also gekauft ...", fragte Carole sehr ernst und besorgt, „... und dafür bezahlt?"

„Ja, was denkst du? Sie haben mir zwar den Rekorder geschenkt, aber nicht auch noch die Kassetten!"

„Und woher hattest du das Geld?", fragte sie Carole rundheraus.

„Verdient, wie du weißt. He, was soll das? Hältst du mich für einen Ladendieb? Ich werde doch keine Kassetten stehlen!", empörte sich Stevie. „Schau her, hier ist die Quittung!"

„Ich habe nicht im Traum daran gedacht, dass du sie gestohlen hättest", beruhigte Carole ihre Freundin. „Ich weiß, du würdest nie so etwas tun. Aber ich fürchte, du hast dein ganzes Geld für diese Kassetten ausgegeben!"

Stevies Arme fielen schlaff herab. Sie stand auf und sah Carole entsetzt an. Ihre rechte Hand krampfte sich um eine Kassette. Lisa konnte sehen, wie ihr Gesicht fahl wurde.

„Nein! Das ist nicht möglich! Ich hatte viel Geld. Ich kann es nicht ausgegeben haben. Ich habe doch nur ein paar Kassetten gekauft – die ihr hier seht! Eine oder zwei habe ich tatsächlich von Alex geliehen. Das ist alles. Es muss noch Geld übrig sein – viel Geld. Was kostet denn schon eine Kassette? Doch nicht viel?"

Lisa überlegte, was die Kassetten kosteten, die sie zuletzt in den Schaufenstern gesehen hatte. Sie waren jedenfalls ziemlich teuer. Auf Stevies Bett lagen allein acht Kassetten, plus zwei, die vielleicht Alex gehörten. Sie gab die Antwort auf Stevies Frage: „Sagen wir zehn Kassetten zu jeweils sechs oder sieben Dollar macht ungefähr 65 Dollar …“

„Du hast dein ganzes Geld ausgegeben“, jammerte Carole und rang die Hände.

„Nicht das ganze,“, wehrte sich Stevie. „Ich habe noch etwas übrig.“ Sie zog ihre Geldbörse aus ihrer Schultasche, öffnete sie und zählte: „Ich habe noch genau …“, sie warf den Inhalt auf ihr Bett, „… vier Dollar und 18 Cent.“

Dann erlebte Lisa eine Stevie, die sie noch nicht kannte. Selbst der Wutausbruch damals, als sie ihre zusammengeknöpften Schuhe vorfand, war ein müder Abglanz von dem, der nun folgte.

Stevie packte sämtliche Notizzettel, die sie zuerst fein säuberlich geordnet hatte, und schleuderte sie in die Luft.

„Es darf nicht wahr sein! Ich kann es nicht glauben! Wisst ihr, wie viele Stunden ich hier vor dem Telefon verbracht habe, bis ich so viele Leute beschäftigen konnte, dass mir armselige 65 Dollar blieben! Auf die Ziegler-Zwillinge habe ich sogar selbst aufgepasst, weil niemand es tun wollte. Und was habe ich jetzt davon?“ Dutzendweise flogen die Zettel in die Luft. „Nichts!“ Sie bückte sich. „Seht euch das an!“ Sie hob ein Notizbuch vom Boden auf. „Nächtelang habe ich dagesessen und diese Buchhaltung angelegt. Da, wollt ihr sie sehen?“ Sie schleuderte das Notizbuch in hohem Bogen von sich. Es landete direkt vor Lisas Füßen.

Als sich Stevies Augen schließlich mit Tränen füllten, holte Carole ein Taschentuch hervor und tröstete sie. Aber Stevie war untröstlich. Der große Dreitageritt war ein einzigartiges Ereignis, und da Stevie unbedingt mitreiten wollte, hatte sie sogar etwas getan, was ihr durch und durch verhasst war – sie hatte gearbeitet. Und jetzt hatte sie das Geld einfach ausgegeben, ohne richtig darüber nachzudenken.

„Wie konnte ich das tun?", schluchzte sie.

Lisa tat Stevie leid, obwohl sie nicht verstehen konnte, wie man so leichtfertig so viel Geld ausgeben konnte. Während Carole ihrer Freundin gut zuredete, hob Lisa das Notizheft vom Boden auf und blätterte ein wenig darin. Dann studierte sie die erste Doppelseite genauer und stellte fest, dass es eine perfekt geführte Aufstellung aller Aufträge war. Nie hätte Lisa gedacht, dass Stevie so viele Jobs angenommen und an ihre Brüder und Freunde weitergegeben hatte. Die Kopfleiste der Aufstellung war unterteilt in die Rubriken: Datum – Auftrag – erteilt von – ausgeführt von – Stunden – Preis – Arbeitszeit – Einnahme – ausgezahlter Betrag – Provision. Diese Liste ging über vier Seiten. Eine perfekte Buchhaltung!

Auf den hinteren Seiten des Notizheftes entdeckte Lisa eine Liste mit den Namen der Kinder, die Stevie beschäftigte, sowie eine eigene „Beurteilungsseite“ für jeden „Mitarbeiter“. Über Polly Giacomin zum Beispiel hatte Stevie geschrieben: „jeden Mittwoch beim Kieferorthopäden. Mrs Ellerman fand sie gut als Betreuerin ihres Hundes.“ Da war sogar eine Seite mit ihrem Namen: „Lisa Atwood“ und der Bemerkung: „Kein Interesse“. Lisa schämte sich ein wenig. Es stimmte. Stevie hatte sie wegen Babysitten gefragt, aber sie hatte abgelehnt. Sie hatte die Ausrede gebraucht, für einen Test lernen zu müssen. Stevie hatte sie natürlich durchschaut. Für Carole gab es auch eine Seite. Da hieß es: „Macht alles für Cobalt.“ Auch das war richtig. Lisa wusste es. Sie schloss das Notizheft und sah auf.

Stevie schniefte.

„Ich bringe alle Kassetten zurück.“ Sie sammelte die Kassetten ein und steckte eine nach der anderen in das Gehäuse zurück. „Ich sage im Geschäft, sie waren defekt, und verlange mein Geld zurück.“

„Stevie ...!“, begann Carole verzweifelt.

Da hatte Lisa eine tolle Idee: „He, Stevie!“, unterbrach sie Carole, aber Stevie hörte sie nicht.

„Ich erzähl ihnen, dass unser Familienvermögen von einem Tornado weggefegt wurde und wir dringend Bargeld brauchen.“

„Stevie“, versuchte es Lisa noch einmal. Ohne Erfolg.

„Noch besser von einem Hurrikan ...“

„Stevie! Sei bitte vernünftig“, mahnte Carole.

„Hör mal, Carole“, sagte Lisa und schwenkte heftig das Notizheft. Carole hörte nicht auf sie, weil sie Stevie unbedingt zur Vernunft bringen wollte.

„Stevie, es gibt für dich nur noch eine Möglichkeit“, begann sie feierlich. „Du musst ein Mathereferat schreiben.“

„Nein!“, heulte Stevie auf. „Ich kann das nicht.“

Jetzt sah Lisa ihre Chance. „Doch“, heulte auch sie, indem sie Stevies Aufschrei nachahmte. „Du hast es ja schon geschrieben!“

„Ich habe was?“ Stevie blieb der Mund offen.

„Du hast dein Mathereferat schon geschrieben“, wiederholte Lisa.

„Wie meinst du das?“ Endlich zeigte Stevie Interesse.

„Hier“, sagte Lisa und deutete auf das Notizheft. „Das ist ein perfektes Mathereferat. Du sagst, du hättest nächtelang darüber gesessen. Das sieht man. Du hast gearbeitet und gleichzeitig deine Arbeit geschrieben.“

Stevie überlegte. Sie setzte sich auf ihr Bett, drehte sich zu Lisa und zog die Knie hoch. Carole setzte sich neben sie und ließ ihre Beine baumeln.

„Soviel ich weiß, solltest du eine Arbeit über Prozentsätze und Dezimalzahlen schreiben, stimmt's?“

Stevie nickte.

„Sind deine Kolonnen aus Dollars und Cents denn

keine Dezimalzahlen? Und deine Provision lässt sich doch in einen wunderbaren Prozentsatz umwandeln!"

Stevie nickte, und langsam breitete sich ein Lächeln in ihrem Gesicht aus.

„Du brauchst nur noch deine Eintragungen zu vervollständigen und zu addieren und aus den verschiedenen Summen Prozentsätze zu errechnen. Du stellst zum Beispiel in einem Prozentsatz dar, wie viel Prozent deiner Auftraggeber sofort bezahlt haben, wie viel Prozent überhaupt nicht bezahlten, ja, und wie viel Prozent deine Provision ausmachte und so weiter. Das lässt sich sogar ohne Taschenrechner ausrechnen. Du brauchst nur noch die Zahlen für die Arbeiten der letzten Tage."

„Welche letzten Tage?"

„Deine Eintragungen enden am Freitag voriger Woche. Du hattest aber noch diese ganze Woche Arbeiten angenommen – und ausführen lassen. Wo sind deine Zahlen dafür?"

Stevie blickte zur Decke und dann zu Boden. Der ganze Teppich war übersät mit Notizzetteln, die Stevie in ihrer Wut hatte in die Luft flattern lassen.

„Oh nein", stöhnte sie jetzt.

„Oh nein!", hallte es von Carole nach.

„Da gibt es nur ein Mittel", verkündete Lisa, „wir sammeln die Zettel alle auf und vervollständigen Stevies Mathereferat. Wir können sie doch nicht zu Hause lassen, wenn wir auf den Dreitageritt gehen, oder, Carole, was sagst du?“

„Nein, das können wir nicht“, stimmte ihr Carole zu und kniete sofort nieder und begann die zerknüllten Zettel vom Boden aufzuheben.

Lisa und Stevie folgten ihrem Beispiel. Gewiss gab es noch viel zu tun, bis das Referat endgültig fertiggestellt war – aber wo Freunde helfen, ist alles halb so schlimm.

13

Am Montag zwischen der Biologie- und der Sportstunde entdeckte Carole Lisa in der großen Pausenhalle ihrer Schule. Sie erkannte Lisa sofort an der tadellos gebügelten Bluse und dem dazu passenden Rock. Lisas Mutter konnte es einfach nicht lassen, ihre Tochter wie eine Puppe herauszuputzen.

Wann würde Mrs Atwood ihr endlich gestatten, sich so anzuziehen, wie es Lisa selbst gefiel?

„He, Lisa, warte!“, rief Carole und lief ihr quer durch die Halle entgegen. Lisa blieb stehen und konnte sich ein Lächeln nicht verkneifen. Caroles Hefte und Blätter flatterten wieder einmal zu Boden. Gemeinsam sammelten sie die verstreuten Schulweisheiten wieder ein.

„Wie läuft es?“, fragte Carole atemlos. Sie wusste, dass Lisa fast den ganzen Sonntag mit Stevie an ihrem Mathereferat gearbeitet hatte.

„Gut, sehr gut. Du glaubst gar nicht, was Stevie alles auf die Beine gestellt hat. Als sie von unzähligen Telefonanrufen sprach, hat sie wirklich nicht übertrieben. Allein während ich dort war, kamen mindestens wieder zehn Aufträge."

„Und hat sie die Jobs angenommen?"

„Nein, sie hat den Leuten gesagt, sie könne nicht mehr weitermachen. Viele ihrer Kunden waren sehr enttäuscht, aber bis das Referat steht, haben wir noch so viel zu tun, dass sie nebenbei unmöglich noch Arbeiten vermitteln kann."

„Schafft ihr es denn noch? Du weißt, am Freitag ist der Termin."

„Mithilfe ihrer Freunde klappt es vielleicht", grinste Lisa. „Weißt du, was ich glaube?", fuhr Carole fort. „Wenn Stevie es fertiggebracht hat, so viel zu tun, um so viel Geld zu verdienen, dann schafft sie diese letzte Hürde auch noch, und wir drei können zusammen an dem Dreitageritt teilnehmen."

„Nun, da bin ich mir noch nicht so sicher", sagte Lisa, und ihre Miene verdüsterte sich. Carole hielt den Atem an. „Meine Mutter ist der Meinung, dass ich für einen solchen Ausritt noch nicht genug Erfahrung habe. Da siehst du es. Zuerst war sie es, die unbedingt wollte, dass ich reiten lerne, weil sich das für ‚bessere' Leute so gehört." Lisa verdrehte gequält die Augen. „Dann aber traf sie die feine Veronica, die sich bei uns zu Hause unmöglich benommen hat. Jetzt meint Mom, die Reiterei würde aus allen Mädchen Veronicas machen. Und außerdem ist meine Mutter der Meinung, drei Tage in den Bergen seien für mich zu anstrengend. Stevie wird es noch schaffen, aber für mich sehe ich schwarz."

So war das. Kaum glaubte Carole, sie könne aufatmen, stellten sich neue Schwierigkeiten ein.

Am Montagnachmittag fand sich Lisa wieder bei Stevie ein, um die letzten Daten für ihr Referat zusammenzusuchen.

„Okay, du hast also am 20. dieses Monats für nachmittags drei Jobs angenommen. Was ich aber nicht verstehe, du hast für alle drei ‚Alex' eingetragen. Er kann bestimmt viel, immerhin ist er dein Zwillingsbruder, aber er ist doch auch kein Supermann."

„Nein, gewiss nicht", sagte Stevie, „aber wenn ich Alex dreimal eingetragen habe, wird er die drei Jobs irgendwie bewältigt haben."

„Dann schau dir trotzdem diese Zettel noch einmal an. Heißt das ‚Alex' oder nicht?" Sie reichte Stevie die zerknüllten Zettel. Stevie beugte sich widerwillig darüber. Seit zwei Tagen, so schien es ihr, hatte sie nichts anderes vor sich als zerknülltes Papier – und ihre eigene krakelige Handschrift.

„Nein, nein, das soll nicht ‚Alex' heißen, sondern ‚Alexa'", kam ihr die Erleuchtung. „Alexa Hammond, unsere Nachbarin. Sie ist ein richtiger Putzteufel, deshalb habe ich sie zu Mrs Alcott geschickt."

„Aber du hast doch gesagt, Mrs Alcott hat nie bezahlt, und hier hast du den Vermerk ‚bezahlt‘ angebracht.“

„Das bedeutet doch, dass ich Alexa bezahlt habe. Mrs Alcott hatte mich zu diesem Zeitpunkt noch nicht bezahlt. Inzwischen, glaube ich, hat sie mich bezahlt. Auch das habe ich auf einem Zettel festgehalten.“

Lisa seufzte. „Wenn du es notiert hast, werden wir es auch finden, und dann ergänzen wir den Vorgang.“

Lisa vertiefte sich wieder in das Notizheft. Stevie beobachtete sie und bewunderte ihre Fähigkeit, sich ganz auf ein derart trockenes Thema zu konzentrieren. Nun griff Lisa nach dem Bleistift hinter ihrem rechten Ohr und ergänzte „Alex“ um einen Buchstaben, sodass „Alexa“ zu lesen war.

„Soll ich uns eine Limonade holen?“, fragte Stevie.

„Hm“, war die Antwort. Aber Lisa war ganz in ihre Arbeit vertieft. Stevie bezweifelte, dass sie ihre Frage gehört hatte. Auf Zehenspitzen verließ sie den Raum. Während sie in der Küche Limonade und Waffeln holte, wurde ihr bewusst, was ihre Freundin, denn inzwischen war sie wirklich ihre Freundin geworden, für sie tat. Wer sonst würde so viel Zeit opfern und einer Mitschülerin bei den Schularbeiten helfen?

Sie nahm noch zwei Strohhalme aus einem Behälter und stieg wieder hinauf in ihr Zimmer. Ich muss mich jetzt ganz und gar auf meine Mathearbeit konzentrieren, nahm sie sich vor. Ich werde das schaffen, ich muss mir eben ein Beispiel an Lisa nehmen. Und wenn wir zusammenarbeiten, bringen wir die Arbeit schon fertig. Schließlich habe ich es ja auch fertiggebracht, 50 Dollar zu verdienen. Das hat mir auch niemand zugetraut!

Am Dienstagnachmittag wusste Carole nicht, was sie sich wünschen sollte: dass die Reitstunde vorbei wäre oder dass sie ewig dauern sollte. Sie wusste nämlich, dass ihre beiden Freundinnen nach der Stunde in das Büro von Max bestellt waren. Außerdem war soeben Mrs Atwood vorgefahren. Nach Lisas letzter Aussage war ihre Mutter nach wie vor dagegen, dass ihre Tochter an dem Wanderritt teilnahm. Carole fand das unfair, denn schließlich hatte ja Mrs Atwood darauf bestanden, dass Lisa Reitstunden nahm. Und nun wollte Lisa unbedingt mitreiten. Carole hatte nur ein- oder zweimal Gelegenheit gehabt, zu beobachten, wie Lisa sich gegen die Meinung ihrer Mutter durchzusetzen versuchte. Sie war damit, wie auch damals an ihrem ersten Tag auf Pine Hollow, nie sehr erfolgreich gewesen.

Und was war mit Stevie? Selbst wenn sie ihr Mathereferat noch fertigbrachte, würde Max sie wahrscheinlich gar nicht mitreiten lassen. Sie hatte sich nämlich in der letzten Zeit mehrfach danebenbenommen. Sogar heute war sie zu spät in die Stunde gekommen, weil sie noch bei einer Freundin einen Taschenrechner hatte ausleihen müssen. Zuspätkommen konnte Max auf die Palme bringen. Aber auch Schlampereien im Stall hasste er wie die Pest. Stevie war zurzeit so kopflos, dass Max fast jeden Tag mindestens einmal lauthals mit Stevie schimpfte.

Nach der Stunde sattelte Carole Delilah ab und versorgte sie. Dann sah sie nach, ob Veronica ihrem Pferd frisches Wasser gebracht hatte. Natürlich nicht. Also holte Carole auch noch für Cobalt Wasser. Schließlich brachte sie Delilahs Sattelzeug in die Sattelkammer. Dort beschloss sie zu warten, bis Max mit Mrs Atwood und ihren Freundinnen gesprochen hatte. Wenn sie nur wüsste, was es zu besprechen gab. Warum waren Lisa, ihre Mutter und Stevie zum gleichen Zeitpunkt bestellt worden? Ob Max beide, Lisa und Stevie, nicht mitreiten ließ?

„Was überlegst du denn, Carole?“, fragte Mrs Reg das Mädchen vorsichtig, als sie ihren Kopf zur Sattelkammertür hereinstreckte.

„Ach, nichts“, antwortete Carole ausweichend und vermied es, in die Richtung von Max’ Büro zu schauen.

„Das kann ich aber nicht glauben. Irgendetwas spukt in deinem Kopf herum, sonst hättest du Delilahs Kopfgeschirr nicht verkehrt herum aufgehängt. Und Cobalts Wassereimer hast du gleich sechsmal gespült.“

Carole lächelte verlegen. „Ist es so offensichtlich?“

„Ja, ich hab's gezählt. Häng jetzt das Kopfgeschirr richtig auf. Dann erzähl mir, was dir über die Leber gelaufen ist."

Carole war froh, jemandem ihre Sorgen anvertrauen zu können. Mrs Reg konnte zwar kaum etwas für sie tun, aber schon darüber zu reden tat gut. Sie brachte Delilahs Zaumzeug in Ordnung und setzte sich neben Mrs Reg auf eine Holzbank.

„Meine Freundinnen ...", begann Carole zögernd.

„Haben sie dich in Schwierigkeiten gebracht?", fragte Mrs Reg, und ihre blauen Augen blitzten zornig auf.

„Nein, nein. Sie haben sich selbst in Schwierigkeiten gebracht", stellte Carole schnell richtig. Wie sollte sie Mrs Reg die komplizierten Zusammenhänge erklären?

„Ich habe versucht, ihnen zu helfen, aber ich fürchte, es war alles umsonst. Wenn ich nur ..." Carole wusste nicht weiter. Wie konnte sie nur glauben, dass sie Lisas und Stevies Probleme lösen könnte?

„Jetzt einmal langsam ...", sagte Mrs Reg. „Du hilfst deinen Freundinnen, so gut du kannst, Carole. Aber manchmal ist es ganz gut, wenn sie sich selbst helfen müssen. Ich erinnere mich, ich hatte einmal ein Pferd, eine Schönheit. Sein Zaumzeug, das ich mit ihm bekam – und ein anderes besaß ich nicht – hatte ein sehr scharfes Gebiss." Carole wusste, was das bedeutete. Jede Parade war für das Pferd schmerzhaft. Jedes ungestüme Pferd kann man mit einem scharfen Gebiss gefügig machen.

„Na, was soll ich dir sagen?“, fuhr Mrs Reg fort. „Jedes Mal wenn ich dieses Pferd ritt, versuchte ich mich mit immer härteren Paraden durchzusetzen. Und wir kämpften nur noch miteinander. Eines Tages brach das Gebiss. Der einzige Ersatz, den ich auftreiben konnte, war eine gebrochene Trense, die, wie du weißt, durch ein Gelenk in der Mitte geschmeidig im Pferdemaul liegt. Ich befürchtete, das Pferd damit überhaupt nicht bändigen zu können, aber ich hatte keine andere Wahl. Und was geschah? Die Wirkung war wie Tag und Nacht. Das Pferd brauchte sich nicht mehr gegen den Schmerz zu wehren, es gewann Vertrauen und ließ sich willig führen.“

„Damit wollen Sie sagen, ich soll mich in die Angelegenheiten meiner Freundinnen nicht immer einmischen?“, fragte Carole nach einer kleinen Denkpause.

„Nicht ganz, Carole. Ich denke, du solltest ihnen helfen, wenn sie es nötig haben. Aber bei entscheidenden Dingen, die jeder selbst bewältigen muss, lass sie allein machen. Gute Freunde kommen immer durch.“

„Immer?“

„Sagen wir, in der Regel“, verbesserte sich Mrs Reg.

„Danke, Mrs Reg“, sagte Carole, als die alte Dame nun die Sattelkammer verließ. Sie fühlte sich aber nicht besser. Dort im Büro kämpften zwei Meinungen gegeneinander, die ihrer Freundinnen und die von Max und Mrs Atwood. Würden sie sich einigen? Warum dauerte es nur so lange?

„Bis später, Mom." Das war Lisas Stimme. Carole horchte. Das Herz schlug ihr bis zum Hals, so aufgeregt war sie. Was war nun herausgekommen bei der großen Besprechung? Gleich mussten Lisa und Stevie in der Sattelkammer auftauchen. So hatten sie es schon vor der Reitstunde ausgemacht. Sie starrte auf die angelehnte Tür, horchte auf die Schritte ihrer Freundinnen und versuchte, ihre Ungeduld niederzukämpfen.

Die Tür wurde aufgestoßen, und Stevie und Lisa standen mit todernsten Gesichtern vor ihr. Dann, als Carole sie fragend ansah, tauschten die beiden Blicke aus und warteten mit angehaltenem Atem, bis hinter ihnen die Tür langsam ins Schloss fiel. Dann sprangen sie in die Höhe und schrien wie aus einer Kehle: „Hurra, hurra!"

Das konnte nur eines bedeuten: Sieg!

„Was ist passiert? Dürft ihr mit? Ihr beide?"

Carole bombardierte ihre Freundinnen mit Fragen.

„Aber natürlich", sagte Stevie siegesgewiss. „Max war einmalig – er ist einsame Spitze. Das kannst du mir glauben, Carole. Ich hätte ihm das nicht zugetraut."

„Was ist denn gewesen? So sagt doch endlich!" Carole platzte schier vor Neugierde.

„Erzähl du, Lisa. Sie ist deine Mutter", erklärte Stevie.

„Ach, Max ist ein richtiger Kumpel", begann Lisa.

„Ich weiß, wir wissen es alle", drängte Carole. „Aber was hat er gesagt?"

„Er hat meine Mutter überzeugt, dass ich den Wanderritt mitmachen kann – mit Stevie als Partnerin."

„Ist das möglich?", staunte Carole. Ohne Zweifel, Stevie war eine gute Reiterin. Die beste Reiterin in der Abteilung aber war sie. Wenn Max für Lisa schon eine Partnerin aussucht, warum dann nicht sie, Carole?

„Wieso mit dir, Stevie?", fragte Carole leicht gekränkt.

„Also hör zu: Zuerst schwärmte Max Mrs Atwood vor, wie einmalig ihre Tochter mir half, mein Mathereferat auszuarbeiten. Dann erzählte er ihr, dass ich ihn gebeten habe, mir einen Tipp zu geben, wie oder wo ich etwas für Lisa tun könnte. Mir war das zwar selbst neu, aber der Trick wirkte! Mrs Atwood fand die Idee großartig und vertraute mir ihre Tochter an."

Jetzt verstand auch Carole, wie Max es eingefädelt hatte, dass Lisa doch mitreiten durfte. Er war eben nicht nur der beste Reitlehrer, sondern auch ein guter Freund.

„Und Max konnte dies alles erzählen, ohne mit der Wimper zu zucken?", fragte Carole.

„Kaum, aber nur wir merkten es", gab Stevie zu. Endlich kam die große Erleichterung. Carole fing an zu kichern, dann brach Stevie in helles Lachen aus, und Lisa ließ sich anstecken. Schließlich fielen sich alle drei in die Arme.

„Hurra!“, jubelte Carole. Damit war alles gesagt.

In diesem Augenblick ging die Tür zur Sattelkammer auf, und Veronica diAngelo trat ein. Carole wunderte sich, was sie noch so spät im Stall tat.

„Ich musste Max noch wegen privater Springstunden sprechen“, erklärte sie ihre Anwesenheit. Dann setzte sie sich auf die Bank und zog sich die Reitstiefel aus. „Und was treibt ihr hier noch?“, fragte sie.

„Wir haben auch mit Max gesprochen, wegen des Wanderritts“, berichtete Lisa bereitwillig. „Und er hat gesagt, ich könnte mitreiten, und Stevie wird meine Partnerin sein! Ist das nicht Spitze?“

„Ja, das ist ... Spitze“, sagte Veronica kalt und völlig unbeteiligt. Inzwischen hatte sie ihre Schuhe gewechselt. Sie stand auf und verließ hoheitsvoll die Sattelkammer.

Kaum war die Tür ins Schloss gefallen, kicherten die drei Mädchen laut heraus.

„Ja, das ist ... Spitze!“, ahmte Stevie Veronica nach. „Habt ihr jemals eine so unehrliche Antwort gehört?“

„Warum hast du es ihr überhaupt gesagt?“, fragte Carole.

Lisa zögerte einen Augenblick. „Sie soll wissen, dass

Max mich immerhin für eine so gute Reiterin hält, dass ich am Ausritt teilnehmen kann. Für sie war ich nämlich eine zu schlechte Reiterin, um ihre Freundin zu sein."

„Darf ich dir etwas sagen?", fragte Stevie.

„Was?"

„Du bist mir nicht nur als Reiterin gut genug, um meine Freundin zu sein, du bist auch eine so gute Mathelehrerin, dass ich meine, wir sollten wieder an unsere Arbeit gehen. Die Mathearbeit muss in drei Tagen abgeliefert werden!"

Sie atmete tief durch und fuhr dann feierlich fort: „Weißt du, ich fühle mich heute so in Form, ich könnte ohne Weiteres eine Zahlenreihe mit 650 Posten addieren, ohne mich zu verrechnen!"

„Dann dürfen wir keine Sekunde verschwenden!", feixte Lisa. „Gehen wir!"

Zu dritt machten sie sich auf den Weg zu Stevies Haus.

14

„Also, Stevie, jetzt machen wir Arbeitsteilung: Du errechnest jetzt die Summen der einzelnen Spalten, und ich trage die restlichen Vorgänge ein. Leider fehlen uns noch immer Daten, weil eben etliche Zettel unauffindbar bleiben. Bevor ich darüber nachdenke, wie wir die fehlenden Angaben einbringen, rechnest du einmal aus, was wir schon haben.“ Lisa sprach sehr bestimmt.

Gehorsam nahm Stevie Rechnungsblatt und Taschenrechner zur Hand und begann die Zahlenreihen auszurechnen. Langsam nahm das Mathereferat Gestalt an.

Weder Stevie noch Lisa beachteten Carole. Sie lag flach unter Stevies Bett, weil die Katze dort mit ihrem Kugelschreiber spielte, der ihr heruntergerollt war. In dem schwachen Licht konnte Carole zwar ihren Kugelschreiber nicht entdecken, dafür aber ein Häuflein zusammengeknülltes Papier, hinter dem sich die Katze verschanzt hatte.

Madonna glaubte, Carole sei unters Bett gekrochen, um mit ihr zu spielen. Sie kratzte mit ihrer Pfote ein Papierknäuel aus dem Haufen, stieß es an, und als es rollte, jagte sie ihm nach.

Carole lachte über Madonnas Spiel und sah ihr zu, wie sie mit ihren Krallen nach dem nächsten Papierknäuel langte. Da ging ihr ein Licht auf: „Hallo, Leute, aufgepasst!“, schrie sie unterm Bett hervor.

„Ruhe da unten ... sonst vertippe ich mich“, zischte Stevie.

„Warte doch einen Moment“, drang Caroles gedämpfte Stimme nach oben. Sie robbte rückwärts unter dem Bett heraus und brachte Madonnas gesammelten Papiervorrat ans Tageslicht. „Du brauchst vorläufig nicht weiterzurechnen, denn wenn ich unter dem Bett richtig gesehen habe, musst du noch ein paar Zahlen dazuaddieren!“

Stolz breitete Carole ihren Fund auf dem Teppich aus.

Lisa machte große Augen. „Unsere fehlenden Daten!“, rief sie und raffte sofort die Papierknäuel zusammen.

„Oh nein, nein! Nicht noch mehr Zahlen, die ich addieren muss!“, stöhnte Stevie.

„Aber gleich ist die Buchhaltung komplett, alle Daten lückenlos“, versuchte sie Lisa zu trösten. Sie glättete die Zettel und entzifferte Stevies Gekritzel, worin sie es in den letzten Tagen zur Meisterschaft gebracht hatte. Stevie seufzte, aber sie nahm wortlos die neuen Zahlen in ihre Liste auf und begann wieder zu addieren. Sie hatte noch viel Arbeit vor sich, aber jetzt wollte sie sich durchbeißen. Carole hoffte nur, dass sie es schafften. Morgen Früh nämlich musste die Arbeit abgeliefert werden.

Ein paar Stunden später stand das Referat. Die Endsummen waren erstellt, die Prozentzahlen errechnet.

„Hoffentlich bekomme ich die Note, die ich brauche. Ich glaube, ich habe für die Schule noch nie so hart gearbeitet", sagte Stevie und betrachtete zufrieden das fertige Produkt.

„Ich auch nicht", meinte Lisa, „auch nicht für meine eigenen Noten."

Am nächsten Morgen stand Stevie schon sehr früh auf. Sie wollte ihre Mathearbeit noch einmal durchschauen. War das, was sie – und ihre Freundinnen – geleistet hatten, auch so gut, wie es für eine gute Note erforderlich war? Darauf kam es doch an! Sie wollte das Deckblatt aufschlagen, zog aber die Hand zurück. Sie wagte es nicht, die Arbeit noch einmal durchzusehen. Was tun, wenn sie ihr heute, bei Tageslicht, nicht mehr gefiel, wenn sie ihr Beispiel, mit dem sie Dezimal- und Prozentzahlen demonstrierte, lächerlich fand? Für eine Korrektur wäre es zu spät, warum also sich in Zweifel stürzen?

Wenig später legte Stevie das Referat auf das Pult des Lehrers, setzte sich auf ihren Platz und hielt sich selbst die Daumen.

Am Samstag hatten die drei Mädchen wieder Reitstunde. Max übte mit ihnen den korrekten Sitz im Galopp.

Lisa war froh, dass sie sich sehr anstrengen musste, sonst hätte sie es nicht geschafft, sich zu konzentrieren.

„Leicht im Sattel sitzen und sich der Bewegung des Pferdes anpassen, Lisa!“, rief Max ihr zu. „Nicht klammern, locker sitzen und entspannen!“ Wie sollte sie sich entspannen? Sie versuchte es. Aber konnte sie sich entspannen, wenn sie ständig an Stevies Arbeit denken musste? Dann aber sagte Max plötzlich: „Gut, Lisa, das war schon viel besser!“ Vielleicht hatte es doch geklappt. Oder wusste Max über alles Bescheid?

Am Montag nach der Schule läutete das Telefon. Carole wartete schon so lange auf Stevies Anruf, dass sie keine gute Nachricht mehr erwartete. Ihre Sorge war allerdings wieder einmal übertrieben.

„Ich hab sie zurückbekommen!“, rief Stevie, kaum hatte Carole abgehoben.

„Und?“, sagte Carole und presste den Hörer so fest an ihr Ohr, dass es schmerzte.

„Ich getraue mich gar nicht, es zu sagen“, flüsterte Stevie.

„Was zu sagen?“, fragte Carole und befürchtete das Schlimmste.

Stevie räusperte sich.

„Eine Eins plus. Ich habe für das Mathereferat eine Eins bekommen.“

Carole machte einen Freudensprung.

„Das bedeutet, dass ich als Schlussnote in Mathe eine Zwei plus bekomme. Das ist meine beste Mathenote seit der dritten Klasse. Kannst du es glauben? Es ist wahr!“

„Toll“, sagte Carole mit einem Seufzer der Erleichterung. „Das ist wunderbar. Gratuliere. Hast du Lisa schon angerufen?“

„Ja, soeben“, sagte Stevie. „Ohne sie hätte ich es nie geschafft. Übrigens hat sie uns beide für Samstag nach der Reitstunde zu sich nach Hause eingeladen. Sie will eine kleine Feier veranstalten. Passt dir das?“

„Samstag ist immer gut“, stimmte Carole freudig zu und strahlte über das ganze Gesicht. „Dann sehen wir uns morgen in der Stunde.“

Sie legte auf und stieß ein befreiendes „Juchuuuu!“ aus.

„Was freut dich denn so, Schatz?“, rief ihr Vater vom Wohnzimmer herüber.

„Einfach alles, Daddy. Einfach alles!“

15

„Okay, also dann meinst du, ich brauche kein Kleid“, sagte Lisa im Spaß.

„Nur wenn es ein Modellkleid ist und deine Mutter darauf besteht“, konterte Stevie. Lisa lachte.

Die drei Mädchen waren in Lisas Zimmer versammelt und besprachen vergnügt alle Einzelheiten des Wanderritts, hauptsächlich aber, was sie mitnehmen wollten.

„Ich werde auf alle Fälle meinen Kassetten-Rekorder einpacken“, erklärte Stevie.

„Gut, aber bring keine Musik, die uns die Pferde scheu macht“, warnte Carole. „Veronica kannst du ja meinetwegen in die Flucht schlagen.“

„He, das ist eine Idee! Vielleicht treibe ich noch eine Kassette mit unheimlichen Nachtgeräuschen auf, womit wir sie im Zelt erschrecken können. Ich glaube, ich habe noch Geld, außerdem schuldet mir Betsy noch etwas von dem Job, den ich ihr gestern vermittelt habe.“

Lisa sah Stevie an: „Von heute an sollte Schluss sein

mit allem, was mit dem Mathereferat oder Geld für den Ausritt zu tun hatte."

„Okay", stimmte Stevie bereitwillig zu. „Ab heute ist also Schluss mit der Arbeitsvermittlung, dafür der Anfang von unserem ...?"

„... großen Ausritt", sagte Lisa.

„Stimmt nicht", widersprach ihr Stevie. „Unser großer Ausritt beginnt nächsten Freitag und endet am Sonntag. Heute fangen wir etwas anderes an, denke ich. Wer weiß, was ich meine?"

Die beiden Mädchen sahen zu Carole hinüber, die in Gedanken versunken in dem Lehnstuhl am Fenster saß.

„Carole, hörst du uns?", fragte Lisa behutsam.

Carole nickte. „Entschuldigt, aber ich habe gerade gedacht, wie froh ich bin, dass ich zwei Freundinnen wie euch habe", sagte sie.

„Was willst du damit sagen?", fragte Stevie.

„Wir sind doch alle drei so ganz verschieden – und dennoch sind wir Freundinnen."

Sie sahen sich verwundert an und überlegten. „Stevie ist gut für jeden Streich ...", fuhr Carole fort.

„... Freundinnen ausgenommen. Großes Ehrenwort", versprach Stevie feierlich.

„Dann haben wir Lisa, die Musterschülerin, die ..."

„... Stevie bei der Mathearbeit half", sagte Lisa. „Und Carole, den Schussel, dem die Busse davonfahren und die

Stifte und Hefte über den Boden verstreut, die aber die entscheidenden Dokumente im richtigen Moment unter Stevies Bett hervorzaubert."

Carole schwieg. Die drei Mädchen sahen sich belustigt an.

Sie passten eigentlich gar nicht so schlecht zusammen!

„Aber", sagte jetzt Carole, „wir haben auf jeden Fall eine gemeinsame Leidenschaft: die Pferde. Wir reiten sie gerne, pflegen sie aber auch ebenso gerne."

„Moment mal, ich bin nicht gerade verrückt danach, Boxen auszumisten", schränkte Stevie ein.

„Mag sein, aber verrückte Pferdenarren sind wir trotzdem alle", meinte Carole abschließend.

„Da magst du Recht haben", stimmte ihr Lisa zu, und Stevie nickte.

„Okay, aber wie wäre es damit: Wir gründen einen Club, den Sattelclub! Mitglied ist oder kann werden, wer jedem anderen Mitglied bei allen möglichen Dingen hilft, zum Beispiel bei Mathearbeiten, aber auch beim Satteln eines schwierigen Pferdes oder was sich beispielsweise bei einem Wanderritt ergeben mag."

„Wichtigste Bedingung aber ist die Liebe zu Pferden", fügte Stevie noch hinzu, denn sie beabsichtigte nicht, ein zweites Mathereferat anzufertigen.

„Einverstanden", sagte Carole.

Darauf gaben sie sich alle die Hand und umarmten sich.

„Auf den Sattelclub", sagte Lisa und hob ihr Limonadenglas.

„Auf den Sattelclub", stimmten ihre Freundinnen ein und stießen mit ihr an. Es war ein wunderschöner Klang.

Veronicas Fehler

Für meine Mutter
Mary S. Bryant

1

„Duck dich!“, rief Stevie Lake.

Lisa Atwood beugte den Oberkörper vor und drückte ihren Kopf gegen die schwarze Mähne ihres Pferdes Pepper. Sie spürte, wie die Äste über ihren Rücken strichen. Als dies aufhörte, richtete sie sich wieder im Sattel auf und brachte Pepper neben Stevie und deren Pferd Comanche zum Stehen.

Gleich darauf parierte auch ihre Freundin Carole Hanson, leicht außer Atem, aber lachend, ihr Pferd Delilah neben den beiden durch.

„Ist das nicht ein herrlicher Weg!“, rief sie. „Aber es würde nicht schaden, wenn jemand diese Äste zurückschneiden würde!“

„Warum weichen die Pferde eigentlich herabhängenden Ästen und Zweigen nicht aus?“, fragte Lisa ihre Freundinnen. Stevie und Carole waren schon erfahrene Reiterinnen, Lisa hingegen ritt erst seit ein paar Wochen. Aber sie wollte diesem Sport treu bleiben.

„Pferde weichen herabhängenden Ästen nicht aus,

wenn sie selbst noch gut darunterpassen. An den Reiter über sich denken sie nicht", erklärte ihr Carole.

„Das gehört zu den Dingen, die du beachten musst, wenn du im Gelände reitest", sagte Stevie. „Du wirst schon sehen, in der Halle oder draußen zu reiten, sind zwei Paar Stiefel."

Das konnte Lisa nur bestätigen. Seit ihrer zweiten Reitstunde ritt sie Pepper, aber sie hätte nie gedacht, dass er so temperamentvoll sein könnte.

„Wir können jetzt noch ein Stück traben, bevor der Weg felsig wird", sagte Stevie. „Ich reite voraus, ihr wartet, bis ich den Azaleenbusch erreicht habe. Dann kommt ihr nach."

Stevie trabte an. Sobald sie den Busch mit den hellrosa Blüten erreicht hatte, ließ Lisa Pepper antraben. Er gehorchte willig und folgte Comanche.

Lisa trabte gerne. Sie kam in dieser Gangart schnell, aber nicht zu schnell vorwärts. Sie hätte es mit Joggen vergleichen können. Die nächstschnellere Gangart des Pferdes war der Galopp, was vielleicht dem Laufen gleichkam. Lisa hatte im Galopp zum Teil noch Gleichgewichtsprobleme und deshalb wohl auch ein wenig Angst. Während Pepper zufrieden dahintrabte, sah Lisa geradeaus und ließ die vor ihr reitende Stevie nicht aus den Augen.

Das dunkelblonde Haar ihrer Freundin quoll widerspenstig unter der Reitkappe hervor. Im Schein der Sonne glänzte es und auch Comanches kastanienbraunes Fell. Beide, Stevie und Comanche, waren eigenwillige Persönlichkeiten voller Lebenslust. Daher passten sie auch zusammen. Wer Stevie nicht gut kannte, hätte denken können, sie würde auf andere herabsehen, denn sie war vom Schicksal begünstigt: Sie hatte wohlhabende Eltern, die ein großes Haus besaßen und eine Privatschule bezahlen konnten. Aber Stevie war alles andere als eingebildet. Stets voller Übermut sorgte sie für Ausgelassenheit und Stimmung, wo immer sie auftauchte.

Lisa sah sich nach Carole um. Carole war eine ausgezeichnete Reiterin. Schon als kleines Mädchen hatte sie auf den Marinebasen, auf denen ihr Vater jeweils stationiert gewesen war, reiten gelernt. Jetzt ritt Carole Delilah, eine wunderschöne und kluge Palomino-Stute. Carole dirigierte dieses Pferd mit nahezu unsichtbaren Schenkel-und Zügelhilfen, aber Delilah verstand sie. Die beiden schienen miteinander verwachsen.

Plötzlich legte Pepper zu. Lisa ließ die Zügel nach und versuchte, mit Paraden Pepper zurückzuhalten. Aber schnell hatten sie Stevie und Comanche eingeholt. Stevie hatte ihr Pferd in den Schritt gebracht, um ihm eine Verschnaufpause zu gönnen. Der Weg war breit, also ging Lisa neben Comanche.

„Warum wird Pepper eigentlich immer schneller, je näher wir an dich und Comanche herankommen?“, wollte Lisa wissen.

„Das ist dir sicher in der Halle auch schon aufgefallen.“

Lisa nickte. „Nun ja“, fuhr Stevie fort, „das geschieht im Freien viel häufiger als in der Halle. Pferde besitzen einen natürlichen Ehrgeiz. Sie zeigen gerne, was sie können, und wollen sich gegenseitig übertrumpfen. Sobald Pepper näher an Comanche herankommt, will er ihn überholen. Solange die Pferde im Schritt gehen, sind sie mehr oder weniger ruhig. Im Trab werden sie schon aufmerksam, aber warte erst, was passiert, wenn wir galoppieren!“

„Stevie, ich wüsste gern“, sagte Carole und ritt mit ihrem Pferd neben Comanche und Pepper heran, „warum war Max so dafür, dass wir heute gerade diesen Ausritt machen?“

Carole sprach von Maximilian Regnery III., dem Eigentümer des Reitstalls Pine Hollow. Er ließ die jungen Reiter eigentlich ungern ohne Aufsicht oder Reitlehrer ins Gelände.

„Ach, er weiß doch gar nicht, dass wir in den Busch geritten sind“, sagte Stevie großspurig. „Ich habe ihm gesagt, wir reiten nur die Querfeldeinstrecke für ihn ab.“

„Die Querfeldeinstrecke? Bist du denn verrückt!“, schimpfte Carole.

„Nein, ganz und gar nicht“, konterte Stevie. „Auf dieser Strecke findet nämlich im Sommer eine Pferdeschau statt. Deshalb hatte Max nichts dagegen, dass wir sie einmal inspizieren. Abgesehen davon, in drei Tagen starten wir zu unserem Wanderritt. Mir ist Lisa doch als Partnerin anvertraut worden. Und wenn sie bis dahin noch keinerlei Erfahrung im Gelände hat, wird es für sie und für mich schwer.“ Stevie holte Luft: „Also, ich reite voraus, ihr folgt mir!“

„Aber warum hast du ihm nicht einfach die Wahrheit gesagt?“, wandte Carole ein. Stevie zuckte die Achseln und trabte an.

Lisa folgte ihr schmunzelnd. Meistens steckte Stevie in irgendwelchen Schwierigkeiten, die sie aber immer selbst heraufbeschwor. Jetzt beschlich Lisa das leise Gefühl, dass sie mit hineingezogen würde, wenn sie sich nun Stevie anschloss. Aber wer konnte ihr schon widerstehen?

Carole beobachtete die beiden Reiterinnen vor ihr. Sie und Stevie ritten schon zwei Jahre zusammen. So lange war ihr Vater schon bei der Marineinfanterie in der Nähe von Washington stationiert. Oberst Hanson hatte ein Haus in der Nähe von Willow Creek in Virginia gekauft. Es war das erste Mal, dass die Familie nicht auf dem Militärgelände lebte. Und seitdem ritt Carole auf Pine Hollow. Früher waren ihre Freundinnen immer Töchter von

Militärangehörigen gewesen. Jetzt waren Stevie und Lisa ihre besten Freundinnen. Die drei hatten kürzlich den Sattelclub gegründet. Die einzige Bedingung, die die Mitglieder zu erfüllen hatten, war eine uneingeschränkte Liebe zu Pferden. Bisher hatten die drei keine weiteren Pferdenarren kennengelernt, und daher waren sie vorläufig noch unter sich.

Obwohl Lisa ein Jahr älter war als ihre zwölfjährigen Freundinnen, hatte sie erst kürzlich mit dem Reiten begonnen. Carole war nicht entgangen, dass Lisa ein Naturtalent war und ein Gefühl für Pferde hatte. Das hatte Lisa schon beim ersten Mal in Pine Hollow bewiesen. Sie schien das verwöhnte Kind reicher Eltern zu sein. Sie war herausgeputzt wie eine Schaufensterpuppe mit ihrer Mutter im Stall erschienen. Max hatte sie auf den braven Patch gesetzt, um zu sehen, ob sie sich überhaupt auf einem Pferd halten konnte. Aber noch bevor sie im Schritt einmal die Bahn umrunden konnte, hatte Veronica diAngelo (die wirklich das verwöhnte Kind reicher Eltern war) eine Tür so laut zuknallen lassen, dass Patch erschrak und im Galopp davonstürmte. Carole erwartete nichts anderes, als dass Lisa im hohen Bogen vom Pferd fallen und sich den Arm oder sonst etwas brechen würde. Aber irgendwie schaffte es Lisa, sich auf dem Pferd zu halten, ja es schließlich sogar zum Stehen zu bringen.

Auch jetzt, beim ersten Ausritt, zeigte Lisa großes Geschick. Aber trotz Lisas Naturtalent konnte draußen so viel Unvorhergesehenes geschehen. Deshalb war dieses kleine Training vor dem großen Wanderritt sehr wichtig.

Da bewegte sich etwas im hohen Gras. Carole war sofort in Alarmbereitschaft. Tatsächlich, schon scheute Delilah und sprang zur Seite. Ein Kaninchen flitzte über den Weg. Carole verkürzte automatisch die Zügel, setzte sich fest und gerade in den Sattel und umfasste das Pferd mit den Schenkeln. Delilah spürte die sichere Hand und beruhigte sich wieder. Inzwischen hatte sich auch das Kaninchen wieder im Gras versteckt.

Aber da sprang genau vor Pepper und Lisa ein zweites Kaninchen über den Weg. Zu Caroles Entsetzen machte Pepper einen Satz rückwärts. Lisa klammerte sich am Sattel fest, und dabei entglitten ihr die Zügel. Und als Pepper auch noch vorne etwas hochging, hatte Lisa keine Möglichkeit, seinen Kopf wieder nach unten zu bringen. Das Kaninchen sprang zu allem Überfluss noch einmal zurück und geriet dabei unter Peppers Beine. Pepper mochte das gar nicht und bäumte sich wieder auf. Als er die Vorderbeine wieder auf den Boden brachte, ging er durch – ohne seine Reiterin. Lisa war im hohen Bogen heruntergefallen und auf ihrer rechten Seite im Gras gelandet.

Carole wusste sofort, Lisa brauchte Hilfe, aber gleichzeitig musste Pepper eingefangen werden. Sie machte Stevie durch ein lautes „Halt“ auf den Vorfall aufmerksam. Stevie wandte sich um, sah, was geschehen war, und brachte ihr Pferd zum Stehen. Sie saß ab und ging, Comanche am Zügel führend, zurück zu Lisa.

Carole machte sich inzwischen mit Delilah an die Verfolgung von Pepper. Er war im Gehölz verschwunden, aber Carole wusste, dass gleich hinter der Baumgruppe ein Hügel lag. Als sie das Wäldchen durchritten hatte, sah sie Pepper bereits hügelan galoppieren. Sie musste ihm den Weg abschneiden, bevor er auf der anderen Seite des Hügels wieder hinuntergaloppieren konnte. Denn das konnte für ihn gefährlich werden.

Geschickt dirigierte sie Delilah außen herum und galoppierte von der anderen Seite den Hügel hinauf, um oben mit Pepper zusammenzutreffen. Carole spürte, wie Delilah das Jagdfieber packte und sie für die Verfolgungsjagd zulegte. Nur wenige Sekunden vor Pepper hatten sie den Hügel bezwungen. Carole befürchtete, er würde gleich wieder davonpreschen, sobald er sie sehen würde, aber er hatte sich ausgetobt. Fast schien es, als meldete sich sein schlechtes Gewissen, denn er senkte den Kopf und begann in aller Unschuld zu grasen. Carole redete beruhigend auf ihn ein. Er hob den Kopf und schaute sie mit seinen glänzenden braunen Augen an.

„Schon gut, mein Junge“, sagte sie. „Keiner ist dir böse. Aber wir gehen jetzt wieder zu Lisa und schauen, wie es ihr geht. Komm …“

Er kam ihr nicht entgegen, aber er blieb ruhig stehen, als sie auf ihn zuging, sich von Delilah hinunterbeugte und nach seinem Zügel griff. Gehorsam folgte er ihr zurück auf den Weg.

„Bist du okay?“, fragte Stevie. Lisa lag noch ziemlich benommen auf dem Boden.

„Ich lebe, wenn du das meinst“, antwortete Lisa.

„Ich meine, ob du dir etwas gebrochen oder du dich sonst irgendwie verletzt hast?“

„Wahrscheinlich schon“, sagte Lisa. Stevies Herzschlag stockte.

„Wie denn, was denn?“

„Mein Stolz ist verletzt“, brummte Lisa.

Stevie lachte.

„Hast du mich aber erschreckt! Komm, steh auf! Carole fängt Pepper ein. Wenn wir noch eine halbe Stunde reiten, kommen wir an einen schönen Platz neben einem Bach. Da können wir Mittagspause machen. Wenn du etwas gegessen hast, wird es dir besser gehen.“

„Ihr könnt reiten, ich gehe zu Fuß“, sagte Lisa.

„Bist du doch verletzt?“, fragte Stevie und half Lisa auf.

„Nein, mir fehlt nichts, aber ich reite nicht mehr, weil ich es offenbar nicht kann. Also lasse ich es sein.“

„Natürlich kannst du reiten“, widersprach ihr Stevie, „vor zwei Minuten hast du es doch noch gekonnt.“

„Nein, eben nicht“, protestierte Lisa. „Du siehst doch, was geschehen ist.“

„Na und, dein Pferd hat gescheut, und du bist heruntergefallen. Das heißt doch nicht, dass du nicht reiten kannst“, erklärte ihr Stevie.

„Du bist doch auch nicht gestürzt, oder?“, fragte Lisa.

„Nein, diesmal nicht, aber ich bin schon oft unfreiwillig abgestiegen – und bestimmt nicht zum letzten Mal!“

Wieder auf den Beinen, sah Lisa ihre Freundin nur schweigend an.

Stevie erwiderte besorgt ihren Blick.

Lisa hatte Glück gehabt. Aber konnte sie die Angst vor einem neuerlichen Sturz überwinden? Stevie kannte diesen Zustand sehr gut. Jeder Reiter musste irgendwann damit fertig werden. Er war dann oft auf den guten Zuspruch eines Freundes angewiesen. Den erhielt Lisa jetzt von Stevie.

„Da ist Pepper wieder“, verkündete Carole fröhlich und führte ihn aus dem Gehölz. „Und ich glaube, er lässt sich wieder reiten.“

„Nett von ihm, aber seine Reiterin will nicht“, entgegnete Lisa. Carole brachte die beiden Pferde zum Stehen.

„Lisa ist der Meinung, sie kann nicht reiten“, erklärte Stevie, „und sie will es aufgeben, jetzt auf der Stelle.“ Stevie zwinkerte Carole zu. Sie waren sich einig, wie sie Lisa jetzt anpacken mussten.

„Ich kann dich verstehen, Lisa,“ sagte Carole. „Ein schwerer Entschluss. Aber schau dir dein Pferd an“, sie deutete auf Pepper. Dieser ließ tatsächlich den Kopf hängen. „Wer weiß, ob es ihm nicht leidtut. Sitz doch wieder auf. Er hat sich doch schon an dich gewöhnt. Gib ihm wieder Vertrauen zu dir. Wenn du ihn jetzt nicht mehr reitest, wer weiß, in welche Hände er kommt. Er ist ein Schulpferd; er muss Geld einbringen.“ Lisa sah Carole in die Augen und entdeckte darin ein schalkhaftes Funkeln.

„Du versuchst mein Mitleid für Pepper zu erwecken, damit ich ihm zuliebe wieder aufsitze“, erklärte sie. Carole zuckte nur die Schultern. Da musste Lisa doch lachen.

„Vielleicht bin ich dumm und feige“, sagte sie, „aber ich habe einfach Angst.“

„Das macht nichts“, meinte Carole, „wir kennen das, wir haben das auch durchgemacht. Vergiss jetzt deinen Schreck und setz dich wieder auf dein armes Reittier!“

Lisa klopfte sich den Schmutz von der Reithose und wischte ein paar dürre Blätter von Peppers Sattel. Sie brachte die Zügel, die ziemlich verdreht waren, in Ordnung und strich über Peppers Hals.

„Wir sind schon so ein Paar!“, sagte sie. „Komm jetzt, mein Junge! Du fürchtest dich vor einem kleinen Kaninchen. Aber ich darf mich nicht vor einem großen Pferd fürchten!“ Sie schob den linken Fuß in den Steigbügel und schwang sich in den Sattel. „Zum Glück“, seufzte sie, „nichts gebrochen, aber bestimmt blaue Flecken. Vielleicht muss ich ein paar Tage im Stehen essen! Stevie, wie weit sagtest du, ist es noch zum Rastplatz?“

„Ach, gar nicht mehr weit“, meinte Stevie und trabte Comanche an.

Eine Stunde später hatten die drei Mädchen ihr Picknick verzehrt. Die Pferde hatten sich inzwischen ausruhen und ihren Durst im Bach löschen dürfen.

„Jetzt sollten wir aber lieber direkt nach Pine Hollow zurückreiten“, erklärte Stevie. „Meinst du, Max glaubt uns überhaupt, dass wir drei Stunden gebraucht haben, um die Querfeldeinstrecke abzureiten?“

„Ich denke, Max glaubt uns ohnehin nichts“, sagte Carole. „Er durchschaut uns doch immer.“

Stevie war inzwischen davon überzeugt, dass Max stillschweigend mit ihrem Ausritt einverstanden war. Er vertraute ihr und Carole und hatte ihnen ganz bewusst Lisa mitgegeben, damit sie nicht völlig unerfahren den langen Wanderritt antrat.

„Hört zu, ich weiß einen anderen Rückweg“, sagte Stevie. „Er führt zum größten Teil über Weiden. Den Pferden macht das Spaß, denn wir können viel galoppieren. Du wirst sehen, wie toll das ist, Lisa!“

„Ich fürchte, ich habe heute schon genug gesehen“, wandte Lisa ein. „Vertrau mir nur“, ermunterte sie Stevie und grinste verschmitzt. Lisa vertraute Stevie wirklich.

Abwechselnd im Schritt, Trab und Galopp ritten die Mädchen über die Wiesen. Stevie schien den Weg sehr genau zu kennen, und die Pferde gingen freudig. Das einzige Problem war, dass die Mädchen immer wieder absteigen mussten, um die Weidegatter zu öffnen und zu schließen.

„Eine eiserne Regel, die für jeden Reiter gilt: Ein Weidegatter muss in jedem Fall wieder geschlossen werden“, erklärte Carole ihrer Freundin Lisa.

„Kommt, wir reiten die Abkürzung!“, rief Stevie.

„Was für eine Abkürzung?“, wollte Carole wissen.

„Schau, dort nach links!“ Stevie deutete hügelabwärts. „Ich bin mir sicher, hinter diesem roten Gebäude liegt Pine Hollow. Wenn wir geradeaus darauf zureiten, ersparen wir uns leicht zehn Gatter.“

„Aber wir kennen den Farmer nicht!“, warnte Carole. „Eine weitere Regel für Reiter lautet nämlich: Immer nur erlaubte Wege benützen!“

„Ach, wer kümmert sich schon um drei Mädchen zu Pferd?“, lachte Stevie.

„Mehr Leute, als du denkst …“, wollte Carole noch einwenden, aber es war schon zu spät. Stevie galoppierte bereits über die fremde Weide und Lisa dicht hinter ihr. Carole seufzte und folgte ihnen.

Lisa genoss den Ritt über die offenen Weiden. Hin und wieder ist es doch gut, sich überreden zu lassen. Sie hatten das letzte Feld beinahe überquert, als sie ein seltsames Geräusch vernahmen. Zunächst wusste Stevie gar nicht, was es war. Ein wenig klang es wie das Muhen einer Kuh, aber auf dieser kleinen Wiese weidete keine Kuhherde.

Dann sah sie das Tier! Es war keine Kuh! Ein großer Stier hatte unter einer Baumgruppe gestanden und kam jetzt schnaubend hervor. Er stampfte mit einem Vorderbein auf den Boden. Seine Nüstern blähten sich. Lisa fasste die Zügel nach. Im Schritt gingen die drei Mädchen über die Wiese und hofften, der Stier würde sie vorbeireiten lassen.

Plötzlich setzte sich der Stier in Bewegung. Obwohl er kurze Beine hatte, kam er erstaunlich schnell voran. Die Mädchen mussten die Flucht nach vorne antreten.

„Wir müssen hier raus“, schrie Stevie, galoppierte Comanche an und ritt geradewegs auf den Zaun zu. Delilah und Pepper folgten ihr. Aber da war kein Gatter!

Lisas Herzschlag setzte aus. Sie saßen in der Falle! Pepper hatte schon bei einem Kaninchen gescheut – und jetzt stampfte ein Stier heran! Aber noch bevor Lisa weiterdenken konnte, zeigte ihr Stevie, was sie zu tun hatte. Als Comanche sich dem Zaun näherte, lehnte Stevie den Oberkörper etwas nach vorne und hob sich leicht aus dem Sattel. Comanche sprang ab, flog über den Zaun und landete weich und elegant auf der anderen Seite. Stevie ließ Comanche noch ein paar Galoppsprünge auslaufen, dann brachte sie ihn zum Stehen. Sie wandte sich um und wartete auf ihre Freundinnen. Carole überwand mit Delilah den Zaun mit derselben Leichtigkeit. Lisa hatte keine andere Wahl als es ihren Freundinnen gleichzutun. Starr vor Angst lehnte sie sich vor dem Zaun nach vorne und verkrallte sich mit schweißnassen Händen in Peppers Mähne. Als sie schon glaubte, sie würden beide Kopf voraus in den Weidezaun donnern, schrien ihre Freundinnen: „Jetzt!“ Entweder verstand Pepper oder er wusste selbst, was er zu tun hatte. Lisa hoffte nur noch, dass Pepper im richtigen Moment sprang und er sprang. Während sie sich am Sattel und in der Mähne fest hielt, spürte sie, wie Pepper vom Boden abhob und sicher auf der anderen Seite des Zauns aufkam.

Noch nie in ihrem Leben hatte Lisa so viel Angst ausgestanden und war danach mit einem so unvergleichlichen Glücksgefühl belohnt worden! Stevie und Carole jubelten laut und beklatschten Pepper und Lisa.

„He, ich habe nicht gewusst, dass du springen kannst!“, sagte Stevie mit ehrlicher Bewunderung.

„Ich auch nicht“, bekannte Lisa.

2

„Wenn mich jetzt noch einmal jemand fragt, wo die Reservesteigbügel sind, bekomme ich einen Schreikrampf!“, verkündete Carole. Doch niemand hörte ihr zu.

In und um den Stall von Pine Hollow ging es zu wie in einem Bienenstock. Wahrscheinlich war Carole die Einzige, die den Überblick noch nicht verloren hatte.

Elf Reiter und deren Pferde, die an dem dreitägigen Wanderritt teilnahmen, umkreisten Bus und Pferdetransporter. Jeder Reiter wollte mehrmals wissen, ob sein Gepäck schon verladen war und möglichst auch noch wo. Carole hielt ein Schreibbrett fest in der Hand und überprüfte alles zum hoffentlich letzten Mal. Aber nein, sie würden alle wieder antanzen.

„Kann man dir helfen?“, fragte Stevie und schleppte ihren Rucksack mit der Schlafsackrolle zum Bus.

„Oh, danke“, antwortete Carole. „Alle anderen fragen mich, ob ich ihnen helfen kann.“ Carole warf einen Blick auf ihre Check-Liste. „Ja, du kannst etwas tun. Wir brauchen noch Hufkratzer. Joe versprach zwar, welche zu holen, aber er ist bis jetzt nicht wieder aufgetaucht. Hol bitte ein paar aus der Sattelkammer und pack sie in den Sack mit dem Putzzeug!"

Stevie salutierte mit spitzbübischem Grinsen und verschwand in Richtung Sattelkammer. Carole hakte den Posten „Hufkratzer" ein zweites Mal ab.

Veronica diAngelo stand neben dem Bus. Sie hatte ihre drei Freundinnen – besser gesagt: ihre Hofdamen, dachte Carole – um sich versammelt. Carole verbiss sich ein Kichern, als sie sah, dass alle drei – Meg Durham, Lorraine Olsen und Betsy Cavanaugh – die gleichen Reithosen trugen.

Es war das Modell, das Veronica letzte Woche getragen hatte. Bestimmt hatten sie ihren Müttern so lange in den Ohren gelegen, bis sie Veronica wieder einmal imitieren konnten.

Für mich wäre nichts an Veronica nachahmenswert, dachte Carole. Veronica besaß nur eins, was Carole sehr gerne gehabt hätte. Veronicas Vater hatte seiner Tochter einen wunderschönen englischen Vollbluthengst gekauft. Er hieß Cobalt. Um dieses Pferd zu besitzen, hätte Carole alles gegeben. Da es unmöglich war, umsorgte sie ihn, wann immer sie konnte. Veronica gefiel es, ein prämiertes englisches Vollblutpferd zu besitzen. Cobalt regelmäßig zu pflegen und zu reiten gefiel ihr dagegen weniger. Sie bat deshalb Carole oft, ihr zu helfen. Und

Carole konnte nie Nein sagen, weil sie dieses Pferd so sehr liebte.

„Haben wir auch Pferdedecken dabei?“, fragte Red O'Malley, einer der Stallburschen von Pine Hollow. Carole sah auf ihre Liste und sagte ihm, dass die Decken eingepackt waren.

Als jeder Posten auf Caroles Liste zweimal abgehakt war, half sie die Pferde in die bereitstehenden Transporter zu verladen. Die meisten Pferde hatten gelernt, in Transporter zu gehen, manche taten es sogar gerne. Aber es gab immer wieder Pferde, wie Barq, den Loraine reiten sollte, die Transporter hassten. Er war ein Araber – sein Name bedeutet im Arabischen „Blitz“. Kam er nur in die Nähe eines Transporters, versuchte er jedes Mal abzudrehen. Um dieses Mal die langwierige Prozedur zu vermeiden, führte ihn Loraine, während ihm Carole einen Eimer Hafer vor die Nase hielt. So kaute er eifrig Hafer und stand schon im Transporter, bevor er sich darüber aufregen konnte.

Carole war erleichtert, dass ihnen der sonst übliche Ärger mit Barq erspart geblieben war. Dafür hatten Max und Red Probleme mit Diablo und Harry. Aber dann waren endlich alle Pferde verladen. Nachdem Carole auch den Fahrern nochmals versichert hatte, dass für jedes Pferd Sattel- und Zaumzeug schon verladen war, fuhren sie los. Der Bus sollte wenige Minuten später folgen. Lisa verstaute Schlafsack und Tasche im Bus und stellte sich dann zu Carole, um ein wenig mit ihr zu plaudern, während die restlichen Dinge eingeladen wurden. Lisas Mutter ließ ihre Tochter nicht aus den Augen. Sie war es gewesen, die darauf bestanden hatte, dass Lisa reiten lernte. Sie glaubte, eine vornehme junge Dame müsse etwas über Pferde wissen und ein wenig reiten können. Sie hatte aber nicht gedacht, dass Lisa eine Pferdenärrin werden würde, und stand nun wegen des Wanderritts schreckliche Angst um ihre Tochter aus. Während Lisa mit Carole redete, unterbrach sie die Mädchen immer wieder, um Lisa Ermahnungen mit auf den Weg zu geben.

„Geh bitte nicht zu nahe an eine Felskante, Liebling, und trinke auf keinen Fall unabgekochtes Wasser!“ Lisa nickte freundlich und versprach ihrer Mutter, vorsichtig zu sein. Carole bewunderte Lisas Geduld, obwohl sie wusste, dass Mrs Atwood eben nur besorgt war.

„Mom, ich glaube, wir müssen uns jetzt verabschieden“, sagte Lisa behutsam. Sie umarmte ihre Mutter kurz und herzlich. „Bis Sonntag, sechs Uhr abends, okay?“

„Okay, Liebes“, entgegnete Mrs Atwood. „Viel Vergnügen!“ Dann ging Mrs Atwood zu ihrem Kombiwagen. Lisa lächelte.

Lisa war nicht die einzige Reiterin, deren Mutter sich nicht von ihrem Kind trennen konnte. Mrs diAngelo fuhr in ihrem Mercedes vor und ließ das Fenster auf der Fahrerseite herunter.

„Wie bin ich froh, dich noch anzutreffen, Liebling“, rief sie. „Ich habe dir noch etwas mitgebracht!“

Mrs diAngelo überreichte Veronica zwei Satteltaschen. Selbst aus der Entfernung konnte Carole sehen, dass dies keine gewöhnlichen Satteltaschen waren. Sie waren von „Herms“, einem exklusiven französischen Hersteller. Carole schätzte, dass jedes Schulpferd von Pine Hollow wahrscheinlich weniger gekostet hatte als diese Satteltaschen.

Veronica nahm das Geschenk ihrer Mutter in Empfang, als wäre es ein vergessener alter Schlafanzug.

„Danke, Mutter“, sagte Veronica kühl.

„Schau hinein!“, forderte sie ihre Mutter auf. Sie war ganz aufgeregt. Veronica hob eine Taschenklappe hoch und zog eine große Tüte mit den teuren Perugina-Pralinen heraus. „Ich dachte, so etwas bietest du abends am Lagerfeuer gerne deinen Freunden an!“

Veronica lächelte sogar.

„Danke, Mutter. Aber ich glaube, ich muss jetzt einsteigen. Der Bus wartet. Bis Sonntag!“

Mrs diAngelo schloss per Knopfdruck ihr Autofenster und fuhr davon.

„Schau dir das an“, sagte Stevie und gesellte sich zu Carole und Lisa. „Was Veronicas Mutter sich einfallen lässt, um ihrer Tochter ein Lächeln und vielleicht ein Dankeschön abzuringen."

„Deshalb ist sie so ein Biest", sagte Carole gehässig.

„Ja, aber ein Biest mit den köstlichsten Pralinen fürs Lagerfeuer!", meinte Stevie.

„Weißt du", sagte Lisa, „da ist mir trotzdem eine Mutter lieber, die ein wenig zu besorgt ist um mich, als eine Mutter, die mir mit einer Luxus-Satteltasche nachfährt, die mit teuren Pralinen gefüllt ist."

„Mir auch", stimmte ihr Stevie zu.

Carole blieb stumm. Ihre Mutter war nach langer Krankheit letzten Herbst gestorben. Sie war weder wie Mrs Atwood noch wie Mrs diAngelo gewesen, sondern einfach perfekt. Carole fehlte sie sehr, aber immerhin blieb ihr die Erinnerung an sie.

„Bitte einsteigen!", rief Max, und einen Moment später stürmten elf Leute den Minibus, der sie zum Ausgangspunkt des Wanderritts bringen würde.

Carole stand an der Tür des Busses und fragte jede Reiterin und jeden Reiter, sogar Max, ob sie ihren Schlafsack und ihr persönliches Gepäckstück auch bestimmt verladen hatten. Alle bejahten, und Carole hakte die Namen auf ihrer Liste ab.

Schließlich stieg Carole als Letzte ein.

„Okay, Hanson, hast du deinen Schlafsack und deine Tasche verladen?", neckte sie Stevie im Ton eines Marineoffiziers. Carole errötete. Hatte sie ihre Kameraden zu sehr kommandiert? Es war so viel zu tun gewesen – und Max hatte sich auf ihre Hilfe verlassen.

„Natürlich!“, antwortete sie. Sie sah ihre beiden Taschen deutlich vor sich – vor ihrer Haustür. Und dort standen die Taschen noch immer! Als ihr Vater mit dem Wagen vorgefahren war, war sie eingestiegen und hatte ihr Gepäck stehen gelassen! Ohne Schlafsack und Reisetasche konnte sie nicht mitkommen! Max wäre zwar sicher bereit, den Bus den kleinen Umweg zu ihrem Haus machen zu lassen. Aber das war peinlich!

Wie versteinert stand sie auf dem Trittbrett des Busses. Da ertönte ein lautes Hupen hinter ihr. Erschrocken wandte sie sich um. Ihr Vater! Er brachte seinen Wagen direkt vor dem Bus zum Stehen, sprang heraus, öffnete den Kofferraum und holte ihre beiden Taschen heraus.

„Ohne die willst du doch nicht verreisen, Liebling?“, sagte er und stellte die Gepäckstücke vor Carole ab. Hastig schob sie sie in die letzte noch offene Gepäckkammer des Busses und schloss dann die Klappe.

„Vielen Dank, Daddy“, rief sie.

Und unter den neugierigen Augen der gesamten Reitergesellschaft umarmte sie ihren Vater und gab ihm den Kuss, den er verdiente.

„Du bist der Beste!“

„Weiß ich", sagte er. „Mach dir ein paar schöne Tage, hörst du!"

Carole strahlte ihn an.

„He, Oberst Hanson!", rief Stevie durch das offene Busfenster. Lachend winkte ihr Mr Hanson zu. Die beiden waren dicke Freunde und tauschten bei jeder Gelegenheit alte Witze aus.

„Was hat vier Beine und einen Rüssel?", rief Stevie lachend.

„Ein Elefant auf Reisen", rief er zurück.

„Und wie nennen Sie Carole, wenn sie auf Reisen geht?"

„Vergesslich!", antwortete er grinsend.

Die ganze Mannschaft lachte, und Carole bestieg den Bus. Und dann ging es los!

3

Sie waren am Ausgangspunkt ihres Wanderritts angekommen. Hier musste Carole zunächst feststellen, dass das Ausladen der gesamten Fracht kaum weniger aufreibend war als das Einladen.

Delilah ging ungewöhnlich gelassen aus dem Transporter, dafür zeigte sich, dass sich Barq ebenso ungern ausladen ließ wie einladen. Red O'Malley bekam einen Schlag gegen sein Schienbein. Er verzog das Gesicht, sagte aber, er wäre okay.

Bestimmt bekommt er grüne und blaue Flecken und dazu ein geschwollenes Bein, dachte Carole mitfühlend. Pferde sind eben große und starke Tiere. Geht man viel mit ihnen um, bleibt es nicht aus, dass man irgendwann einmal etwas abbekommt. Red beklagte sich nicht, denn er kannte das Risiko.

Endlich waren die Pferde ausgeladen. Nun wurde die gesamte Zelt-und Picknickausrüstung in einen Kleinlaster umgeladen, der die Reiter mittags und abends an den jeweiligen Rast-und Lagerplätzen erwarten würde.

„Hoffentlich bleibt der Fahrer nicht irgendwo auf der Strecke“, scherzte Carole. Stevie und Lisa lachten.

Die Reiter holten nun ihr Sattel-und Zaumzeug und begannen, ihre Pferde zu satteln.

„Ich sattle nicht gerne auf, besonders wenn Comanche unruhig ist“, sagte Stevie. „Aber Comanche hält heute ganz still. Ich glaube, er möchte auch so schnell wie möglich unterwegs sein.“

„Stimmt“, sagte Lisa. „Sieh doch, Pepper schaut so interessiert in die Gegend, dass er nicht einmal gemerkt hat, wie ich den Sattelgurt fest gezogen habe!“ Pepper hatte die Angewohnheit, sich aufzublasen, wenn sein Reiter den Sattelgurt anzog. Später ließ er die Luft ab, und der Gurt saß locker und für ihn bequem. Für den Reiter jedoch konnte das gefährlich werden. Lisa musste deshalb immer zweimal nachgurten. Heute allerdings war es nicht nötig.

„Aufsitzen!“, rief Max, und der Wanderritt begann.

Der erste Tag würde langsam angehen, hatte Max seinen Reitern erklärt. Für den Weg bis zum Picknickplatz war ungefähr eine Stunde eingeplant. Dann, nach dem Mittagessen, würden sie fast nur bergauf reiten, zu einer großen Almwiese. Das wäre dann die Hälfte ihres Anstiegs zu dem Berg, der ihr Ziel war. Am späten Nachmittag müssten sie die Bergalm erreicht haben. Die Pferde sollten die Nacht auf der Weide verbringen, während das

Zeltlager auf einer kleinen Anhöhe darüber aufgestellt werden würde.

Lisa war überglücklich. Noch vor einem Monat hatte sie von Pferden keine Ahnung gehabt und jetzt ritt sie an diesem warmen, sonnigen Tag durch einen herrlichen Bergwald, in dem noch die letzten Frühlingsblumen blühten. Auf dem schmalen Pfad, der weitgehend von mächtigen Eichen beschattet war, gingen sie hintereinander im Schritt. Das erste Wegstück war gesäumt von Lorbeerbäumen. Lisa pflückte einen kleinen Zweig und steckte ihn sich hinters Ohr.

„Was sagst du zu dieser Landschaft?“, rief Stevie von hinten.

„Ich komme mir vor wie im Märchen“, rief Lisa zurück, „ich warte nur darauf, dass hinter der nächsten Biegung ein Pfefferkuchenhaus auftaucht.“

Der Pfad verbreiterte sich und führte durch ein Tannenwäldchen. Das warme Sonnenlicht lag auf den Bäumen und dem Nadelteppich, über den sie jetzt lautlos ritten. Es roch kräftig nach Wald.

„Hier riecht es doch irgendwie nach Weihnachten!“, rief Carole ihren Freundinnen zu. Sie holte tief Luft. Was für ein würziger Duft!

Solange der Weg breit war, ließ Max die Gruppe traben und dann sogar galoppieren. Pepper war ebenso übermütig wie seine Reiterin. Noch nie hatte er Lisas

Hilfen so willig angenommen. Als sie ihn im Trab leicht mit der Wade hinterm Gurt antupfte, sprang er sofort in einen wunderbar verhaltenen Galopp. Lisa hatte sich noch nie so wohl und sicher im Sattel gefühlt. Jetzt wusste sie erst, wie viel Spaß das Reiten machen konnte! Sie neigte den Kopf und drückte ihn gegen Peppers Hals, um etlichen tief hängenden Tannenästen auszuweichen. Als sich dann der Weg wieder verengte, parierte sie Pepper durch zum Schritt und seufzte zufrieden.

„War das schön?", fragte Stevie.

„Einmalig", antwortete sie ehrlich. Sie schmunzelte, weil sie sich einbildete, dass auch ihr Pferd Pepper zufrieden grinste – natürlich auf seine Weise.

„Hab ich Hunger, ich könnte ein Pf...", Stevie biss sich auf die Zunge, „... einen Elefanten verspeisen", kicherte sie.

Lisa stöhnte über Stevies Witz.

„Ich bin auch mit den Erdnussbutterbroten zufrieden, die Mrs Reg heute Früh gestrichen hat", erwiderte sie. Mrs Reg war die Mutter von Max, die von allen Mädchen sehr geschätzt wurde.

„Wir kommen schon noch zum Essen", sagte Carole. „Schauen wir erst einmal nach unseren Pferden!"

Lisa und Stevie gingen gehorsam mit Carole zu dem Platz, wo die Pferde angebunden waren. Und gleich darauf marschierten die drei Mädchen mit den Wassereimern zum Bach und schöpften frisches, kühles Wasser für ihre Pferde.

„Nicht zu viel“, warnte Carole ihre Freundin Lisa.

„Stimmt, einem erhitzten Pferd darfst du nie zu viel Wasser auf einmal geben“, erklärte Stevie. „Es kann davon schlimme Bauchkrämpfe bekommen. Bei uns Menschen ist es auch so.“

„Ja, ich weiß“, sagte Lisa. „Nach der Ballettstunde dürfen wir auch nur schluckweise trinken, besonders an heißen Tagen.“

Lisa war recht froh, den Eimer nur knapp halb voll vom Bach zurückschleppen zu müssen. Er war schon so schwer genug. Doch Pepper war dankbar für die Erfrischung. Er berührte mit seiner Nase zärtlich ihren Nacken, als sie den Eimer vor ihm niederstellte. Sie ließ ihn aber nur ein paar Schlucke nehmen, dann gab sie ihm eine Handvoll Heu, das der Kleinlaster inzwischen gebracht hatte. Pepper schien alles sehr zu behagen. Daraufhin machten sich Lisa und Stevie auf den Weg zum Picknickplatz und versprachen, Carole einen Platz frei zu halten.

Carole beobachtete Delilah beim Trinken und strich sanft über den goldfarbenen Pferdehals. Delilahs Verhalten schien sich verändert zu haben. Sie machte zwar einen zufriedenen Eindruck, war aber viel ruhiger als sonst. Unterwegs ging sie willig vorwärts, aber ihr Temperament hatte nachgelassen. Carole hätte das eigentlich begrüßen müssen, denn so war sie viel umgänglicher. Aber bei einem Pferd konnte Stimmungswechsel auch das Anzeichen für eine Krankheit sein. Sie nahm sich vor, Max darauf anzusprechen.

Als schließlich Delilah zufrieden ihr Heu zermalmte, verspürte auch Carole heftigen Hunger. Sie ging zum Picknickplatz, nahm sich zwei belegte Brote und einen Becher Fruchtsaft. Dann sah sie sich nach Stevie und Lisa um.

Die beiden Mädchen hatten sich gerade unter einem großen, alten Hickorybaum niedergelassen, der von zartem grünem Farn umstanden war.

„Geht es euch gut?“, fragte Betsy Cavanaugh, als sie Carole vorbeigehen sah. Betsy lagerte bei Veronica und dem Rest ihres Fanclubs.

„Ausgezeichnet. Und euch?“

„Oh, es ist einfach toll“, schwärmte Betsy.

Carole lächelte zustimmend und ging weiter. Aber dann sah sie sich doch noch einmal um. Veronica war ihr aufgefallen. Sie saß auf einem Felsblock, neben ihr standen ein leer gegessener Teller und eine Tasse. Sie hatte sich die Stiefel ausgezogen und war völlig entspannt.

Wenn Veronica schon mit dem Mittagessen fertig war, konnte das nur bedeuten, dass sie Cobalt nicht versorgt hatte. Wie üblich hatte sie vorausgesetzt, dass jemand anderer dies für sie tun würde.

Sie verdient dieses Pferd nicht, schimpfte Carole in sich hinein und stapfte hinüber zum Hickorybaum.

„Könnt ihr die Ameisen für ein paar Minuten von meinem Essen fernhalten?“, bat sie ihre Freundinnen.

„Klar“, sagte Lisa und wickelte die Brote in eine Serviette.

Carole ging zurück zu den Pferden. In wenigen Minuten hatte sie Cobalt mit Wasser und Heu versorgt. Eigentlich hätte sie Veronica zwingen müssen, es selbst zu tun, aber es bereitete ihr immer Freude, dieses majestätische Pferd zu versorgen. Sie strich ihm noch über den geschmeidig-glatten Hals, und er rieb seinen Kopf an ihrer Schulter.

Erst nachdem sie Cobalt korrekt versorgt hatte, aß sie selbst etwas.

Zur Überraschung aller trafen die Reiter schon eine halbe Stunde früher als geplant am Lagerplatz ein.

„Ich kann es nicht glauben!“, sagte Stevie zu Carole. „Wir sind überpünktlich!“

„Ja, aber so ist es“, meinte Carole. „Die Pferde gingen doch auch recht zügig, besonders das letzte Stück. Sie scheinen es wohl zu genießen, sich einmal auslaufen zu können."

„Du glaubst also, es macht ihnen ebenso viel Spaß wie uns?", fragte Stevie.

Max wies die Jungen und Mädchen an, ihre Pferde außerhalb der Koppel anzubinden und vorläufig nicht abzusatteln. Erst während der Nacht sollten sie sich in der Koppel frei bewegen.

„Die Pferde sollen erst einmal abkühlen und sich ein wenig entspannen. Wir schlagen inzwischen die Zelte auf. Danach möchte ich noch ein paar Pferdespiele mit euch machen. Seid ihr alle damit einverstanden?", fragte Max.

Und ob sie einverstanden waren! Carole kannte schon einige Spiele. Es gab dabei immer einen Riesenspaß.

„Nun hört zu!", verkündete Max eine halbe Stunde später seinen Reitern. „Wir spielen ‚Die Reise um die Welt'. Wir bilden zwei Gruppen; jede Gruppe besteht aus fünf Reitern mit ihren Pferden. Jedes Reiterpaar der beiden Gruppen bekommt eine Nummer zwischen eins und fünf. Nun bilden wir einen großen Kreis in zwangloser Aufstellung. Ich rufe jeweils eine Nummer und eine Gangart auf. Zum Beispiel: ‚Nummer-eins-Paare traben!' Dann traben die beiden Reiter mit der Nummer eins auf der rechten Hand um den Kreis, und wer als Erster an seinem Ausgangspunkt wieder ankommt, hat seiner Gruppe einen Punkt eingebracht. Fällt jedoch ein Pferd aus seiner Gangart, weil es entweder zu schnell oder zu langsam geworden ist, oder der Reiter beendet seine Runde nicht an seinem Ausgangspunkt, wird seiner Gruppe ein Punkt abgezogen, und der Reiter der anderen Gruppe gewinnt einen Punkt."

„Na, das wird spannend! Ich hoffe, wir bekommen die Jungen in unsere Gruppe und nicht Veronica und ihre ‚Schatten'", flüsterte Stevie. Sie hatte mit Veronica schon Reiterspiele erlebt und kannte sie als rücksichtslose und unfaire Partnerin.

„Ich habe das dumpfe Gefühl, dass du dir da falsche Hoffnungen machst", warnte sie Carole.

Und so kam es. Zu Stevies großem Kummer wurde der Sattelclub auseinandergerissen. Zwar waren sie und Carole in einer Gruppe mit Meg, Loraine und Red. Aber Lisa war in der anderen Gruppe mit Veronica, Joe, Betsy und Adam Levine, einem neuen Schüler von Max. Stevie sah Lisas Grimasse, als Max die Gruppen ansagte. Sie durchschaute aber auch die Absicht von Max bei dieser Aufteilung: Er wollte, dass bessere und schlechtere Reiter gerecht auf beide Gruppen verteilt waren.

Schnell waren den Reitern ihre Nummern zugeteilt, und alle bildeten einen Kreis. Max stellte sich auf seinem Pferd Diablo in die Mitte des Kreises und rief die Nummern und Gangarten auf. Stevie wartete ungeduldig auf das Aufrufen ihrer Nummer drei. Endlich war es so weit!

„Die Nummern drei ... Galopp!", rief Max. Stevie war dann doch einen Moment überrascht, Lisa als Gegnerin gegenüberzustehen. Stevie hoffte, Lisa ohne Probleme schlagen zu können, da sie ja noch eine Anfängerin war. Aber Lisa ging blitzschnell mit Pepper nach rechts um den Zirkel und galoppierte das Pferd sofort an. Und noch bevor Stevie den Zirkel umrundet hatte, parierte die atemlose Lisa ihren Pepper schon an ihrem Ausgangspunkt durch.

Stevie lachte und winkte Lisa zu. Sie hatte sich zu überlegen gefühlt und war nicht mit vollem Einsatz geritten. Lisa hatte fair und verdient gewonnen. Dieses Mal!

Nach der ersten Runde führte Stevies Gruppe, die „Blauen", trotz Stevies Unachtsamkeit. In der zweiten Runde waren die „Roten" erst richtig aufgewacht und setzten sich voll ein. Das Zwischenergebnis fiel knapp aus – drei zu zwei –, aber jetzt führten die „Roten".

„Letztes Spiel!", verkündete Max. „Die Verlierer sammeln Feuerholz!"

Das war typisch Max: Er verteilte gerne Jobs nach reiterlichen Leistungen. Freiwillig hätte Stevie gern Holz für das Lagerfeuer gesammelt, nur wenn sie es tun musste, weil sie von jemandem besiegt worden war, sah das anders aus. Sie musterte ihre Mannschaftsmitglieder. Carole hatte wie immer einen ruhigen Gesichtsausdruck, der nichts verriet. Aber Carole konnte leicht ruhig bleiben. Ihr Gegner war Adam Levine. Sie ritt achtmal besser als der Junge. Zweimal hatte sie ihn schon besiegt. Niemand zweifelte an ihrem dritten Sieg über ihn.

Auf den Gesichtern von Meg, Loraine und Red lag Entschlossenheit. Sie wollten bestimmt nicht Holz sammeln!

„Nummer vier – traben!“, eröffnete Max das letzte Spiel. Loraine und Betsy starteten. Es wurde kein Kopf-an-Kopf-Rennen! Loraines Pferd hatte keine Lust zu traben, und Betsy gewann locker. Die „Roten“ lagen weiter in Führung: eins zu null.

„Nummer fünf – Schritt!“, rief Max.

Red und Joe starteten im Schritt. Joe war ein guter Reiter, aber Red war noch besser. Er verstand es, sein Pferd Harry in einen starken Schritt zu bringen. Red gewann die Runde überlegen.

Als Carole und Adam traben mussten, war es nicht anders. Carole wusste, wie sie Delilah anzuspornen hatte, damit sie ihre Tritte verlängerte. Adam brachte Tecumseh in einen respektablen versammelten Trab, blieb aber weit hinter Delilah zurück. Carole gewann mühelos.

„Nummer zwei – versammelter Galopp!“ Veronica und Meg starteten vom Fleck. Dennoch war Veronicas verschlagener Blick Stevie nicht entgangen. Veronica hatte noch nie wirklich gekämpft, aber nun, das wusste Stevie, würde sie alles tun, um nicht Holz sammeln zu müssen. Und sie tat es. Als sie hinter Max vorbeiritt, trieb sie Cobalt vom versammelten in den starken Galopp. Sie war folglich schneller als Meg – und gewann. Stevie bemerkte Megs erstaunten Blick. Sie hatte genau gesehen, dass Veronica ihre Gangart nicht eingehalten hatte. Doch dann biss sie sich auf die Lippen.

Stevie verstand. Würde Meg jetzt Veronica anklagen, würde sie für immer aus ihrem Freundeskreis verstoßen werden. So teuer wollte sich Meg die Gerechtigkeit nicht erkaufen.

Stevie hätte zwar nichts zu verlieren gehabt, aber da es sie nicht betraf, sah sie keinen Grund, den Verlauf des Spiels zu stören. Wenn Max nichts gesehen hatte, okay. Stevie und die „Blauen" würden ihre Chancen noch nützen.

Bevor Max das letzte Paar aufrief, ging Stevie noch durch den Kopf, ob wohl sonst noch jemand den Vorfall bemerkt haben könnte. Leicht möglich, dass nach dem Spiel jemand Veronicas Mogeltour zur Sprache bringen würde.

„Nummer drei – traben!" Stevie und Lisa wendeten ihre Pferde aus dem Kreis. Stevie brachte Comanche mit Kreuz- und Schenkelhilfen in einen flotten, verstärkten

Trab. Als sie aber dann über den Zirkel schauen konnte, war ihr sofort klar, dass Pepper, wohl beflügelt von der großen Weite um ihn herum, noch schwungvoller und schneller trabte. Da konnte Comanche nicht mithalten. Stevie wollte wirklich gewinnen.

Sie verstärkte ihre Hilfen, und Comanche erweiterte gehorsam seine Tritte, aber wahrscheinlich würden sie es nicht mehr schaffen.

Jeder Wettkämpfer weiß, dass man seinen Gegner während eines Rennens nicht beobachten soll. Aber Stevie ließ Lisa nicht aus den Augen. Sie machte ihre Sache wirklich gut, und Stevie war stolz auf ihre Freundin. Sie ritt doch wirklich noch gar nicht lange!

Noch einmal warf Stevie einen verstohlenen Blick auf das Paar und sah zu ihrem Erstaunen, dass Lisa Pepper zurücknahm. Es geschah sehr unauffällig, aber Stevie hatte es gesehen. Und prompt fiel Pepper in den Schritt. Er hatte die Gangart gewechselt! Das bedeutete: Sieg für die „Blauen"! Stevie trabte ihren Zirkel zu Ende, wendete ab, wo ihr Platz war, und reihte sich wieder ein. Dann wartete sie, bis Lisa ihre Runde zu Ende geritten hatte. Bestimmt würde ihre Miene jetzt Ärger und Enttäuschung ausdrücken! Immerhin, vom Trab in den Schritt zu fallen, wenn es nicht sein sollte, war übles Anfängertun. Lisa war darüber doch längst hinweg! Doch als Stevie schließlich das Gesicht ihrer Freundin sehen konnte, bemerkte sie ein schlaues Lächeln – und verstand.

Lisa hatte Veronicas Trick bemerkt. Hätte sie Max darauf aufmerksam gemacht, wäre möglicherweise der Abend am Lagerfeuer verdorben gewesen. Also hatte sie das getan, was den gerechten Ausgang des Spiels garantierte: Sie hatte ihrer Gruppe den Sieg vermasselt, indem sie ganz bewusst Pepper zum Schritt durchparierte. Jeder musste glauben, es war der Fehler einer Anfängerin.

Stevie imponierte es mächtig, wie Lisa Veronica indirekt bestrafte. Sie bezweifelte ernsthaft, ob sie selbst den Mut dazu gehabt hätte.

„Wie konntest du so etwas machen?", warf Veronica Lisa vor.

„Was denn?", antwortete Lisa mit Unschuldsmiene.

„Merk dir, in meiner Gruppe wirst du nie mehr mitreiten! Nie mehr!", schimpfte Veronica.

„Damit kann ich leben", entgegnete Lisa gelassen.

Stevie zwinkerte Carole zu.

4

„Was würde ich nur ohne dich machen, Carole?“, sagte Max. Carole strahlte. Max war kein Mann, der leichthin Komplimente verteilte. Sie hatte auch schon drei Reitkurse bei ihm absolviert, bevor er sie das erste Mal lobte!

„Ich helfe einfach gern“, sagte sie, strich Patch die Decke über dem Rücken glatt und hakte die Halteriemen unter seinem Bauch und am Hals ein. Die Nächte in den Bergen waren immer kühl, und wenn die Pferde die Nacht im Freien verbrachten, mussten sie eingedeckt werden.

„Ich will doch selbst einmal einen Reitstall führen, da muss ich mich doch einarbeiten.“

„Das musst du, denn da gibt es wirklich viel zu tun“, versicherte ihr Max.

„… und noch mehr gibt es zu tun, wenn du Pferde von Leuten wie Veronica in Pension nimmst“, fügte Red hinzu, als Max weitergegangen war, um Diablos Decke zu überprüfen. Der Ärger in seiner Stimme war unüberhörbar. „Sie hat Cobalt wieder einmal weder gefüttert noch getränkt!“

„Ich kümmere mich darum“, sagte Carole schnell.

„Ich habe es schon gemacht“, beruhigte sie Red, „du hast ihn doch schon heute Mittag versorgt.“ Es wunderte Carole nicht, dass Red Veronicas Nachlässigkeit zur Mittagszeit ebenfalls bemerkt hatte.

„Unsere Pferde sind eigentlich Stallpferde“, sagte Max zu Carole, als er zurückkam. „Wir müssen ganz besonders auf sie achtgeben, wenn wir mit ihnen ins Gelände gehen.“

Jetzt erinnerte sich Carole, dass sie Max doch etwas fragen wollte.

„Ach, Max, weil du das sagst, Delilah benimmt sich so seltsam. Könnte es sein, dass sie krank ist?“

„Wie meinst du das?“, fragte Max stirnrunzelnd.

„Sie ist ungewöhnlich sanft und ruhig, ganz anders, als ich es von ihr gewohnt bin. Trotzdem wollte sie mich heute beißen, als ich ihr Futter gab. Sie ist plötzlich völlig unberechenbar.“ Max lachte.

„Weiber“, sagte er nur. „Aber es hört sich nicht so an, als müssten wir uns ernsthafte Sorgen um sie machen.“ Carole war sich da nicht so sicher.

Stevie lehnte sich gegen einen Baum und rieb ihren müden Rücken an der rauen Rinde. Es war ein herrlicher Tag gewesen. Jetzt unterhielten die Reitschüler sich wieder über das beliebte Thema: „Wer war Max I.?“

Maximilian Regnery III. war der derzeitige Besitzer und Geschäftsführer von Pine Hollow. Gegründet hatte die Anlage Anfang des Jahrhunderts sein Großvater. Einige Leute in der Stadt erinnerten sich noch an den Vater von Max, den sie Max II. genannt hatten. Er war ein ernster, grimmig dreinblickender Mann gewesen. Wenn er durch die Straßen der Stadt ging, hatte er immer eine Reitpeitsche dabei.

Max I. war schon vor langer Zeit gestorben. Deshalb rankten sich die wildesten Geschichten um den Mann, der einen so schön gelegenen Platz erworben und darauf einen Reiterhof erbaut hatte.

„Er war bestimmt ein wilder Reiter“, begann Stevie.

„Ich habe nur gehört, Max I. war ein guter Reiter“, protestierte Meg.

„Nein, ich glaube, er war ein ganz verwegener Reiter, der mit Teddy Roosevelt im Spanisch-Amerikanischen Krieg eine Schlacht gewann.“

„Oh ja“, erinnerte sich Meg, „Roosevelt war doch der Bursche, von dem der Ausspruch stammt: ‚Sprich leise, aber nimm immer einen Stock mit.‘“

„Stimmt!“, sagte Stevie. „Und deshalb ging Max II.

immer mit der Reitgerte durch die Stadt!" Alle lachten, außer Joe Novick. Er wartete auf einen stillen Augenblick.

„Ich bin nicht eurer Meinung", erklärte er. Die Gruppe um das Lagerfeuer drehte ihm die Köpfe zu. Wie war seine Theorie von Max I.? „Ihr vergesst alle das große Erdbeben von San Francisco!"

„Was hat das mit Max I. zu tun?", wollte Betsy wissen.

„Für mich war der Mann 1906 in San Francisco", erklärte Joe ganz selbstverständlich. „Ihr habt doch alle diese alten Sandeimer im Stall gesehen?" Es stimmte, jeder kannte diese Eimer. In einem Stall fürchtet man nichts mehr als ein Feuer. Deshalb standen in Pine Hollow, zusätzlich zu den modernen Feuerlöschern, überall im Abstand von einem halben Meter große Sandeimer aus Leder.

„Ich glaube sogar, dass Max I. der berittenen Feuerwehr angehörte, die San Francisco vor dem Feuer gerettet hat."

„Wieso gerettet?", unterbrach ihn Carole. „Die ganze Stadt ist doch damals niedergebrannt!"

„Ich wollte sagen, die Eimer sind noch ein Andenken an dieses große Feuer", verbesserte sich Joe. Das war durchaus möglich.

„Aber nein", meldete sich jetzt Lisa zu Wort. „Ihr seht

das völlig falsch." Alle wandten sich nun ihr zu. Selbst Max schien es zu interessieren, was Lisa zu sagen hatte.

„Der Name eines Mannes erzählt immer eine Geschichte", begann sie. „In der Schule habe ich gerade erst gelernt, dass im Lateinischen das Wort für König ‚rex, regis' ist. Also hat man Max I. den Namen Regnery gegeben, weil königliches Blut in seinen Adern floss – und ich nehme an, russisches Königsblut!"

Die Gesellschaft rund um das Lagerfeuer brach in schallendes Gelächter aus. Das war bis jetzt die verrückteste Theorie. Aber Lisa erklärte ihnen unbeirrt, dass Max I. wahrscheinlich sogar ein Sohn des russischen Zaren Nikolaus II. war.

„Dieser hatte mit Alexandra viele Kinder, deren Spuren sich in den Wirren der Revolution verloren. Wahrscheinlich hatte sich Max I. auf die Seite der Aufständischen geschlagen, hat vielleicht sogar für sie spioniert. Deshalb hat man ihn auch vor der Hinrichtung bewahren können. Dennoch musste er immer fürchten, aufgespürt zu werden. Also floh er nach Virginia, legte sich diesen Namen zu und gründete Pine Hollow!" Lisa erntete großen Beifall für ihren originellen Beitrag.

„Gar nicht schlecht", sagte Stevie und lachte. In der Schule war Lisa eine der Besten. Jetzt sah Stevie erstmals den Vorteil von so viel erworbenem Schulwissen.

Adam Levine machte sich den Spaß, Lisas Geschichte von der russischen Vergangenheit der Regnerys zu widersprechen.

„Meiner Meinung nach bist du auf eine völlig falsche Spur geraten“, erklärte er und gab sich Mühe, ernsthaft zu wirken.

„Du missachtest die jedermann bekannte Tatsache, dass Mrs Regnery stets einen Besen neben ihrem Schreibtisch verwahrt. Das war doch eindeutig der Besen, mit dem die Mutter von Max I., eine heimliche Hexe, in der Walpurgisnacht zum Hexentreffen flog. Sie erlaubte ihm nie, auf dem Besen zu fliegen – also verlegte er sich auf die Reiterei!“

Wieder lachten alle schallend.

„Bitte, Max“, drängte Meg, „erzähl uns endlich die wahre Geschichte!“ Alle Augen richteten sich auf ihn. Max äußerte sich nie zu den albernen Geschichten über seinen Großvater, was natürlich diesen nur noch geheimnisvoller machte.

„Nun, was ich euch sagen möchte“, begann er und legte eine Pause ein. Stevie dachte schon, er würde wirklich endlich etwas über seine Familie erzählen. Eine Grille zirpte. Als der letzte Ton in der Dunkelheit verklungen war, fuhr Max fort. „Ich möchte euch sagen“, wiederholte er bedächtig, „ich glaube, ihr seid jetzt auf der richtigen Spur.“

Er sagte das so ernsthaft, dass Stevie ihm einen Moment lang sogar glaubte.

Als sie später im Zelt in ihren Schlafsäcken lagen, kicherten Lisa und Stevie noch eine Weile über die albernen Geschichten. Carole, müde und glücklich, bauschte sich das Kissen um die Ohren und schlief augenblicklich ein.

„Aber es muss doch eine wahre Geschichte über die Herkunft von Max I. geben“, flüsterte Lisa, um Carole nicht zu wecken.

„Schon, aber nachdem nun schon so viele Gerüchte im Umlauf sind, lässt sich die wahre Geschichte nicht mehr herausfinden“, meinte Stevie.

„Man müsste wieder auf den Ursprung zurückgehen“, schlug Lisa vor.

„So etwas wie eine Reise in die Vergangenheit?“

„Nein, ich meine, wir sollten in die Bücherei gehen und uns die alten Stadtregister geben lassen. Der Mann lebte doch in Willow Creek. Er kaufte Land und hatte Kinder. Da muss sich doch etwas über ihn herausfinden lassen.“ Wieder half Lisas Wissen weiter.

„Tolle Idee!“, räumte Stevie neidlos ein. „Aber ich wette, wenn wir die Wahrheit über diesen Mann herausfinden, wird uns keiner glauben.“

„Richtig, die Wahrheit kommt sehr oft schlechter an als die Dichtung.“ Trotzdem freute sich Stevie auf die

„wahre“ Geschichte. Sie kuschelte sich in ihren Schlafsack und schloss die Augen. Bald träumte sie von Max I., der am Mast eines Piratenschiffes festgebunden war.

5

Am anderen Morgen hatte Max eine Springstunde im Gelände angesetzt. Lisa saß zwar auf Pepper, musste aber zusehen. Max, auf Diablo, stand neben ihr. Die anderen Reitschüler übten einen Kombinationssprung. Zuerst mussten sie über einen Bach springen, dann nach wenigen Metern über einen Baumstamm, der quer über einem Waldpfad lag.

„Dies sind keine schwierigen Sprünge“, sagte Max zu Lisa, als Betsy auf Patch den Baumstamm überwunden hatte. „Aber du reitest noch nicht lange genug. Du musst noch etwas mehr Erfahrung sammeln, bevor du auch an Springstunden teilnehmen darfst. Meistens warte ich zwölf Monate, bis ich neue Reitschüler springen lasse. Nächstes Jahr können wir vielleicht mit einem solchen Sprung beginnen.“ Lisa nickte. Sie dürfte Max niemals gestehen, dass sie schon über einen Weidezaun gesprungen war! Max hielt sich immer sehr genau an seine Regeln. Niemand, wirklich niemand durfte mit dem Springen beginnen, bevor er nicht mindestens ein Jahr lang regelmäßig Reitstunden genommen hatte. So musste sich Lisa vorläufig damit zufriedengeben, vom Zuschauen zu lernen.

Trotzdem war sie rundum zufrieden. Der ganze Ausflug war bis jetzt absolut perfekt gewesen. Weder ein Gewitter noch Regen oder Sturm hätten ihre gute Laune verderben können. Sie genoss jede Minute.

Was war das für ein herrlicher Morgen gewesen! Lisa hatte nicht mehr schlafen können. Sie wollte zu den Pferden. Leise war sie aus ihrem Schlafsack gekrochen, hatte sich aus dem Zelt geschlichen und war zur Koppel unterhalb des Zeltplatzes gehuscht.

Dort bot sich ihr ein Bild wie im Traum – nur noch schöner. Auf der Weide, über der noch der Morgendunst schwebte, grasten elf Pferde – und sieben Hirsche! Das Wild war wohl über den Koppelzaun gesprungen, angelockt von ein paar übrig gelassenen Haferkörnern. Lisa hielt den Atem an. Sie wagte auch nicht sich zu bewegen, denn sie wollte das Traumbild so lange es nur ging festhalten.

Einen Augenblick später war alles vorbei. Vom Lagerplatz her war ein markerschütternder Schrei zu hören unverwechselbar Veronica diAngelo. Im gleichen Moment setzten die Hirsche über den Zaun und flohen in den Wald. Lisa eilte ebenfalls zum Lager zurück und erfuhr, dass Veronica neben ihrem Schlafsack einen Weberknecht entdeckt hatte. Lisa wusste, dass Weberknechte harmlos sind, und war deshalb bitterböse auf Veronica. Sie hätte nämlich gerne ihre Sattelclub-Freundinnen geholt und ihnen das Idyll gezeigt. Aber Veronica, wer sonst hätte das geschafft, hatte alles verdorben.

„Nach vorne neigen, Joe! Heb dich aus dem Sattel, so und – jetzt!", rief Max. Lisa wandte ihre Aufmerksamkeit wieder der Springübung zu. Dusty, Joes Pferd, setzte über den Bach und landete harmonisch. Nach drei Galoppsprüngen überwand er auch den Baumstamm. Es war ein Genuss, den Paaren zuzusehen.

„Der Junge sitzt gut", vertraute Max ihr an. „Versuche dir das Bild für später einzuprägen, wenn du auch springen wirst."

„Mache ich", versicherte sie ihm. „Er hat sich an Dustys Mähne fest gehalten. Ist das richtig?", wollte sie wissen.

„Ich kann jetzt nicht antworten", gab Max kurz zurück, „Veronica kommt!"

Veronica galoppierte mit Cobalt den Weg entlang auf den Bach zu.

„Langsam, nimm ihn zurück!", schrie Max.

Aber Veronica hielt Cobalt nicht zurück, im Gegenteil, Lisa hatte den Eindruck, dass sie ihn eher noch antrieb. In vollem Galopp kam er an den Bach. Veronica drückte die Absätze gegen seine Seiten und hob sich aus dem Sattel. Cobalts geschmeidiger Körper richtete sich auf, er sprang und landete auf der anderen Seite. Aber Cobalt war zu schnell und kam ins Stolpern. Veronica schlug ihn mit der Gerte. Er richtete sich wieder auf, machte zwei Galoppsprünge und sprang über den Baumstamm. Diesmal landete er sicher.

„Veronica, komm zu mir!", befahl Max.

Veronica machte ein Gesicht, als wollte sie Max antworten: „Von dir lasse ich mir gar nichts sagen." Aber sie blieb zumindest stehen, solange Max mit ihr sprach.

„Ist dir denn nicht bekannt, dass du auf einen solchen Sprung nicht ungebremst zugaloppieren darfst? Du musst das Pferd zurücknehmen und versammeln, bevor du springst! Das Pferd kommt doch mit viel zu viel Schwung an das Hindernis heran! Wie soll es damit im Gleichgewicht springen und auch noch sicher aufkommen? Wenn dir dein Pferd etwas wert ist, dann begehe diesen Leichtsinn nie wieder!"

„Ja, Max", sagte Veronica ohne das geringste Anzeichen von Reue in ihrer Stimme. Sie wendete Cobalt und ritt mit ihm zu den übrigen Reitern zurück.

Max schüttelte empört den Kopf. Dann sah er Stevie auf die Kombination zureiten und wandte ihr seine Aufmerksamkeit zu.

Auch Lisa beobachtete Stevie, ihre Gedanken aber waren noch bei Veronica. Sie musste schon ein grobes reiterliches Vergehen begangen haben, dass ihr Max so unverblümt die Meinung sagte. Immerhin war ihr Vater der reichste Mann der Stadt – ein Bankier, bei dessen Geldinstitut Max auf Pine Hollow Hypotheken aufgenommen hatte. Veronica war unausstehlich und unbelehrbar, aber Lisa und alle im Stall wussten, dass Max sie nicht verärgern durfte.

„Wohin bist du denn heute so früh am Morgen verschwunden?“, fragte Carole Lisa etwas später. Die drei Mädchen halfen Red die Pferde zu tränken und zu füttern, bevor sie selbst Picknick machten.

„Ich habe Hirsche gesehen!“, sagte Lisa atemlos. Die drei Sattelclub-Mitglieder waren bis jetzt zu beschäftigt gewesen, um miteinander zu reden.

Carole und Stevie staunten über Lisas Erlebnis auf der Koppel.

„Ich habe gestern auf unserem Ritt hierher einen Hirsch gesehen. Aber gleich mehrere zusammen mit unseren Pferden grasen zu sehen, das muss einmalig gewesen sein!“, sagte Stevie.

„War es auch“, schwärmte Lisa. „Wollt ihr morgen nicht auch früher aufstehen, dann schauen wir, ob sie wieder kommen?“

„Das machen wir!", sagten Carole und Stevie einstimmig.

„Hoffentlich kann unsere edle Miss diAngelo auch gut schlafen!", sagte Stevie.

„Ich hoffe, Max ist es gelungen, ihr den Mund ein wenig zu stopfen", meinte Lisa. „Er hat sie nämlich ganz schön zur Schnecke gemacht."

„Wie das?" Stevies Augen blitzten vor Schadenfreude. „Weil sie den ersten Sprung aus dem vollen Galopp genommen hat", erklärte Lisa. „Zwar ist nichts passiert, aber er hat wohl schon lange auf eine Gelegenheit gewartet, ihr die Meinung zu sagen."

„Das hat er wirklich getan?", staunte Stevie.

„Sogar gründlich", sagte Lisa.

„Das kann ich mir gut vorstellen", meinte Carole. „Ist sie tatsächlich die kleine Anhöhe heruntergaloppiert bis zum Sprung?"

„Ja", sagte Lisa, „aber was ist daran eigentlich so schlimm?"

„Weil du schon so gut reitest, vergesse ich immer wieder, dass du doch noch nicht so viel weißt", sagte Stevie.

„Danke für das Kompliment", entgegnete Lisa leicht gekränkt.

„Entschuldige, du darfst mich nicht falsch verstehen", beeilte sich Stevie zu sagen. „Es war eher ein Kompliment." Lisa sah ihre Freundin von der Seite an. „Ich wollte sagen“, fuhr Stevie fort, „du bist eine gute Reiterin, obwohl du erst kürzlich angefangen hast!“ Lisa nickte.

„Schon in Ordnung.“

„Du musst jetzt leider etwas Pferdelehre über dich ergehen lassen, dann wirst du den Vorfall erst richtig verstehen“, begann Stevie ernsthaft. Lisa neigte den Kopf. Sie war bereit, aufmerksam zuzuhören. Stevie und Carole wussten so viel über Pferde!

„Ein Pferd hat zwei Beinpaare: die starken Hinterbeine, der Motor sozusagen, und die schwächeren Vorderbeine. Das Problem ist, dass fast zwei Drittel des Pferdegewichts auf den Vorderbeinen lasten. Wenn nun die Hinterbeine, sprich der Motor, viel Gas geben, was der Fall ist, wenn ein Pferd galoppiert – und besonders bergab –, dann liegt die ganze Kraft von Gewicht und Schwung auf den Vorderbeinen. Oft ist das einfach zu viel, das Pferd stolpert oder stürzt und mit ihm der Reiter. Dadurch können schlimme Unfälle passieren. Veronica müsste das eigentlich wissen.“

„Ich habe gar nicht gewusst, welche Tragweite dieser Fehler haben kann“, sagte Lisa.

„Aber so ist es“, bestätigte Carole. „Armer Kerl!“ Carole ging zu Cobalt hinüber und streichelte seinen tiefschwarzen Hals. Er neigte den Kopf und stupste mit der Nase zärtlich gegen ihre Schulter.

„Schau, die beiden sind verliebt“, scherzte Stevie. Die beiden Mädchen betrachteten das Paar und verstummten. Eigentlich gab es keinen Grund zum Scherzen.

„Jetzt üben wir den versammelten Galopp im leichten Sitz“, verkündetet Max seiner Gruppe. „Einer nach dem anderen! Carole, du beginnst!“

Ein Schüler nach dem anderen galoppierte versammelt an, hob sich aus dem Sattel und verlagerte sein ganzes Gewicht in die Steigbügel. Lisa versuchte es Carole so gut es ging gleichzutun. Sie machte diese Übung schon seit ihrer zweiten Reitstunde. Es war eine Gleichgewichtsübung, denn das Gleichgewicht auf dem Pferd ist eine wichtige Grundlage des Reitens.

Pepper trabte zuerst. Sobald er taktmäßig ging, legte Lisa den linken Unterschenkel hinter dem Sattelgurt an seinen Bauch. Sofort galoppierte Pepper versammelt an. 20 Meter vor ihr brachte auch Stevie ihr Pferd in einen langsamen Galopp. Aber schon vom ersten Galoppsprung an hatte Lisa ein ungutes Gefühl. Etwas stimmte nicht. Zuerst drehte Pepper die Ohren nach links und nach rechts, dann legte er sie ganz flach an den Kopf. Das war ein schlechtes Zeichen. Ihm passte etwas gar nicht! Dann hörte es auch Lisa. Ein anderes Pferd kam von hinten vorgeschossen. Pepper war sonst recht friedfertig, aber er mochte es nicht, wenn ihn ein Pferd von hinten bedrängte. Was sollte sie tun?, überlegte Lisa. Verlangsamte sie das Tempo, würde das andere Pferd sie gleich eingeholt haben, trieb sie Pepper an, würde es eine Verfolgungsjagd geben!

„Pepper“, flüsterte sie ihm zu. „Alles ist okay! Bleib ruhig! Komm, mein Junge, komm.“ Lisa fand ihre Worte beruhigend, doch Pepper wollte sich nicht darauf einlassen. Seine Ohren drehten sich wieder nach hinten. Und obwohl der Weg breit und eben war, sprang Pepper auf die äußerste rechte Seite hinüber. Vielleicht wollte er dem Pferd hinter ihm den Weg versperren. Lisa sah über ihre linke Schulter. Sie wollte doch wissen, wer das war. In diesem Augenblick schwenkte Pepper wieder auf die linke Seite des Weges. Hätte sie fest im Sattel gesessen, wäre nichts geschehen. Aber Lisa war im leichten Sitz geblieben – und war durch ihr Umschauen etwas aus dem Gleichgewicht geraten. Pepper hatte auf die linke Seite gewechselt – und Lisa war auf der rechten Seite geblieben: im Gras! Bei ihrem Sturz von Pepper schlug sie einen Purzelbaum und landete sanft auf ihrer Schulter. Gleichzeitig fiel Pepper wohl auf, dass er seine Reiterin verloren hatte. Er machte auf der Stelle halt und stellte sich quer in den Weg. Was tut sie nur da unten im Gras?, schien er zu denken.

Loraine auf Barq konnte gerade noch ausweichen und schoss an ihnen vorbei. „Komm her, Junge!“, lockte Lisa ihr Pferd und rappelte sich wieder hoch.

„Alles okay, Lisa?“, rief Max ihr zu, während er von hinten heranritt.

„Alles okay!“, rief sie zurück. „Pepper und ich waren uns nur nicht einig, auf welcher Seite des Weges wir gehen wollten!“

Sie atmete einmal durch, um festzustellen, ob alles an ihr heil geblieben war, dann ging sie auf Pepper zu und fasste schnell die Zügel.

„Dummer Junge“, sagte sie, klopfte ihm den Hals und legte die Zügel wieder über seinen Kopf. „Ich war aber genauso dumm, wirst du denken, und du hast Recht!“ Dabei steckte sie den linken Fuß in den Steigbügel. Schon war Max neben ihr.

„Kannst du weiterreiten?“, fragte er. „Ich meine, hast du dir nicht wehgetan?“

Lisa hielt einen Moment inne, bevor sie sich in den Sattel schwang. Dann sah sie Max an. Was schwang da in seiner Frage mit? War es Sorge um sie? Ja und nein! Lisa sah ihm noch einmal in die Augen. Jetzt wusste sie es: Er verbiss sich ein Schmunzeln oder auch ein Lachen!

„Es hat wohl reichlich komisch ausgesehen, was ich da geliefert habe?“, fragte sie grinsend.

„Vielleicht nicht sehr elegant!“ Er lachte herzhaft.

Lisa suchte mit dem Fuß ihren linken Steigbügel und lachte selbst laut heraus.

„Ich glaube, wieder aufsteigen ist die beste Medizin gegen so viel Dummheit“, meinte sie schließlich gelassen.

„Aber nur, wenn wirklich nichts passiert ist“, sagte Max abschwächend.

Wieder einmal hatte sie Glück gehabt, dachte Lisa etwas später.

6

„Psst! Aufwachen! Aber leise!“, flüsterte Lisa und rüttelte Carole sanft aus ihren Träumen.

„Waaas ist los?“, fragte Carole. Sie konnte Lisa in der Dunkelheit kaum wahrnehmen.

„Bald graut der Morgen!“, drängte Lisa. „Wir wollen doch schauen, ob wieder Hirsche bei unseren Pferden in der Koppel sind.“ Augenblicklich war Carole wach. Stevie rieb sich verschlafen die Augen.

„Ist es wirklich schon Tag?“, fragte sie.

„Nicht direkt“, antwortete Lisa. „Aber es ist Zeit, aufzustehen, wir haben nämlich ein Sattelclub-Treffen unten bei der Koppel.“

Die drei Mädchen krochen aus ihrem Zelt. Sie trugen ihre warmen Schlafanzüge, denn sich anzuziehen, war ihnen jetzt noch zu mühsam.

Auf Zehenspitzen und barfuß schlichen sie durch das Lager und den Hang hinunter zur Koppel, wo die Pferde weideten. Es war noch fast ganz finster – am Himmel standen Sterne. Der beinahe volle Mond hing tief am Horizont, und es sah aus, als würde er sich auf einen Berggipfel setzen und ausruhen. Im Osten leuchtete das erste Morgenlicht.

„Oh!“, stöhnte Stevie und setzte sich auf einen Fels bei der Koppel. „Wie ist das schön!“ Sie umfasste ihre Knie und drückte sie gegen die Brust, um sich warm zu halten. Carole hockte neben ihr, Lisa auf der anderen Seite. Stevie sog die frische, kühle Bergluft tief in ihre Lunge.

„Ich kann es gar nicht begreifen, warum ich gestern nicht aus den Federn gekommen bin“, sagte sie und blickte nach Osten, wo die Umrisse der Berge langsam deutlicher wurden.

Nun verharrten die Freundinnen in völliger Stille, horchten nur auf die Laute der Nacht. Die Pferde schliefen im Stehen und gaben keinen Laut von sich. Da und dort zirpte eine Grille. Am Ufer des nahe gelegenen Baches quakte ein Ochsenfrosch. Dann plötzlich – ein leises Wiehern von der Koppel! Gleich darauf waren alle Pferde wach. Im Licht des Mondes konnten die Mädchen jetzt beobachten, wie die Pferde zu grasen begannen.

„Heute keine Hirsche“, sagte Lisa traurig.

„Man kann nie wissen“, flüsterte Carole.

Bald darauf raschelte es im Wald. Dann – so nahe, dass sie meinten, ihn berühren zu können – trat ein Hirsch hinter einer Tanne hervor. Stevie rang nach Luft, so überwältigt war sie. Der Hirsch erschrak und sprang zurück in den Wald, kehrte jedoch sofort wieder. Jetzt war er nicht mehr allein. Zwei Hirsche schritten zuerst in einigem Abstand an dem Felsen, auf dem die Mädchen saßen, vorbei. Dann sprangen sie gleichzeitig über den Koppelzaun und begannen friedlich zwischen den Pferden zu grasen. Die Mädchen rührten sich nicht und wagten kaum zu atmen. Während sie staunend die Szene beobachteten, sprangen noch drei Hirsche in die Weide. Sie beäugten die Pferde misstrauisch, witterten aber offenbar keine Gefahr. Bald kauten sie hungrig und zufrieden, als wäre es in den Bergen die selbstverständlichste Sache der Welt, mit Pferden zu frühstücken.

„Ist das schön!“, flüsterte Carole ihren Freundinnen zu. Sie nickten. Gerade wollte Lisa auch etwas sagen, da raschelte es wieder im Laub. Die Mädchen wandten sich um. Kam noch ein Hirsch? Nein, es war kein Hirsch! Es war ein Muttertier mit ihrem Kind. Das Kitz war noch so klein! Sein Kopf reichte gerade bis an den Bauch seiner Mutter. Es hatte lange, dünne Beine mit knochigen Vorderfußgelenken – wie ein Fohlen! Nun ging die Hirschkuh mit dem Kitz an den Rand der Pferdeweide und holte sich unter dem Zaum ein paar Grasbüschel hervor. Ihr Baby trank inzwischen an ihr.

Der nächste Gast war kleiner und gar nicht willkommen. Es war ein Stinktier, das schnüffelnd durch den Wald pirschte.

„He!“, rief Carole und deutete auf den schwarz-weißen Störenfried. Die drei Mädchen zogen die Beine an und stellten sie auf den Fels, damit sie auf keinen Fall mit dem Stinktier in Berührung kommen konnten. Das Stinktier aber schien sie gar nicht zu bemerken. Es näherte sich der Weide, fand aber bald heraus, dass es dort nichts für seinen Magen gab, und trollte sich, die Nase immer am Boden.

„Das war aber ein freundliches Exemplar“, sagte Stevie zu ihren Freundinnen.

„Ja“, stimmte ihr Lisa zu. „Aber ärgern darfst du es trotzdem nicht.“

„Schaut!“ Carole deutete auf den östlichen Horizont. Die ersten Sonnenstrahlen beschienen jetzt die Berggipfel. Ein leichter, warmer Morgenwind strich über die Wiesen. Die Pferde hoben die Köpfe. Der große Hirschbulle richtete sich auf und sah sich um. Auch er begrüßte den Morgen. Die Hirschkuh floh, gefolgt von ihrem Kitz mit den staksigen Beinen. Die anderen sprangen ebenfalls über den Koppelzaun hinweg in den sicheren Schutz des Waldes.

„Habe ich auch wirklich nicht geträumt?“, fragte Stevie, als das Wild verschwunden war.

„Nein, wirklich nicht“, versicherte ihr Carole. Sie stand auf und ging an den Koppelzaun. Dabei pfiff sie leise. Alle Pferde hoben die Köpfe und schauten sie an.

Allein Cobalt verließ die Gruppe und trottete zu ihr an den Zaun. Er neigte den Kopf, als wollte er ihr einen Guten Morgen wünschen. Lisa und Stevie standen jetzt auch am Zaun. Etliche andere Pferde kamen nun heran, doch wohl nur, weil sie Hafer vermuteten.

„Noch zu früh, Freunde“, sagte Carole. „Es gibt noch kein Frühstück! Wir müssen zuerst ... ach du liebe Zeit!“

„Was ist los?“, fragte Stevie.

„Wir müssen zurück ins Lager und uns anziehen, bevor wir im Schlafanzug gesehen werden!“

In Windeseile waren sie in ihrem Zelt. Noch rangen sie nach Luft, da vernahmen sie auch schon die Stimme von Max: „Guten Morgen! Alles aufstehen! Frühstück machen! Bitte nicht trödeln!“

Schnell hatten Stevie, Lisa und Carole ihre Schlafanzüge mit Reithosen und Sweatshirts vertauscht.

„War das nicht das beste Sattelclub-Treffen, das wir bis jetzt hatten?“, rief Lisa voller Begeisterung.

„Hoffentlich sind alle so schön“, stimmte Stevie zu.

„Das wünsche ich mir auch“, meinte Carole. „War das einmalig, als der große Hirsch ...“

„Stevie“, bellte Max, „du holst heute Wasser für die Küche! Lisa! Ich brauche noch Reisig für das Feuer! Carole! Du kümmerst dich um den Hafer für die Pferde!“

Fast hätte er ihnen die gute Stimmung verdorben – aber nur für einen Augenblick.

„Nie werde ich diesen Morgen vergessen“, gelobte Stevie ihrer Freundin Carole.

„Ich auch nicht“, versprach Lisa.

7

„Ich kann es nicht glauben, dass alles schon fast wieder vorüber ist", sagte Carole ein wenig traurig.

Das helle Sonnenlicht glitzerte durch das zarte frühsommerliche Blätterdach des Waldes. Der Tag, der für die drei Freundinnen in der kühlen Morgendämmerung begonnen hatte, war jetzt hell und heiß. Es wurde sogar schon Zeit für die Mittagspause. Das letzte Wegstück vor dem Rastplatz sollten die Reiter absitzen und ihre Pferde führen, damit sie trocken wurden.

„Schön für die Pferde, aber wir kommen dafür schwitzend an", maulte Stevie. Alle lachten.

Carole seufzte. Für sie waren Pferde wie ein Geschenk, schön und rätselhaft. Ihr größter Wunsch war es, nur mit Pferden leben und arbeiten zu können. Deshalb half sie Max auch so viel im Stall. Das Gehalt ihres Vaters als Oberst der Marineinfanterie reichte leicht für Caroles Reitstunden und alles, was sie brauchte (solange Carole nicht Ansprüche stellte wie Veronica). Sie arbeitete im Stall, weil sie gerne mit Pferden umging. Im Augenblick allerdings arbeitete sie nicht, sondern träumte, sie wäre mit Delilah ausgerissen und nun allein mit ihr unterwegs.

„Wisst ihr, ich möchte die kleine Blockhütte haben, an der wir heute Früh vorbeigeritten sind. Daneben würde ich einen Stall für Delilah bauen, und wir könnten dort leben. Ich würde jeden Tag reiten und den Blick auf die Berge genießen. Was haltet ihr davon?"

„Ich glaube, es ist Zeit, dich wieder in die Zivilisation zurückzubringen", meinte Stevie sachlich.

„Kann schon sein", gab Carole zu, „aber es war doch ganz große Klasse hier oben, oder?"

„Sicher, aber ich hätte auf meinen gestrigen Sturz sehr gut verzichten können", gestand Lisa. „Ich werde nämlich einen riesigen Bluterguss bekommen an einer Stelle, die ich nicht näher bezeichnen will!"

„Aber beim zweiten Mal bist du doch schon viel besser gefallen", tröstete sie Stevie. „Immerhin hast du dich gleich wieder aufs Pferd gesetzt!"

„Wenn du das ‚sitzen' nennen willst!", entgegnete Lisa, und alle kicherten. „Aber ich bin immer noch besser dran als Adam, den eine Biene in den Arm gestochen hat."

„Auf Unfälle dieser Art muss man bei Wanderritten immer gefasst sein", sagte Carole. „Aber …"

„Da, schau!", unterbrach sie Stevie. Carole wandte den Kopf, und es bot sich ihr ein einzigartiger Anblick.

Das Bächlein, das lange schon ihren Pfad begleitet und auch mehrfach gekreuzt hatte, vereinigte sich jetzt mit einem Bach, der direkt von den Bergen herunterkam, und ergoss sich nun über eine steile Felswand in einen kleinen natürlichen See.

„Wie schön!“, rief Lisa aus.

Carole stand ein paar Augenblicke wie gebannt vor dem Wasserfall, dann führte sie Delilah vorsichtig den Hang hinunter. Natürlich hatte Max die Gruppe bewusst hierhergeführt und an dem kleinen See die Mittagsrast eingeplant. Hier konnten nämlich die Pferde bequem getränkt werden und die Reiter ein kühles Bad nehmen!

In wenigen Minuten waren die Pferde an den Bäumen festgebunden und Heu und Wasser für sie herbeigeschafft.

„Okay, Freunde! Umziehen!“, rief Max. „Die Mädchen im Wald links von mir, die Jungen im Wald rechts von mir! Wer wird Erster, wer Letzter?“

Das ließen sich die Reiter nicht zweimal sagen. Selbst Veronica konnte es kaum erwarten, ins kühle Gebirgswasser zu springen. Die Mädchen zerrten ihre Badeanzüge aus ihren Packtaschen. Reithosen und T-Shirts landeten auf Ästen und Zweigen, und schon hatten sie sich in Badenixen verwandelt. Stevie entdeckte einen kleinen Wildpfad zum See, sodass sie sogar vor den Jungen ins kühle Wasser tauchen konnten.

Staub und Schweiß von zwei Tagen zu Pferd waren schnell weggewaschen, und alle planschten ausgelassen im kristallklaren Wasser des Sees. Auch Schürfwunden, blaue Flecken, Muskelkater und sogar Mückenstiche waren im kühlen Wasser schnell vergessen.

„Ist das schön“, schwärmte Lisa, „vielleicht noch schöner als reiten ...“

Carole warf ihr einen strafenden Blick zu.

„... war nur Spaß“, fügte sie schnell hinzu, und Carole lächelte.

Als sich endlich alle genügend erfrischt fühlten und wilde Wasserschlachten ausgetragen hatten, überfiel sie der Hunger. Sie kamen aus dem Wasser und fanden das Picknick von Max und Red hergerichtet!

Erschöpft, aber rundum zufrieden ließ sich jeder auf dem weichen, moosigen Waldboden nieder und griff zu.

„Abgesehen von der grässlichen Spinne und dem gemeinen Bienenstich, den Adam abbekommen hat, war dies doch ein ganz lustiger Ausflug“, stellte Veronica fest.

Carole sah sie erstaunt an. Veronica war doch ein Mädchen, das nur Luxus kannte. Trotzdem hatte ihr dieser Wanderritt gefallen!

„Ach, hier könnte ich immer leben!“, sagte Carole, die an diesem Tag am liebsten die ganze Welt umarmt hätte, sogar Veronica.

„Immer hier leben wie der erste Mensch, nein danke!“, empörte sich Veronica. „Wir haben hier schöne Tage verlebt, aber jetzt möchte ich mindestens eine Woche lang kein Pferd mehr sehen.“

„Ist das dein Ernst?“, fragte Carole. Veronica nickte. „Soll ich dann Cobalt diese Woche für dich bewegen?“

„Wenn dir so viel daran liegt“, entgegnete Veronica hoheitsvoll.

Natürlich ärgerte es Carole, dass Veronica eine Gnade daraus machte, aber sie war so sehr darauf erpicht, Cobalt zu reiten, dass sie ihren Stolz zurückstellte.

„Gut, ich mache es“, sagte sie.

Veronica lächelte gönnerhaft. Dann stand sie auf und holte aus ihren Satteltaschen die Pralinen, die ihre Mutter noch in letzter Minute gebracht hatte.

„Ich kann sie doch nicht wieder mit nach Hause schleppen“, erklärte sie und ließ die süßen Köstlichkeiten die Runde machen. „Esst sie auf!“

Es waren die feinsten italienischen Pralinen! Bestimmt sündhaft teuer, dachte Carole. Was geht in Veronica wirklich vor?, überlegte sie weiter. Sie sah auf, da trafen sie Stevies und Lisas Blicke. Die drei Mädchen schauten sich an – sie wurden einfach nicht schlau aus Veronica.

Carole wollte sich diesen wunderschönen Tag nicht durch Gedanken an Veronica verderben lassen! Bald würden sie ohnehin zum letzten Ritt vor der Heimfahrt nach Pine Hollow aufbrechen. Also sprang sie noch einmal in das kühle Wasser des Bergsees.

Auf der Heimfahrt saßen die Reiter still im Kleinbus. Jeder war müde, aber nicht nur das. Carole wusste, der Ausflug war einfach perfekt gewesen. Nun hing jeder seinen Erinnerungen nach, die er auch nie und nimmer vergessen wollte.

Dann, sobald der Bus in Pine Hollow einfuhr, schnatterten alle wild durcheinander.

Der ganze Hof war zugeparkt mit Autos. Davor warteten Mütter, Väter und Geschwister auf die Ausflügler. Alle wollten gleichzeitig fragen und erzählen, während Reisetaschen und Schlafsäcke umgeladen wurden. Aber auch Mücken-und Bienenstiche wurden vorgewiesen.

„Ihr habt wirklich zwei Nächte im Wald geschlafen?", wollte Stevies jüngerer Bruder Michael wissen. Er war bei den Pfadfindern und der Meinung, dass nur Jungen, aber keine Mädchen zum Zelten gingen. Stevie sah ihn an.

„Na klar!", sagte sie und umarmte ihn. Sie hatte ihre Brüder doch ein wenig vermisst: Michael, ihren Zwillingsbruder Alex und ihren ältesten Bruder Tim. Ihre Mutter und ihr Vater hießen sie herzlich willkommen. Während sie ihre Sachen in dem Kombiwagen verstaute, sah sie mit Befriedigung, dass auch die Atwoods ihre Tochter Lisa in die Arme schlossen.

Carole hatte sich schon vor der Abreise bereit erklärt, Max nach ihrer Rückkehr beim Ausladen der Pferde zu helfen. Deshalb würde ihr Vater erst später kommen.

Glücklich, müde, verschwitzt und schmutzig kletterten die jungen Reiter in die wartenden Autos und fuhren winkend und einander zurufend davon.

Als der letzte Kombiwagen den Hof verlassen hatte, konnten Max, Carole und Red damit beginnen, die Pferde auszuladen. Carole führte zuerst Delilah in ihre Box, dann holte sie Cobalt aus dem Transporter. Er folgte ihr willig über die Rampe und in den Stall. Das Klappern seiner Hufe auf dem alten Holzboden der Stallgasse war für Carole ein vertrautes, lieb gewonnenes Geräusch. Wie die Reiter, so schienen sich auch die Pferde – besonders Cobalt – darüber zu freuen, wieder zu Hause zu sein. Zufrieden ging er in seine Box, drehte sich aber sofort zum Fenster und blickte, so schien es Carole, sehnsüchtig hinaus.

„Keine Bange, mein Junge", sagte sie und strich zärtlich über seinen Hals. „Wir gehen wieder dorthin. Eines Tages fahren wir wieder in die Berge. Dann steigen wir hinauf zu den Bergwiesen und galoppieren auf den Feldwegen. Am Bergsee wirst du trinken, und ich werde baden, und dann werden wir weiterreiten …"

Bis es allerdings wieder so weit war, würde sie ihn diese Woche in der Bahn reiten. Das war zwar nicht so toll, aber doch immerhin etwas. Carole seufzte und schob seine Boxentür zu. Gleich würde ihr Vater kommen.

8

„Da ist etwas, was ich nicht verstehe“, sagte Carole am Donnerstagnachmittag zu Max. Sie war gerade dabei, Cobalt zu satteln.

„Und das wäre?“, fragte er und glättete die Satteldecke für sie.

„Warum beklagt sich Veronica ständig, dass Cobalt so schwierig ist?“ Sie hob den Sattel leicht an, legte ihn auf Cobalts Rücken und schob ihn wieder ein klein wenig zurück. Dann griff sie nach dem Sattelgurt.

„Das weißt du doch ganz genau“, sagte Max.

Carole wusste, dass Max ihr auf diese Weise sagen wollte, dass sie besser ritt als Veronica.

„Aber lass dir sagen“, fuhr er fort, „ich war von Anfang an dagegen, als Mr diAngelo für Veronica einen Hengst kaufen wollte. Ein Wallach oder eine Stute hätte sich für eine junge, unerfahrenere Reiterin weit besser geeignet. Ein Hengst wie Cobalt hat viel Temperament und braucht einen überlegenen Reiter. Das ist Veronica nicht – du bist es.“

Carole wusste nicht, was sie Max darauf antworten sollte. Er lobte seine Schüler nur selten. Die meisten, auch Carole, waren schon glücklich über ein „Okay“ oder ein „schon besser“ von ihm. Mehr konnten sie nicht erwarten.

„Ich darf mich aber nicht beklagen“, gab Max zu. „Cobalt ist ein englischer Vollbluthengst reinster Züchtung. Nicht in jedem Stall steht ein so edles Pferd.“

Pferde, das wusste Carole, werden immer nach ihrer Abstammung bewertet, das heißt, aus welcher Zucht ihre Eltern und deren Eltern stammen. Es ist nicht außergewöhnlich, wenn von einem Pferd wie Cobalt ein ganzes Jahrhundert zurück die Zuchtlinie bekannt ist. Und da Pferde gewisse Eigenschaften wie Temperament, Gänge und Schnelligkeit vererben können, ist es wichtig, die Familieneigenschaften der einzelnen Linien zu kennen.

„Ich weiß, dass Schnelligkeit und Springvermögen in seiner Blutlinie enthalten sind“, sagte Carole zu Max. „Darüber hinaus ist er überdurchschnittlich intelligent. Weißt du, was er gestern für mich gemacht hat? Er hat sich verneigt, ganz tief! Glaubst du es mir?“

„Ja, ich habe dir von meinem Büro aus zugesehen“, sagte Max. „Ich habe ganz schön gestaunt.“ Ein vergnügtes Lächeln spielte um seinen Mund.

„Ich weiß, du hältst davon nichts“, räumte sie ein,

„aber ich freue mich darüber, weil er es mir zuliebe getan hat. Ich habe es ihm nur viermal vormachen müssen."

„Gut, dann versuch ihm doch heute etwas Sinnvolleres beizubringen", meinte Max.

„Gerne. Ich hatte vor, heute am Zirkel zu arbeiten und Seitengänge zu üben, und morgen, wenn es dir recht ist, würde ich ihn gerne ein wenig ausreiten."

„Und am Samstag?", wollte Max wissen.

„Am Samstag will ihn Veronica in der Stunde reiten. Ich werde dieses Wochenende gar nicht da sein. Dad und ich machen eine kleine Reise, das heißt, Dad muss dienstlich nach Camp Lejeune, und ich darf mit." Carole brachte die Steigbügel auf die für ihre langen Beine passende Länge.

„Du hast dort in North Carolina Verwandte, nicht wahr?"

„Ja, ich besuche meine Tante Elaine. Sie ist die Schwester meiner Mutter. Wir kommen erst am Dienstag wieder zurück. Dad hat mich sogar zwei Tage von der Schule befreien lassen."

„Aber mich hat er nicht gefragt, ob ich dich von den Reitstunden befreie", sagte Max.

Zunächst erschrak Carole. Meinte er das ernst? Als sie aber in sein sonnenverbranntes Gesicht schaute, blitzte es in seinen blauen Augen. Es war ein Spaß.

„Viel Vergnügen", wünschte er ihr, „aber verliebe dich

nicht in eins dieser North-Carolina-Pferde!“, neckte er sie und ahmte den Südstaatenakzent nach.

„Bestimmt nicht!“, versprach Carole lachend. „Für mich gibt es nur ein Pferd, und das steht hier!“

Carole führte Cobalt aus seiner Box und vor den Halleneingang. Sie berührte noch das Glücksbringer-Hufeisen an der Wand, dann saß sie auf. Als sie sich im Sattel aufrichtete, bemerkte sie einen besorgten Ausdruck auf dem Gesicht von Max. Als sie ihn nochmals ansah, war er jedoch wieder verschwunden.

Das Glücksbringer-Hufeisen hatte auf Pine Hollow eine lange Tradition. Jeder Reiter berührte es, bevor er sich in den Sattel schwang. So lange sich jemand erinnern konnte, hatte sich in diesem Reitstall noch niemand ernsthaft verletzt. Carole war zwar davon überzeugt, dass der wahre Grund dafür die gründliche Reitausbildung auf Pine Hollow war, die Max (und seine beiden Vorgänger) von jeher praktiziert hatten. Dennoch berührte sie immer das Eisen. Sie ritt aber auch stets sehr umsichtig.

„Komm, mein Junge“, munterte Carole Cobalt auf. „Auf die linke Seite, du kannst es!“

Natürlich wusste Carole, dass Cobalt sie nicht verstand, aber ihre Stimme war es wohl, die ihm Vertrauen einflößte. Sie übte Seitengänge. Normalerweise geht man mit einem Pferd geradeaus vorwärts. Erst erfahrene Dressurreiter brauchen Seitengänge. Bei Vorführungen demonstriert man damit die Wendigkeit und den Gehorsam eines Pferdes. Vor allem aber werden Seitengänge in den höheren Dressurprüfungen verlangt.

Heute wollte Carole mit Cobalt auch noch die Vorhandwendung versuchen – und sie dabei selbst lernen. Sie verkürzte die Zügel, um noch eine bessere Verbindung zu Cobalts Maul herzustellen, dann legte sie das rechte Bein etwas zurück und presste es leicht gegen Cobalts Seite. Er trat nach vorne an. Sie nahm die Zügel noch mehr an, damit er nicht weiter vorwärts trat, und presste den rechten Schenkel wieder gegen seine Seite. Es funktionierte! Cobalts rechtes Hinterbein trat nach links, seine Vorderbeine traten auf der Stelle. Carole trieb mit ihrem rechten Schenkel noch so lange, bis sich das Pferd um 180 Grad gedreht hatte und in die entgegengesetzte Richtung schaute.

„Guter Junge!“, lobte sie ihn und klopfte ihm den Hals ab. „Guter Junge! Ich wusste doch, dass du es kannst! Jetzt machen wir es aber noch einmal, okay?“

Cobalt streckte den Hals weit vor. Carole verstand es als Zustimmung, weil sie es so verstehen wollte. In Wirklichkeit wollte sich das Pferd strecken und dabei entspannen. Oft hatte ihr Max schon erklärt, dass Pferde die menschliche Sprache nicht verstehen, auch wenn manche Schulpferde auf Worte wie „Trab“ und „Galopp“ reagieren. Manchmal sieht es so aus, als wüssten die Pferde, wie spät es ist, weil sie immer genau wissen, wann es Futter gibt oder eine Reitstunde zu Ende geht. Dies bewirkt aber allein nur die Gewohnheit. Genauso war es wohl bei ihr, wenn sie in der Mathematikstunde nicht mehr still sitzen konnte!

Trotzdem verfügte Carole außer dem Klang ihrer Stimme noch über eine Sprache, die Cobalt verstand und auf die er sensibel reagierte. Es waren die Einwirkung ihrer Hände, ihres Sitzes und ihrer Schenkel.

Sie stellte Cobalt noch einmal gerade und vollzog die Wendung nach der anderen Seite. Cobalt führte sie wieder so tadellos aus, als hätten sie diese Lektion schon lange geübt.

Wie konnte nur Veronica so ein herrliches Pferd besitzen und nicht jede freie Minute mit ihm verbringen!

„Ich weiß, du wirst mich vermissen, Junge!“ Sie beugte sich im Sattel vor und streichelte sein glänzendes schwarzes Fell. „Aber ich bleibe nicht lange weg, in ein paar Tagen bin ich wieder zurück. Dann reite ich dich wieder!“

Carole nahm Cobalt wieder auf und ging mit ihm im Schritt um die Bahn. Als sie am Büro von Max vorüberkamen, flog plötzlich das Fenster auf, und Max streckte den Kopf heraus.

„Heute seid ihr wohl gut miteinander zurechtgekommen! Aber wie oft soll ich dir noch sagen, dass er die Menschensprache nicht gelernt hat?“ Ein Auge zwinkerte.

„Keine Angst, Max“, gab sie zurück, „ich rede nicht in Menschensprache mit ihm, sondern in Pferdesprache!“

Max schüttelte den Kopf, zog ihn zurück und schloss das Fenster wieder. Carole ging mit Cobalt in den Trab und daraus in den versammelten Galopp. Weich und sanft wie ein Sommerwind bewegte sich Cobalt in der Bahn.

9

Caroles viertägiger Aufenthalt bei ihrer Tante Elaine war so schön, wie sie es erwartet hatte. Während ihr Vater arbeitete, plauderte und lachte Carole mit ihrer Tante Elaine, und beide spielten mit den drei kleinen Söhnen. An einem Morgen unternahmen sie sogar einen Strandritt. Es gefiel ihr, aber natürlich war das Pferd, das sie bekam, nicht zu vergleichen mit Cobalt. Es war herrlich, zwei Tage nicht zur Schule gehen zu müssen, ohne krank zu sein. Als es dann aber Zeit war, sich zu verabschieden, freute sich Carole auch wieder auf zu Hause. Zwar fiel es ihr schwer, sich von der Familie ihrer Tante zu trennen, doch als sie sich alle herzlich umarmt hatten, dachte sie schon wieder an Cobalt.

„Es hat dir also gefallen?“, fragte sie ihr Vater, als sie vom Flughafen nach Hause fuhren.

„Es war wirklich schön, mit Tante Elaine zusammen zu sein“, sagte Carole. „Es ist immer lustig bei ihr, schon weil sie so nette Kinder hat.“

„Ich weiß, du vermisst deine Mutter“, begann Oberst

Hanson. „Auch ich vermisse sie. Ich habe mich bemüht, sie dir ein wenig zu ersetzen, aber ..."

Die Zeit seit dem Tod ihrer Mutter im Herbst letzten Jahres war für beide sehr schwer gewesen. Carole wusste, dass sich ihr Vater große Mühe gegeben hatte, ihr gleichzeitig Vater und Mutter zu sein. Sie hatte auch immer wieder versucht, ihm zu versichern, dass er ein großartiger Vater war – mehr musste er nicht sein.

„Mach dir keine Gedanken, Daddy. Mir gefiel es bei Tante Elaine, auch wenn sie mich manchmal sehr an Mom erinnerte. Sie sieht ihr sehr ähnlich, nicht wahr? Aber mir reicht ein Vater wie du – zumindest bis du eine wunderbare Frau triffst, die du heiraten willst", fügte sie mit einem leichten Grinsen hinzu.

„Fang du jetzt nicht auch damit an", wehrte ihr Vater ab.

„Ich weiß, Tante Elaine hat dir schwer zugesetzt, habe ich Recht? Sie hat mir gesagt, dass du wieder heiraten solltest. Hat sie deshalb während unseres Aufenthalts alle ihre ‚Freundinnen' eingeladen?"

„Ich denke schon. Und ich hatte gehofft, von den ‚Heiratsvermittlern' verschont zu sein, wenn wir von zu Hause weg sind."

Carole musste lachen. Es stimmte, fast jeder ihrer Freunde kannte eine alleinstehende Frau, die geradezu ideal zu ihrem Vater passte.

„Weißt du, was Marjorie Jennings – die Tochter des Majors – zu mir gesagt hat? Sie sagte, die Damen in der Bridge-Liga des Offiziersclubs nennen dich den ‚gut aussehenden Oberst'. Sie haben natürlich Recht, du bist der best aussehendste Mann, den ich kenne – besonders in Uniform!", neckte sie ihren Vater. Er lachte.

„Dir ist wohl noch nicht aufgefallen, dass Mrs Jennings eine unverheiratete Schwester hat? Jedes Mal, wenn ich sie sehe, erzählt sie mir, was für eine großartige Frau ihre Schwester ist und was für eine gute Mutter sie wäre. Du siehst also, Carole, sie sind nicht nur hinter mir her! Die Frau will dir eine Mutter sein. Wie stehst du dazu?"

„Bitte keine Schwester von Mrs Jennings als Mutter", lachte Carole. „Aber Dad, im Ernst, möchtest du nicht wieder heiraten?"

„Ich sage es dir ehrlich. Ich habe deine Mutter geliebt. Sie war eine Frau, wie du sie unter einer Million – nein, zwei Millionen – Frauen vielleicht einmal findest. Niemand kann sie ersetzen."

Carole schwieg. Ihr Vater war seit dem Tod ihrer Mutter oft sehr einsam. Eines Tages würde er bestimmt eine Frau finden und wieder heiraten.

„Mrs Jennings Schwester ganz bestimmt nicht", nahm Carole das Gespräch wieder auf.

„Besonders wenn sie aussieht wie Mrs Jennings!"

„Das klingt aber nicht sehr charmant, Daddy!“, tadelte ihn Carole. Sie lachten.

Wieder einmal wurde es Carole bewusst, dass der Verlust ihrer Mutter für sie beide unüberwindlich war. Aber sie hatte immerhin ihren Vater, den besten, den es gab.

Als Carole eine halbe Stunde später ihren Koffer ausgepackt hatte, fühlte sie sich wieder zu Hause. Und da war es an der Zeit, Stevie und Lisa anzurufen. Vielleicht konnten sie sich in der Eisdiele im Einkaufszentrum treffen? Doch gerade als sie nach dem Hörer greifen wollte, läutete das Telefon.

„Hallo?“

„Ach, Carole, du bist ja wieder zurück!“, rief Stevie.

„Genau zur rechten Zeit“, sagte Carole fröhlich, „ich wollte dich auch gerade anrufen. Es war schön in North Carolina. Ich muss dir und Lisa unbedingt davon erzählen. Wie wär’s mit einem Sattelclub-Treffen morgen nach der Schule? Wie wär’s in der Eisdiele …“

„Carole, entschuldige, wenn ich dich unterbreche“, sagte Stevie, „du musst gleich herüberkommen.“

„Vermisst ihr mich denn so schrecklich?“, scherzte Carole. Als Stevie aber nicht antwortete, ahnte Carole, dass etwas nicht stimmte.

„Wo bist du? Was ist los?“

„Ich bin in Pine Hollow. Cobalt – komm doch bitte gleich!“

„Was ist los?“, rief sie. Aber Stevie hatte bereits aufgehängt.

In wenigen Minuten saßen Carole und ihr Vater wieder im Auto und waren unterwegs nach Pine Hollow. Carole war so in Sorge, dass sie nicht sprechen konnte. Ihr Vater drückte ihr nur die Hand und sagte: „Mach dir keine Sorgen, Liebes, du wirst sehen, es wird gar nicht so schlimm sein.“

Als sie sich dem Stall näherten, hörte Carole das schreckliche Jaulen einer Notarztsirene. Ein Rettungswagen kam ihnen entgegen – mit aufgeblendeten Scheinwerfern und heulender Sirene – und bog in Richtung Krankenhaus ab. Im Hof war der Mercedes der diAngelos achtlos geparkt, die Türen standen offen.

Doch Carole sah nur den Lastwagen des Tierarztes und den Kombiwagen des Bezirkstierarztes – und wusste alles. Zwei Tierärzte mussten eine Bescheinigung unterzeichnen, bevor ein Pferd getötet werden konnte.

„Cobalt!“, schrie sie auf und sprang aus dem Wagen, der noch kaum zum Stehen gekommen war. Lisa und Stevie rannten ihr aus dem Stall entgegen. Lisa war zuerst bei Carole. Sie legte den Arm um sie. Stevie liefen Tränen über das Gesicht.

„Es ist zu spät, Carole“, sagte sie. „Er war zu schwer verletzt! Sie mussten es tun. Es wäre nie mehr zusammengewachsen. Der Unterarmknochen seines Vorderfußes war gebrochen – gesplittert. Er lag ganz still da. Dann war es vorbei.“

„Und danach hat der Krankenwagen Veronica abgeholt“, ergänzte Lisa. „Sie wird bald wieder okay sein. Wahrscheinlich hat sie sich den Arm gebrochen. Sie hat Glück gehabt – mehr Glück als Cobalt.“ Auch Lisa kämpfte mit den Tränen, während sie sprach. Mit leerem Blick starrte Carole auf den Stall. Sie wollte hineingehen und wollte gleichzeitig weglaufen. Sie kannte dieses Gefühl; sie hatte es schon einmal gehabt. Wie erstarrt stand sie da, unfähig, sich zu bewegen. Da trat ihr Vater hinter sie und legte seine starken Arme um ihre Schultern.

„Komm nach Hause, Liebes“, sagte er. „Wir können nichts mehr tun.“

„Cobalt!“, schluchzte sie.

Langsam wandte sie sich um und ließ sich von ihrem Vater nach Hause bringen.

10

„Wir müssen Carole helfen“, erklärte Lisa. „In der Schule war sie heute völlig daneben.“

Lisa und Stevie waren auf dem Weg zu Caroles Haus.

Erst gestern hatte sich im Stall der schreckliche Unfall ereignet, dessen Folgen für den schwarzen Hengst Cobalt tödlich waren.

„Carole muss selbst darüber hinwegkommen“, warnte Stevie ihre Freundin. Natürlich wollte auch sie Carole trösten. Aber gab es denn einen Trost für sie? Vorläufig wohl noch nicht.

„Aber Carole hat mich gelehrt, wie wichtig es ist, wieder aufs Pferd zu steigen, nachdem ich gestürzt war. Dies ist natürlich eine andere Situation, ich weiß, aber irgendwo läuft es doch wieder auf das gleiche Problem hinaus. Wir müssen zunächst einmal verhindern, dass Carole in Selbstmitleid zerfließt.“

„Ich glaube gar nicht, dass sie sich selbst bemitleidet. So wie ich Carole kenne, tut ihr nur Cobalt leid.“

„Gut, aber dann warte, wie sie reagiert, wenn wir ihr

erzählen, was Veronica im Krankenhaus von sich gegeben hat", sagte Lisa.

„Da wird es nur noch schlimmer", sagte Stevie kopfschüttelnd. Sie konnte diese Familie diAngelo einfach nicht verstehen.

Carole war in ihrem Zimmer, als die Freundinnen klingelten. Sie war zwar heute in der Schule gewesen, hatte aber bestimmt nicht ein einziges Wort aufgenommen. Sie war nach Hause gekommen und hatte sich sofort in ihr Zimmer zurückgezogen. Dort lag sie auf dem Bett und starrte zur Decke. Lisa und Stevie klopften zaghaft.

„Dein Vater sagte, wir dürften heraufkommen", sagte Stevie und streckte vorsichtig den Kopf ins Zimmer.

Carole seufzte. Sie wusste, ihre Freundinnen wollten ihr helfen. Sie wusste auch, dass sie der Unfall ebenfalls schwer mitnahm. Ja, vielleicht wollten sie über alles sprechen und sich so eine Last von der Seele reden. Wie gerne hätte sie auch Cobalt geholfen, aber das ging nun nicht mehr.

„Sicher, kommt doch herein", sagte Carole. Die Freundinnen traten ein und setzten sich zu ihr aufs Bett. Stevie streckte ihr eine mitgebrachte Flasche Limonade hin. Carole trank einen Schluck und nickte ein Dankeschön.

„Ich glaube, es ist besser, ihr sagt mir ganz genau, was passiert ist. Gestern wollte ich es noch nicht wissen, aber ich denke, heute kann ich es hören."

„Veronica war schuld", begann Lisa und bestätigte damit Caroles Befürchtung. „Es war genau das, was Max ihr schon bei der Springübung im Zeltlager laut und deutlich gesagt hat. Wir haben es alle mitbekommen – es war eine Springstunde auf der Querfeldeinstrecke. Ich habe mit Max zugesehen. Stevie war gerade mit Comanche über ein Hindernis gegangen. Veronica kam wieder im vollen Galopp den Hang herunter und ließ Cobalt mit diesem Tempo über einen relativ hohen Zaun springen. Darüber hinaus musste er auf abschüssigem Boden landen."

„Er war ein so gutwilliges Pferd, weißt du, Carole. Immer wollte er seinen Reiter zufriedenstellen, selbst wenn er von seinem Instinkt her wissen musste, dass es falsch war, was ihm Veronica zumutete. Er nahm sich nicht zurück, er sprang einfach", berichtete Stevie.

„Es sah so schön aus", fuhr Lisa fort. „Kein Pferd im Stall springt – sprang so elegant wie Cobalt. Aber er kam bei der Landung nicht richtig auf."

„Stimmt, ich habe es auch so gesehen", sagte Stevie. „Er flog regelrecht über den Zaun. Doch dann war wohl der Schwung zu groß. Er kam zwar mit den Vorderbeinen auf, knickte aber mit dem rechten Vorderbein ein, und zwar oberhalb des Fußwurzelgelenks. Dann stolperte er und stürzte."

„Veronica wurde über seinen Kopf hinweg aus dem Sattel geschleudert. Sie landete ungefähr einen Meter vor ihm im Gras. Dabei brach sie sich den Arm. Cobalt hatte sich das Bein gebrochen. Man konnte es deutlich sehen ..."

Stevie und Lisa beschrieben die Szene, die Carole sich seit Stunden ausmalte: Veronica lag schreiend am Boden, während Cobalt stumm seine Schmerzen ertrug.

In manchen Fällen können auch gebrochene Pferdeknochen wieder zusammenwachsen.

Beim Unterarmbein des Pferdes jedoch ist das so gut wie unmöglich, denn während des langen Heilungsprozesses darf der Knochen nicht belastet werden – und er trägt einen großen Teil des Pferdegewichts.

Ein teures Rennpferd unterzieht man vielleicht der Prozedur und hängt es mit Gurten auf. Doch selbst dabei gibt es keine Garantie, dass das Pferd jemals wieder richtig gehen und laufen kann.

Obwohl Cobalt die beste Abstammung nachweisen konnte, war er eben kein wertvolles Rennpferd. Eine solche Behandlung wäre zu teuer und eben nicht unbedingt Erfolg versprechend gewesen. Selbst wenn der Knochen verheilt wäre, hätten Cobalt vielleicht ständige Schmerzen geplagt.

„Wenn sie doch versucht hätten, ihn zu heilen!“, jammerte Lisa.

„Nein“, erwiderte Carole. „Es war richtig so. Cobalts Leben hätte keinen Sinn mehr gehabt. Er war geboren, um sich mit Grazie zu bewegen und zu laufen wie der Wind, nicht um zu hinken.“

Stevie fand es an der Zeit, das Thema zu wechseln.

„Hör zu, wir waren soeben bei Veronica im Krankenhaus. Sie liegt in einem Einzelzimmer, und ein Heer von Schwestern schwirrt ständig um sie herum.“

„Hat sie sich denn so schwer verletzt? Ich dachte, sie hat sich nur den Arm gebrochen.“

„Stimmt, aber du kennst doch ihre Eltern“, sagte Lisa. Carole nickte. Alle kannten die diAngelos. Sie waren die reichsten Leute in der Stadt und zeigten das auch gerne.

„Man könnte wirklich glauben, sie wäre am offenen Herzen operiert worden, so viel Aufwand wird um sie getrieben – und die Blumen ...“

„... wie bei einer Beerdigung“, ergänzte Stevie.

„Das war es ja auch“, sagte Carole. Stevie und Lisa warfen sich einen vielsagenden Blick zu.

„Nun, Veronica redete fortwährend über Max, dass er kein guter Lehrer wäre und dies alles nicht passiert wäre, wenn er rechtzeitig eingegriffen hätte.“

„Das ist unerhört!“, empörte sich Carole. „Jeder von

uns hat es gehört, wie er ihr immer und immer wieder klarmachte, dass sie ihr Pferd vor einem Sprung versammeln muss. Wie kann sie jetzt ..."

„Reg dich nicht auf, es kommt noch schlimmer", sagte Stevie.

„Ihr Vater marschierte im Zimmer auf und ab und erklärte seinem Herzblatt, sie brauche sich keine Sorgen zu machen, die Versicherung würde viel für Cobalt ausbezahlen. Sobald ihr Arm geheilt sein würde, könne sie wieder ein Pferd haben. Stell dir das vor! Er meint, mit seinem Geld kann er Cobalt ersetzen!" Carole schüttelte den Kopf.

„Von den diAngelos kannst du nichts anderes erwarten", seufzte sie.

„Richtig, folglich wird er schon bald ein neues Pferd für Veronica kaufen", sagte Lisa bitter.

„Aber er wird sie nicht dazu bringen, es zu reiten", meinte Carole.

„Bestimmt wird sie es reiten", widersprach Stevie, „nur, wer wird sie dazu bringen, es richtig zu reiten?"

„Wie kannst du wissen, dass sie sich überhaupt jemals wieder auf ein Pferd setzt?", fragte Carole.

„Ja, warum denn nicht?", fragte Stevie erstaunt. „Sie hat uns gesagt, sie will wieder reiten. Warum sollten wir ihr nicht glauben? Sie wird zwar nie so pferdebesessen sein, wie wir es sind, aber sie reitet gerne – aus welchem

Grund auch immer. Dass Unfälle vorkommen können, das weiß auch sie."

„Und sie weiß, dass man sich einfach wieder auf ein Pferd setzen muss. Das hast du mir ja auch klargemacht", fügte Lisa hinzu.

„Aber ich setze mich auf kein Pferd mehr", erklärte Carole.

Stevie und Lisa verschlug es die Sprache. Hatten sie richtig gehört?

„Was hast du gesagt?", fragten sie einstimmig.

„Ich sagte: ‚Ich setze mich auf kein Pferd mehr.'"

Lisa und Stevie starrten sie entgeistert an. War das möglich? Carole war die beste Reiterin in der Gruppe. Reiten bedeutete ihr alles. Sie war es, die später einmal einen eigenen Stall führen wollte. Sie wollte unterrichten und Pferde züchten und ausbilden.

Bestimmt würde sie es sich noch überlegen. Stevie war zuversichtlich.

„Oh, so denkst du jetzt. Bald siehst du es schon wieder anders. Dann wirst du auch wieder reiten. Du kannst doch gar nicht anders."

„Ich verlange nicht, dass ihr mich versteht", sagte Carole. „Aber Cobalt war für mich mehr als nur ein gutes Reitpferd. Kein anderes Pferd kann ihn mir ersetzen. Es ist schwer zu beschreiben, aber als ich gestern vor dem Stall stand, war ich erschüttert so wie damals, als meine

Mutter starb. Ich möchte das nicht noch einmal erleben. Deshalb mache ich Schluss."

„Carole ...", sagte Lisa sorgenvoll.

„Lisa, wir dürfen unseren Bus nicht versäumen", unterbrach sie Stevie.

Lisa wollte ihre Freundin daran erinnern, dass ihre Mutter sie in einer Stunde vor Caroles Haus abholen würde, aber Stevies beschwörender Blick ließ sie verstummen.

„Ist es schon Zeit?", sagte sie geistesgegenwärtig.

„Ja", nickte Stevie. „Dürfen wir dich allein lassen, Carole?"

Carole nickte. Lisa und Stevie verließen leise das Zimmer und gingen schnell nach unten. Mr Hanson war in der Küche und machte das Abendessen.

„Schlimm, nicht wahr?", fragte er die Mädchen.

„Ja", gab Stevie zu. „Sie sagt, sie wird nie mehr reiten."

„Wenn sie sich so entschieden hat, können wir sie nicht beeinflussen", sagte Caroles Vater.

„Aber das ist doch keine überlegte Entscheidung!", protestierte Lisa. „Das ist doch nur eine Schockreaktion. Pferde bedeuten ihr doch alles."

„Zumindest ein Pferd hat ihr sehr viel bedeutet", verbesserte sie Stevie.

„Wir können nur abwarten", sagte Caroles Vater.

Damit mussten sich Stevie und Lisa vorläufig zufriedengeben.

„Ich verstehe Carole einfach nicht", sagte Lisa, als sie an der nächsten Straßenecke auf Mrs Atwood warteten.

„Ich eigentlich auch nicht, wenngleich das der bekannte Schock nach einem Unfall sein kann. Sie schafft es vielleicht deshalb nicht, sich wieder aufs Pferd zu setzen, weil ‚ihr' Pferd eben nicht mehr da ist. Ich bin mir aber sicher, dass augenblicklich kein gutes Zureden und kein noch so vernünftiges Argument etwas bezwecken. Sie muss selbst darüber hinwegkommen. Aber hör zu: Sind wir Pferdenarren oder nicht?", fragte Stevie.

„Natürlich sind wir das", stimmte ihr Lisa zu.

„Also. Dann können wir nichts anderes tun als weiterreiten und für sie da sein, wenn Carole wiederkommen sollte. Sie ist immerhin der größte Pferdenarr von uns dreien, auch wenn sie jetzt verrückt spielt. Am Samstag kommst du doch in die Stunde?"

„Natürlich", sagte Lisa.

„Gut, dann reiten wir, und hinterher wartet eine Arbeit auf uns, die angepackt werden muss."

„Welche Arbeit?"

„Erinnerst du dich, dass wir doch Nachforschungen über Max I. anstellen wollten?"

„Ach ja, richtig! Wir wollten doch herausfinden, ob er wirklich die russische Revolution mitgemacht hat."

„Ich glaube, wir wissen, dass er das nicht hat. Aber woher kam er dann? Du hast doch vorgeschlagen, einmal in der Bibliothek nachzulesen.“

„Richtig! Wir können die alten Ausgaben der Zeitung von Willow Creek lesen. Das wird auf jeden Fall ein Spaß.“

Lisa musste Stevie Recht geben. Sie mussten wenigstens weiterreiten und den Sattelclub am Leben erhalten. Nur, wie lange würde das möglich sein – mit nur zwei Mitgliedern?

11

„Du lernst wirklich schnell, Lisa!“, lobte Stevie ihre Freundin am Samstag nach der Stunde. „Du sitzt tiefer im Sattel, und dein Kontakt zum Pferd ist besser!“

„Ich kann es gar nicht glauben, dass ich bis vor Kurzem über Pferde nur wusste, was vorne und hinten ist. Ich nehme doch erst ein paar Wochen regelmäßig Reitunterricht?“

„Du musst jetzt nur so weitermachen! Wenn die Sommerferien beginnen, können wir fast jeden Tag reiten, dann bist du bis zum Schulbeginn der Champion!“

„Du willst sagen, dann reite ich vielleicht so gut wie du“, konterte Lisa.

Stevie, die sehr stolz auf ihr hart erarbeitetes reiterliches Können war, warf Lisa einen raschen Seitenblick zu. Sie bemerkte ihr schelmisches Lächeln und wusste, wie es gemeint war. Die beiden Mädchen waren vom Reitstall aus auf dem Weg in die Stadt. Jede hatte Block, Bleistift und Bibliotheksausweis mitgenommen.

Die Sonne schien vom wolkenlosen Himmel. Es war

ein heißer Frühsommertag, der einen noch heißeren Sommer ankündigte.

Lieber hätten die Mädchen den Nachmittag am oder besser noch im Schwimmbecken verbracht – und nicht in der Bücherei. Aber Lisa und Stevie hatten sich etwas vorgenommen: Solange sie sich intensiv um die Belange des Sattelclubs kümmerten – und wenn es nur darum ging, herauszufinden, wer Max I. wirklich war –, ließen sich die Gedanken an Cobalt und an Carole, die sie in den Reitstunden sehr vermissten, etwas vertreiben.

„Entschuldigen Sie“, sagte Lisa höflich zu der Dame am Informationspult, „wir möchten ein paar geschichtliche Nachforschungen anstellen.“

„Sektion 900, die Regale hier links“, antwortete die Dame kurz und knapp.

„Vor allem interessiert uns die amerikanische Geschichte.“

„Sektion 970, die ersten acht Regale.“ Die Bibliothekarin ratterte die Auskünfte herunter, ohne den Blick zu heben.

„Besonders Virginia ...“, fuhr Lisa beharrlich fort.

„Sektion 973, die Regale fünf und sechs.“

„Eigentlich nur Willow Creek, Anfang dieses Jahrhunderts.“

„Sektion – Willow Creek.“ Zum ersten Mal sah jetzt die Bibliothekarin Lisa und Stevie an.

„Ich fürchte, über Willow Creek gibt es kein Buch." Plötzlich interessierte sich die Dame für das Anliegen der Mädchen. Sie stand auf und führte Stevie und Lisa an die Kartei. Es gab tatsächlich weder ein Buch noch eine Chronik über ihre kleine Stadt.

„Haben Sie vielleicht alte Zeitungen?", fragte Lisa. Stevie war froh, die kluge Lisa bei sich zu haben.

„Ja, stimmt!", rief die Bibliothekarin aus. „Dank der Rührigkeit des Herausgebers der Zeitung von Willow Creek besitzen wir fünf komplette Sätze jeder Ausgabe seit dem Erscheinen. Ihr könnt sie durchsehen, aber seid vorsichtig; das Papier ist teilweise sehr alt und brüchig."

Sie führte Stevie und Lisa in ein kleines Zimmer neben dem Lesesaal. Sie drehte das Licht an und holte die großen alten Bücher hervor, in denen über 100 Jahre alte Neuigkeiten standen.

„Da gibt es doch eine Spalte mit ‚Neues aus Mrs Rappaports Gartenlaube'", stellte Stevie nach einigem Blättern in einem vergilbten Band fest. Lisa griff nach einem anderen Band.

„Eigentlich wissen wir ja gar nicht, wann wir zu suchen anfangen sollen und nach welchem Ereignis. Ich fange hier jetzt einmal mit dem Jahr 1920 an, und du arbeitest dich ab 1905 durch Mrs Rappaports Klatschseite. Irgendwo dazwischen müsste unser Held ja auftauchen."

Stevie nickte und legte ihren Notizblock neben sich,

damit sie jeden Hinweis auf Max I. sofort festhalten konnte. Zwei Stunden später wusste sie zwar viel über eine neue Kanalisation, die von der Stadt verlegt worden war, und noch viel mehr über die Persönlichkeiten auf Mrs Rappaports Gästeliste – aber sie wusste leider nichts über Maximilian Regnery I.

„Ich stoße immer wieder auf die gleiche Anzeige für Reitstunden im Stall von Pine Hollow. Das muss schon unser Stall gewesen sein, wenngleich kein Name und keine Adresse genannt sind. Eines kann ich allerdings daraus ersehen: Die Reitstunden waren damals sehr viel billiger als heute!"

Stevie warf einen Blick auf die Anzeige. Sie zeigte eine altmodische Abbildung einer Reiterin, die im Damensattel auf einem sehr schönen Pferd saß. Die Mädchen amüsierten sich darüber, aber es brachte sie nicht weiter.

„Pass auf, in den Zeitungen von 1905 gibt es noch keine Anzeigen von Pine Hollow. Es kann natürlich sein, dass damals niemand Reitstunden zu nehmen brauchte, denn jeder Bürger besaß selbst Pferde ... Und jeder hatte damals seinen eigenen Stall, so wie wir heute eine Garage haben. Dafür fand ich mehrere Anzeigen von Hufschmieden. Wir kommen der Sache schon näher. Irgendwo zwischen diesen vergilbten Seiten steckt unser Max", sagte Lisa.

„Da stimme ich dir zu“, meinte Stevie, „aber für heute habe ich genug von meiner alten Klatschtante.“

„Ich auch“, pflichtete ihr Lisa bei und schob ihren Band in das Regal zurück. Sie räumten auch die übrigen Bände weg, löschten das Licht in dem kleinen Leseraum und bedankten sich bei der freundlichen Bibliothekarin.

„Wir kommen wieder!“, versprach Lisa im Hinausgehen.

„Ihr seid jederzeit willkommen!“, sagte die Dame.

Lisa hätte schwören können, dass die eifrige Bibliothekarin unverzüglich den Herausgeber der Zeitung anrufen würde, um ihm zu berichten, dass erstmals jemand die alten Ausgaben seiner Zeitung studiert hatte.

„Weißt du, wenn wir hier nicht fündig werden, gibt es noch eine andere Quelle“, sagte Lisa, als sie auf der Straße standen.

„Ja, natürlich, wir können die Dame mit der Kristallkugel befragen, wenn sie im August auf den Jahrmarkt kommt“, meinte Stevie.

„Kristallkugeln schauen aber in die Zukunft, nicht in die Vergangenheit“, sagte Lisa. „Nein, was ich meine, wäre doch in erster Linie Mrs Reg. Immerhin war der Mann, den wir suchen, doch ihr Schwiegervater. Wenn sie will, kann sie bestimmt ein paar Geschichten über ihn erzählen.“

„He, das ist die Idee!“, strahlte Stevie. „Dass ich nie

auf die alte Dame gekommen bin! Wir könnten am Dienstag etwas früher in den Stall gehen und versuchen, ob sie uns ein paar Hinweise gibt!"

„Abgemacht", sagte Lisa.

„Was treibt ihr beide denn schon hier?", fragte Mrs Reg, als sie Stevie und Lisa Dienstagnachmittag in der Sattelkammer antraf.

Lisa wurde verlegen und war froh, dass Stevie gleich eine Antwort parat hatte.

„Oh, wir dachten, wir könnten wieder einmal die Sättel und Reithalfter abseifen", sagte sie.

Mrs Reg musterte die Mädchen misstrauisch, obwohl sie immer recht fleißig im Stall halfen. Alle Reitschüler mussten in Pine Hollow im Stall mitarbeiten und auch ihre Pferde vor und nach den Reitstunden versorgen. Aber eigentlich war es immer Carole, die das Sattelzeug pflegte. Für Lisa gab es keinen Zweifel: Mrs Reg hatte sie schon durchschaut. Aber sie stand auf und ging an den Schrank, wo das Putzzeug verstaut war.

„Hier ist, was ihr braucht", sagte sie und gab jeder eine Büchse Sattelseife, Schwamm und Tuch. „Die Reithalfter hier an dieser Wand müssten dringend gereinigt werden." Und schon viel freundlicher fügte sie hinzu: „Ich bin froh, dass ihr gekommen seid. Trotzdem fehlt mir Carole sehr. Sie ist unbestritten die beste Sattelpflegerin."

„Sie ist auch noch in anderen Dingen die Beste", sagte Lisa.

„Wir vermissen sie auch. Deshalb wollten wir Ihnen heute helfen", stimmte ihr Stevie zu. Die Mädchen nahmen ihr Putzzeug, und jedes holte sich ein Reithalfter vom Haken. Es waren wirklich viele – eine endlose Arbeit.

„Sagen Sie, Mrs Reg", begann Stevie wie zufällig, während sie einen Kehlriemen abseifte.

„Hmm?", antwortete Mrs Reg.

„Dieser Maximilian I., was war das für ein Bursche?"

„Wer?", fragte Mrs Reg.

„Sie wissen doch, der Großvater von Max, der Gründer dieses Reitstalls. Er war doch ihr Schwiegervater, wenn ich mich nicht täusche."

„Ja, richtig", stimmte Mrs Reg zu.

Stevie packte die Sache schlau an. Sie stellte Mrs Reg eine Fangfrage und hoffte, sie würde darauf über den alten Herrn zu erzählen beginnen. Lisa hielt den Atem an. Würde es klappen?

„Mich interessiert schon lange, wann er diesen Stall gegründet hat." Stevie sprach nicht weiter, Mrs Reg sollte es tun.

„Hmm", war die einsilbige Antwort.

„Es ist wohl schon sehr lange her?", bohrte Stevie.

„Oh ja", war alles, was Mrs Reg sagte. Sie sortierte die

Papiere auf ihrem Schreibtisch. „Das heißt, wenn man zwölf Jahre alt ist, meint man, es ist sehr lange her."

Lisa war wie vor den Kopf gestoßen, aber Stevie gab nicht auf: „Aber Sie haben das doch miterlebt?"

„Ja, aber mehr oder weniger am Rande", sagte Mrs Reg zögernd. Das Gespräch wollte nicht in Gang kommen.

„Was war er für ein Mann?", wagte Stevie zu fragen. Lisa erkannte Stevies neuen Schlachtplan. Sie musste die Sache direkt angehen. Sich mit indirekten Fragen vorsichtig heranzupirschen, war fehlgeschlagen.

„Ihr Schwiegervater, meine ich."

„Ach, er war ein guter Reiter", war Mrs Regs Auskunft.

„Wo hat er reiten gelernt?" Stevie ließ nicht locker.

„Ach, reiten lernte damals fast jeder schon als Kind", sagte Mrs Reg.

Mehr war einfach nicht zu erfahren. Als Lisa und Stevie von ihrer Arbeit aufsahen, bemerkten sie ein schalkhaftes Lächeln auf dem Gesicht der alten Dame. Sie waren nicht die ersten Reitschülerinnen, die mehr über den Gründer des Stalls wissen wollten. Sie waren aber auch nicht die Ersten, die nichts von ihr erfuhren.

„Die haben sich verschworen!", flüsterte Stevie Lisa zu. „Sie wollen uns nichts erzählen. Der alte Mann hat wahrscheinlich einmal eine Bank ausgeraubt – oder Pferde gestohlen! Aber wir gehen der Sache auf den Grund!“

Lisa teilte inzwischen Stevies Ansicht, dass mit der Geheimnistuerei irgendetwas vertuscht werden sollte. Aber was? Sie mussten es herausfinden! Vorläufig aber saßen sie fest. Dafür durften sie Reithalfter abseifen!

„Habt ihr eigentlich einmal mit Carole gesprochen?“, durchbrach Mrs Reg die eingetretene Stille.

„Ja, wir haben sie am Samstag zu Hause besucht. Sie wird nie mehr reiten, hat sie gesagt“, antwortete Lisa.

„Das hat mir mein Sohn auch schon erzählt“, sagte Mrs Reg. „Sie hing sehr an diesem Pferd, nicht wahr?“ Stevie nickte.

„Er war eine Pferdeschönheit“, schwärmte Stevie und sah den großen schwarzen Hengst vor sich, wie er mit Carole im Sattel in perfekter Manier ein Hindernis überwand.

Es schnürte ihr die Kehle zu.

Sie biss die Lippen aufeinander. Nur jetzt nicht heulen! Sie rubbelte den Zügelriemen noch fester ab, um nicht an Cobalt denken zu müssen.

„Für Carole wird es wohl kein Pferd mehr geben, das ihr Cobalt ersetzen könnte“, hörte sie Lisa zu Mrs Regnery sagen. „Und weil sie das weiß, will sie überhaupt nicht mehr reiten. Ich kann das verstehen.“

„Das ist Unsinn!“, sagte Mrs Reg so energisch, dass die beiden Mädchen erschraken.

„Carole meint es ernst!“, verteidigte Stevie die Freundin.

„Das glaube ich schon, aber sie macht trotzdem einen großen Fehler“, erklärte Mrs Reg. „Eines Tages wird sie es auch einsehen.“

„Bestimmt nicht!“, widersprach ihr Lisa. „Ihr Entschluss scheint felsenfest zu sein.“

„Ich könnte dir eine ganze Liste von hervorragenden Reitern aufzählen, die eines Tages beschlossen hatten, nie mehr zu reiten. Und ich sage euch, Carole kommt auch wieder zurück, verlasst euch darauf!

„Glauben Sie das wirklich?“, fragte Stevie.

„Natürlich“, sagte Mrs Reg. „Es ist nur schade um die Zeit, die sie jetzt vergeudet. Aber ich habe da eine Idee.“

Stevie und Lisa hörten gespannt zu, was Mrs Reg eingefallen war, und waren begeistert. Und wenn es nicht klappte, hatten sie es wenigstens versucht.

12

„Hallo, Carole, ich bin's“, rief Stevie am Mittwochabend fröhlich ins Telefon. „Wie geht's dir?“

Stevie und Carole besuchten verschiedene Schulen und sahen sich eigentlich nur in den Reitstunden.

Da Carole jetzt nicht mehr ritt, trafen sie sich gar nicht mehr.

„Ganz okay“, antwortete Carole matt. Na, das klingt alles andere als okay, dachte Stevie.

„Du hast uns diese Woche sehr gefehlt in den Reitstunden“, leitete Stevie das Thema ein. „Und die Stunden waren gut. Max übte die verschiedenen Schrittarten mit uns. Lisa macht gute Fortschritte. Möglicherweise lässt Max sie schon ab Herbst mitspringen. Er hat sogar gesagt, Lisa sei ein absolutes Naturtalent, wie er es noch nie angetroffen habe – außer dir natürlich.“

„Lisa kann die Ehre ruhig für sich allein in Anspruch nehmen“, sagte Carole gelassen. Stevie war enttäuscht. Sie hatte versuchen wollen, Carole zur Rückkehr nach Pine Hollow zu bewegen, aber das war fehlgeschlagen. Also musste sie es mit Mrs Regs Plan versuchen: „Mrs Reg wollte dich schon anrufen.“

„Hoffentlich will sie nicht auch versuchen, mich wieder nach Pine Hollow zurückzuholen“, war die Antwort.

„Nein, nein. Sie sagt, sie kann dich verstehen. Nur, sie meint, du hättest ihr versprochen, irgendetwas – vom Wanderritt, glaube ich – aufzuräumen.“ Stevie stockte und hoffte, Carole würde sich wieder erinnern.

„Ach ja, alle Extras, die wir als Ersatzteile mitgenommen haben!“, sagte Carole. „Es wurde einfach alles in einen Sack gestopft. Stimmt, ich habe ihr versprochen, alles wieder zu sortieren und an seinen Platz zu räumen – aber kann sie das denn nicht selbst?“

Nun durfte Stevie keinen Fehler machen. Natürlich konnte das Mrs Reg auch alleine erledigen, aber das durfte Carole nicht wissen. „Gewiss kann sie das. Darum geht es nicht. Sie hätte es auch schon längst getan, wenn sie nicht solche Schmerzen hätte.“

„Schmerzen?“, fragte Carole besorgt.

„Sie sagt, bei diesem feucht-schwülen Wetter plagt sie ihre Arthritis sehr. Es wird erst wieder besser, wenn es etwas abkühlt.“ Gut gemacht, beglückwünschte sich Stevie. Jeder wusste, dass es den ganzen Sommer nicht abkühlen würde!

„Oh“, sagte Carole, und Stevie verhielt sich still. Sie wollte Carole Zeit geben, die Information zu verdauen.

Mrs Reg hatte Carole richtig eingeschätzt. Sie war sehr hilfsbereit und hielt immer ihre Versprechen. Jetzt aber brauchte Carole selbst Hilfe.

Am Samstagnachmittag kam Carole mit sehr gemischten Gefühlen nach Pine Hollow. Im Overall, leichtem Hemd und Turnschuhen passte sie gar nicht hierher. Bisher war sie auf Pine Hollow immer in Reitkleidung erschienen, denn sie war ja immer in erster Linie zum Reiten auf die Anlage gekommen. Heute kam sie erstmals nur, um Sattelzeug auszusortieren. Dazu brauchte sie weder Reithosen noch Reitstiefel. Abgesehen davon würde sie diese Sachen ohnehin nie mehr brauchen.

Sie wartete, bis das letzte Mädchen aus ihrer Gruppe das Gebäude verlassen hatte. Max war mit ein paar Erwachsenen beschäftigt, die nach der Jugendstunde noch eine Springstunde nehmen wollten. Mrs Reg war wie üblich in ihrem Büro neben der Sattelkammer. In ein paar Minuten wollte Carole zu ihr gehen. Sie benützte dazu den hinteren Stalleingang. Es waren nicht einmal zwei Wochen seit Cobalts Tod vergangen, aber Carole schien es, als wären es zwei Monate. Als sie jetzt den Stall betrat, überwältigten sie die Erinnerungen. Der Geruch von Heu und Pferden war ihr so vertraut! Ihr wurde warm ums Herz, aber sie wehrte sich dagegen. Sie atmete tief ein und blieb stehen, bis sich ihre Augen an das gedämpfte Licht im Stall gewöhnt hatten.

Patch streckte den Kopf aus seiner Box. Automatisch strich Carole über seine sanfte Nase. Er schnupperte sie ab, aber sie hatte keinen Leckerbissen mitgebracht. Wie zur Entschuldigung streichelte sie seinen Kopf. Nebenan reckte Pepper den Kopf nach ihr. Er wollte auch gestreichelt werden. Carole lächelte. Sie kraulte ihm die Stirn und klopfte seinen kräftigen Hals ab.

Pepper war ein großes Pferd, fast so groß wie Cobalt. Aber er hatte nicht Cobalts Ausstrahlung, sein Fell war nicht so tiefschwarz, er hatte weder einen so weichen Trab noch so einen wundervoll schwingenden Galopp wie Cobalt. Er hatte auch nicht ... Carole bremste ihre Gedanken. Sie konnten Cobalt nicht wieder lebendig machen. Cobalts Stall war genau gegenüber Peppers Box. Carole wollte nicht hineinsehen. Schnell wandte sie sich um und flüchtete in die Sattelkammer.

„Hallo, Mrs Reg“, rief sie. „Ich habe nicht vergessen, dass ich das ‚Ersatzteillager‘ vom Wanderritt auspacken und einsortieren wollte. Hier bin ich also.“

„Das ist großartig, Carole. Der Sack liegt hier in der Ecke. Ich habe ihn noch nicht einmal aufgebunden. Vielen Dank, dass du gekommen bist.“

Carole nahm den Sack und leerte den Inhalt auf den Boden. Als sie sah, was sie mitgenommen hatten, musste sie lachen. Einige Dutzend Steigbügelriemen! Sie hatte wohl jedes Mal, wenn jemand sie danach gefragt hatte, ein Paar hineingepackt. Und keinen einzigen hatten sie benötigt!

Sie begann alles zu sortieren, Steigbügel, Zügel, Sattelgurte und Ersatzriemen aller Art. Eines war ihr klar: Hätten sie keine Riemen dabeigehabt, wären sie serienweise gerissen.

„Gib acht und halte diese Ecke frei", warnte sie Mrs Reg.

„Warum das?", fragte Carole.

„Unsere Katze hat letzte Woche ihre Jungen zur Welt gebracht. Wir haben sie in eine Schachtel gebettet, und nun wohnen sie in dieser Ecke", erzählte Mrs Reg.

„Darf ich sie sehen?", fragte Carole.

„Gerne, aber sei vorsichtig. Sie krabbeln schon und versuchen aus der Schachtel herauszuklettern. Jedes Mal, wenn jemand sich hier aufhält, habe ich Angst, sie könnten getreten werden."

„Ich passe auf", versprach Carole. Ganz vorsichtig spähte sie in die Schachtel. Dort lagen, friedlich schlafend, sechs kleine, flauschige Kätzchen. Sie lagen so an- und übereinander, dass man gar nicht feststellen konnte, wo das eine begann und das andere aufhörte. Die Katzenmutter wachte aufmerksam über sie.

„Oh, Mrs Reg, das sind die schönsten Kätzchen, die wir je hatten!"

„Die Hauptsache ist, sie werden gute Mäusefänger",

erwiderte Mrs Reg, die immer einen Sinn fürs Praktische hatte.

Pine Hollow hatte, wie fast alle Ställe, gelegentlich Ärger mit Mäusen, denen der Hafer wohl genauso gut schmeckte wie den Pferden. Und seit Jahrhunderten wussten die Bauern, dass eine hungrige Katze in der Scheune der wirksamste Mäusefeind ist. Auf Pine Hollow gab es daher immer vier bis fünf Katzen und in der Regel vier oder fünf Kätzchen. Nur dieses Jahr würden es sechs sein.

„Wie heißen sie denn, Mrs Reg?“ Auf Pine Hollow war es nämlich der Brauch, jede Katze nach einem erfolgreichen Pferd zu nennen. Die Katzenmutter Eclipse zum Beispiel trug den Namen einer berühmten englischen Vollblutstute.

Der Nachteil bei dieser Art von Namensgebung für Katzen war allerdings, dass die meisten berühmten Pferde Hengste waren. Bei dem Namen Copperbottom, nach einem berühmten Quarter-Pferd, war es nicht weiter schlimm. Aber der letzte Wurf junger Katzen war von Sir Archie geboren worden!

„Ich habe mich noch für keinen Namen entschieden“, sagte Mrs Red. „Vielleicht sollten wir erst einmal die Namen unserer Standardzüchtungen nehmen. Da wären: Messenger, Hambletown, Dutchman, Yankee, Dan Patch.“

„Ja“, stimmte Carole zu, „das sind schöne Namen. Für das kleine schwarz-weiße Kätzchen passt Dan Patch – oder ist es ein schwarzes und ein weißes? Ich kann es noch nicht feststellen.“ Carole spähte angestrengt auf das gefleckte Bündel. Da beantwortete sich die Frage von selbst. Eine der schwarz-weißen Hälften erwachte und erhob sich. Sie war ganz schwarz, und ihre Augen waren noch geschlossen. Das Kätzchen war so klein, dass es auf Caroles Handfläche Platz gehabt hätte. Es streckte sich und krabbelte unbeholfen über seine Geschwister hinweg in Richtung Schachtelkante. Dort angelangt, stellte es sich auf seine Hinterbeinchen und verkrallte sich mit den Vorderbeinen in die Schachtelkante. So versuchte es sich hochzuziehen, um schließlich über den Rand klettern zu können. Dabei mühte es sich mächtig ab.

„Dieses Schwarze versucht abzuhauen“, sagte Carole und setzte es sanft wieder zu seinen schlafenden Geschwistern.

„Das probiert der kleine Kerl praktisch vom Tag seiner Geburt an. Er ist schlauer, stärker und eigensinniger als die anderen. Er ist der Erste, der an der Mutter trinkt, und er machte sich auch als Erster auf den Weg. Man muss ständig auf ihn aufpassen, weil er überall die Nase vorne hat. Du darfst ihm einen Namen geben, wenn du willst“, bot ihr Mrs Reg an.

Carole sah sich das Kätzchen genauer an. Seine blauen

Augen blickten jetzt neugierig in die kleine Welt um ihn. Da fiel ein Sonnenstrahl auf sein schwarzes Fell, und es glänzte blauschwarz. Carole kannte diese Farbe. Sie wusste, welchen Namen sie diesem Kätzchen geben wollte. Aber sie vermochte ihn noch nicht auszusprechen.

„Ich möchte noch darüber nachdenken," sagte sie zu Mrs Reg. Carole wandte sich wieder dem Lederzeug zu.

„Weißt du, ich habe in diesen Tagen an ein Pferd denken müssen, das ich einmal geritten habe", begann Mrs Reg. Mrs Reg war fast ihr ganzes Leben lang geritten – bis es ihre Arthritis nicht mehr zuließ. Sie kannte Pferde, aber auch Züchter, Pferdehändler, Reiter, einfach jeden, der mit Pferden zu tun hatte. Sie konnte herrliche Geschichten erzählen, denen Carole immer gerne lauschte. Nun ging ihr die Arbeit schnell von der Hand, während sie Mrs Reg aufmerksam zuhörte.

„Sie war eine ganz feine Stute, ein amerikanisches ‚Saddle Horse' mit wunderbaren Schaugängen. Sie hieß Prancer. Bei jedem Schritt hob sie ihre Beine an, sodass es aussah, als schreite sie über Glas. Sie gehörte einem Grundstücksmakler in der Stadt. Er leistete sich den Luxus, seine Interessenten in einem leichten Wagen, der von Prancer gezogen wurde, zu den Anwesen oder Grundstücken zu kutschieren. Auf diese Weise verkaufte er bestimmt viele Häuser, die er sonst vielleicht nicht an den Mann gebracht hätte. War die Nachfrage auf dem Immobilienmarkt schlecht, stand das Pferd bei uns. Max ließ Prancer täglich auf die Koppel, aber das genügte ihr nicht. Sie wollte sich zeigen und gesehen werden. Also ritt ich sie – natürlich mit Mr Marshs Erlaubnis. Es war ein Traum, die Stute zu reiten. Sie jagte über die Felder, schön und stolz wie eine Windsbraut. Wenn ich auf ihr saß, fühlte ich mich über alles erhaben. Du kannst dir vorstellen, wie traurig ich war, wenn es Frühling wurde und Mr Marshs Geschäft wieder in Gang kam. Er brauchte sie jeden Tag, und ich konnte sie nicht mehr reiten. Aber im Winter kam sie wieder, denn in der Kälte konnte Mr Marsh keine Interessenten im offenen Wagen zu den Anwesen fahren. So wurden wir eben ‚Schlechtwetter-Freunde'."

Mrs Reg sprach nicht mehr weiter, und Carole wartete gespannt auf die Fortsetzung. Als Mrs Reg stumm blieb, drängte sie Carole: „Was ist mit der Stute passiert?"

„Ach, eines Tages hat Mr Marsh sie verkauft. Er sagte mir, sie wäre gestolpert, und mit einer lahmenden Stute könne er seine Kunden nicht ausfahren."

„Hat das gestimmt?"

„Nein, ich glaube nicht. Ich denke, sein Geschäft ist nicht mehr so gut gegangen wie früher, und er hat Geld gebraucht."

„Hat es ihnen sehr leidgetan, als Prancer abgeholt wurde?", fragte Carole.

„Mir? Nein, eigentlich nicht. Aber sie war ein herrliches Pferd! Ich werde sie nie vergessen."

„Sie haben mir aber noch nie von ihr erzählt. War sie Ihr Lieblingspferd?", wollte Carole wissen.

„Lieblingspferd?", überlegte Mrs Reg, als müsste sie über die Bedeutung dieses Wortes nachdenken. „Ich glaube nicht, obwohl ich mir ihretwegen ein eigenes Saddle Horse wünschte. Ich habe meinem Mann so lange in den Ohren gelegen, bis er mir eines kaufte. Dieses Pferd hieß Jefferson. Das liebste Pferd, das du dir vorstellen kannst. Morgens wartete er schon auf mich. Mein Mann sagte immer, ich sei verrückt, aber ich behaupte bis auf den heutigen Tag, dass er lächelte, wenn er mich sah. Selbst beim Schmied war er lammfromm. Er reagierte sofort auf jedes Kommando. Ich glaube, ich habe dieses Pferd nicht ein einziges Mal mit der Peitsche auch nur berühren müssen."

„Dann war er doch gewiss traumhaft zu reiten", sagte Carole.

„Eigentlich nicht", entgegnete Mrs Reg. „Er war so darauf bedacht, alles recht zu machen, dass er keinen eigenen Willen und kein Feuer mehr in sich hatte. Aber er war nichts gegen Foxfire."

„Wer war Foxfire?", fragte Carole.

„Foxfire war eine Stute. Sie war ein schönes Pferd, gut zu reiten, auch für Kinder und Jugendliche. Und sie sprang gut. Dann ließen wir sie decken. Wir wollten sehen, ob sie ihr ausgewogenes Temperament vererben würde."

„Und tat sie es?"

„Schwer zu sagen", sagte Mrs Reg, „denn sobald ihr Fohlen geboren war – es war ein hübsches braunes Fohlen mit einem weißen Stern auf der Stirn –, veränderte sich Foxfire völlig. Sie bewachte ihr Fohlen so eifersüchtig, dass sie niemanden auch nur in seine Nähe ließ. Eine echte Furie war aus ihr geworden."

„Was haben Sie gemacht?", fragte Carole.

„Wir haben sie verkauft, alle beide. Irgendein Züchter behauptete, er könnte sie wieder gefügig machen. Er lud sie beide in seinen Transporter, und wir haben nie mehr etwas von ihnen gehört."

Carole schmunzelte. Mrs Regs Geschichten endeten immer unerwartet nüchtern. Die Leute, die sonst Pferdegeschichten zum Besten gaben, erzählten gewöhnlich von einem schwächlichen, unscheinbaren Fohlen, das später bei der National Horse Show laufend Blaue Bänder gewann. Die Wirklichkeit, das wusste Carole inzwischen, war eben nicht so. Mrs Reg erzählte Pferdegeschichten aus dem Alltag. Und sie gab zu, dass Pferde nicht nur gute, sondern auch schlechte Eigenschaften besitzen, ebenso wie ihre Besitzer – mit Ausnahme von Cobalt.

„Aber Mrs Reg“, drängte Carole, „irgendwann mussten Sie doch ein Lieblingspferd gehabt haben, das Sie allen anderen vorzogen.“

„Also, lass mich überlegen“, sagte Mrs Reg.

„Natürlich!“, rief sie endlich. „Natürlich habe ich Prancer gerne geritten, aber dann kam Jesse's Pride, ein wunderbares Pferd! Und wie viel Freude hatte ich an Ru, einem überragenden Springpferd. Sein voller Name war Känguru. Einmal stand ein halbes Dutzend Graue bei uns, nur weil eine schrullige alte Dame ein Pferd suchte, das heller war als ihre grau melierten Haare. Die habe ich alle gemocht. Und danach ...“

„Sie haben also wirklich nie ein Lieblingspferd gehabt?“, fragte Carole wieder, hängte die letzten Steigbügelriemen an einen Haken und legte das noch verbliebene Kleinzeug in die „Kramkiste“. Mrs Reg schüttelte den Kopf.

„Nein, niemals“, sagte sie, und Carole glaubte ihr. Mrs Reg hatte alle Pferde geliebt, die jemals bei ihnen im Stall standen.

Soeben überwand die kleine schwarze Katze den Rand des Kartons. „Fang ihn besser gleich ein!“, sagte Mrs Reg. Das Kätzchen tapste bereits quer durch die Sattelkammer. Es war wohl schon auf der Suche nach einem Abenteuer. Und wirklich, es fand ein Paar Strohhalme und schob sie vor sich her. Carole und Mrs Reg lachten, weil das kleine Kerlchen sich so damit abmühte.

„Der hat Kampfgeist“, sagte Carole.

„Und ob“, stimmte ihr Mrs Reg zu. „Sag es mir, wenn du einen Namen für ihn gefunden hast, okay?“

Das Reservezubehör war wieder an seinem Platz, der Sack leer und zusammengerollt. Carole hatte nichts mehr zu tun auf Pine Hollow. Aber sie scheute sich davor, Mrs Reg zu sagen, dass sie nicht wiederkommen würde.

„Okay“, sagte sie. „Ich gehe jetzt. Tschüss.“

Mrs Reg wünschte ihr eine gute Nacht, und Carole verließ langsam Pine Hollow. Für heute, für eine Woche, für immer?

13

„Weißt du, ich vermisse Carole sehr“, sagte Stevie eine Woche später zu Lisa.

„Ich auch“, stimmte ihr Lisa zu. „Wenn wir uns in der Schule sehen, ist das nicht das Gleiche, als wenn wir zusammen reiten. Sie winkt mir zu, wenn wir uns in der Pausenhalle sehen, und manchmal sitzen wir beim Mittagessen nebeneinander. Aber wir reden nie über Pferde. Kannst du dir das vorstellen? Am Dienstag haben wir sogar eine ganze Mittagspause lang nur über Geschichte geredet. Du solltest sie vielleicht doch wieder einmal anrufen. Sie muss doch endlich zur Vernunft kommen!“

„Hoffentlich“, meinte Stevie nachdenklich. „Ich rufe sie doch ohnehin regelmäßig an, aber es läuft immer auf dasselbe hinaus. Diese Woche habe ich sie schon dreimal angerufen. Sie spricht das Wort ‚Pferd‘ nicht einmal aus. Ich bin trotzdem zuversichtlich, dass sie darüber hinwegkommt. Aber hoffentlich bald!“

„Ich auch. Dann könnte sie uns nämlich gleich bei der Suche nach Max I. behilflich sein.“

„Ich weiß nicht, ob ich noch einen Nachmittag vor diesen staubigen Wälzern durchstehe“, stöhnte Stevie. „Wir sind bis jetzt nicht einmal auf den Namen dieses Mannes gestoßen, obwohl wir Geburts-, Sterbe- und Heiratsregister durchgesehen haben. Sehen wir der Tatsache ins Auge: Der Mann war unsichtbar.“

„Möglicherweise hat er nie existiert“, überlegte Lisa. „Was sagst du dazu?“

„Unmöglich. Wir müssen alle Quellen ausschöpfen, bevor wir so etwas in Betracht ziehen. Abgesehen davon, wenn unser Max Max III. ist, muss es einen Ersten auch gegeben haben. Das ist doch logisch, nicht wahr?“ Lisa musste zugeben, dass Stevie dies richtig sah.

„Okay, gehen wir wieder in die Bücherei. Die Zeitungen haben wir schon durchgeackert. Lass uns heute einmal in das alte Pferderegister schauen. Max war doch zu seiner Zeit so etwas wie ein Star – vielleicht ist er darin verzeichnet.“

„Gut, okay. Aber wer weiß, wie viele Pferderegister es in der Bücherei gibt“, ächzte Stevie.

Willow Creek lag im Herzen des Pferdelandes Virginia. Lange Zeit gehörten Pferde zum täglichen Leben. Stevie wusste, dass es in der Bücherei ein ganzes Regal voll Bücher über die Zucht und Haltung von Pferden sowie Pferdebesitzern gab. Sie seufzte. Zumindest brauchten sie heute nichts mehr über die Kanalisation zu lesen!

„Und nichts mehr von Mrs Rappaport!“, sagte sie laut.

Lisa schmunzelte. „Hör zu“, fuhr Stevie fort, „mir ist gestern Nacht etwas eingefallen. Nachdem dieser Max höchstwahrscheinlich etliche englische Vollblüter besessen hat, könnten wir doch von der ‚Vollblut-Eigner-und-Züchter-Vereinigung‘ eine Auskunft über ihn erhalten. Die haben bestimmt eine weit in die Vergangenheit reichende Liste über diese Pferde und deren Besitzer.“

„He, die Idee ist großartig“, lobte sie Lisa. „Ich habe schon geglaubt, wir haben alle Quellen ausgeschöpft. Aber gratuliere! Du kannst jetzt gleich einen Brief an diese Leute schreiben, während ich mir die Register vornehme.“

Die Mädchen betraten die Bücherei. Ihre neue Freundin, die Bibliothekarin, saß an ihrem Pult, begrüßte sie und bot ihnen sogleich ihre Hilfe an.

„Wollt ihr noch weitere Zeitungen einsehen?“, fragte sie.

„Ihr müsst wissen, um die Jahrhundertwende gab es hier in der Stadt noch eine zweite Zeitung. Ein paar Ausgaben davon haben wir. Wollt ihr sie lesen?“

„Vorläufig nicht, vielen Dank“, sagte Lisa. „Wir wollen zuerst noch etwas anderes nachschlagen. Haben Sie über Pferde, Pferdezucht, Käufer und Verkäufer einen Nachweis?“

„Aber sicher haben wir das“, antwortete die Bibliothekarin. „Wir sind doch ein Pferdeland. Kommt, ich zeige euch die Sammlung.“

Lisa folgte der Frau in den hinteren Teil des Raumes. Stevie setzte sich im großen Lesesaal auf einen Holzstuhl. Briefeschreiben war für sie ein rotes Tuch, besonders an Leute, die sie nicht kannte. Und sollte sie ihr Anliegen schließlich formuliert haben, wusste sie nicht, ob sie die Angesprochenen nicht für verrückt hielten.

Sehr geehrte Herren, schrieb sie, radierte das Komma aus und fügte und Damen hinzu. Sie musste den Brief später ohnehin mit Tinte ins Reine schreiben. Sie biss auf das Ende ihres Bleistiftes und hoffte, dadurch einen Einfall zu haben. In Büchern und Filmen bissen die Leute auch immer auf dem Ende ihres Bleistifts herum. Bei Stevie half das allerdings überhaupt nicht, im Gegenteil, schließlich hatte sie auch noch Radiergummikrümel im Mund. Sie spuckte sie wieder aus und schaute ins Leere. Sie beobachtete dabei einen alten Mann, der den Leseraum betrat. Er grüßte die Bibliothekarin und setzte sich in einen bequemen Lehnstuhl. Die Bibliothekarin brachte ihm eine Zeitung. Es sah so aus, als würde sie das jeden Tag tun. Stevie gefiel diese Zeremonie. Wie lange kam der Mann schon hierher und las seine Zeitung? Verschiedene Leute in der Bücherei begrüßte er wie gute alte Bekannte. Nun holte er seine Brille hervor und setzte sie auf. Der alte Herr schien diese Vorbereitungen zu genießen. Er hatte es gut, er musste schließlich keinen so dämlichen Brief schreiben wie Stevie. Sie kam damit auch überhaupt nicht voran. Bis jetzt standen nur vier Zeilen auf dem Papier:

Wir würden uns freuen, wenn Sie so freundlich wären, uns zu helfen etwas herauszufinden bzw. in Erfahrung zu bringen über jemanden, das heißt über einen Mann.

Es wollte einfach nichts werden. Stevie verwünschte ihre eigene Idee. Wenn Lisa vielleicht bald eines ihrer Bücher zurückbrächte, könnte sie den Brief schreiben, und Stevie könnte in einem Pferderegister unter „Regnery" und „Pine Hollow" nachschlagen. Während Stevie wartete, zeichnete sie Pferde auf ihre Schreibunterlage.

Der alte Mann hatte die erste Seite der Zeitung gelesen, nun blätterte er um und begann mit der zweiten Seite ein wenig langsamer – so erschien es Stevie, als wollte er dieses Nachmittagsritual etwas hinausziehen. Er interessierte Stevie weit mehr als der Brief, den sie schreiben sollte.

Aber auch die übrigen Leute im Lesesaal waren interessanter als ihr kümmerlich beschriebenes Blatt Papier. Vor der Tür der Bücherei stand eine Dame mit einem Stück Pizza in der Hand. Weil sie damit die Bücherei nicht betreten durfte, verspeiste sie ihren Imbiss draußen. Als sie den letzten Bissen in den Mund schieben wollte, rutschte ein größerer Happen aus weichem Käse und Tomate von der Pizza, fiel auf ihre Bluse und von da auf den Gehsteig. Stevie musste die Hand vor den Mund pressen, um dahinter ihr Kichern zu ersticken. Die Dame kaute und schluckte den letzten Bissen und betrat die Bücherei. Noch hatte sie den großen Tomatenfleck auf ihrer Bluse nicht bemerkt. Da sah die Frau auf und bemerkte Stevies Blick. Schnell sah Stevie weg und tat, als interessiere sie eine Person, die hinter ihr saß.

So war es auch! Da saß nämlich Veronica diAngelo an einem der Tische auf der anderen Seite des Bücherregals. Durch die Lücken in den offenen Fächern konnte Stevie beobachten, dass sie in ein Buch, das vor ihr lag, vertieft war. Veronica, die vollkommene kleine Dame, saß rittlings auf dem Stuhl. Jetzt lehnte sie sich etwas nach hinten.

„Schau doch, die haben hier auch jede Menge Pferdebücher!“, rief Lisa und stellte einen Stapel Bücher auf dem Tisch ab.

„Schhhhh!“, zischte Stevie und deutete durch das Regal. Sobald Lisa Veronica entdeckt hatte, setzte sie sich und beobachtete sie ebenfalls.

„Was macht sie nur?“, fragte Lisa. „Hausaufgaben bestimmt nicht. Die macht sicher auch das Personal!“

„Es erstaunt mich, sie überhaupt hier anzutreffen", sagte Stevie. „Ich dachte, wenn sie etwas aus der Bücherei braucht, kauft Daddy diAngelo ihr gleich eine eigene!"

Sie kicherten über ihre Boshaftigkeiten, aber ihre Neugierde war erwacht. Veronicas linker Arm war noch in Gips, und sie trug ihn in einer Schlinge. Sie hatte ihn auf das offene Buch vor sich gelegt, damit es nicht zufallen konnte. In ihrer rechten Hand hielt sie ein langes Lineal.

„Das sieht doch aus, als würde sie reiten!", stellte Lisa fest. Tatsächlich saß Veronica so, als wollte sie anreiten. Das Lineal war scheinbar die Gerte. Und jetzt winkelte Veronica den Oberkörper an und erhob sich etwas vom Stuhl, wobei sich die Stuhlbeine vom Boden lösten.

„Sie macht Springübungen!", flüsterte Stevie. „Schau doch, perfekter Springsitz!" Veronica lehnte sich noch etwas weiter vor, um noch in das Buch schauen zu können. Ihr Gewicht legte sie nun auf die Fußballen. Ihr Rücken blieb gerade, die Knie waren angewinkelt. Jetzt knickte sie mit dem Oberkörper ab und hob gleichzeitig den Kopf.

„Sie simuliert die Phase über dem Sprung und schaut schon auf das nächste Hindernis. Dabei bleibt sie im Gleichgewicht, was für die Landung wichtig ist", kommentierte Stevie.

Langsam und geschmeidig richtete sich Veronica auf,

brachte die hinteren Stuhlbeine wieder auf den Boden und ihren Po in den Stuhl. Dann lehnte sie sich im Stuhl zurück und entspannte sich.

„Toll!“, sagte Stevie. „Auf dem Pferd hat sie es noch nie so gut gemacht.“

„Aber was will sie hier?“, fragte Lisa. „Sie hatte private Springstunden und das beste Pferd im Stall. Warum übt sie dann Springen in der Bücherei?“

„Ich denke, wir haben gerade eine Veronica gesehen, die wir noch nicht kannten“, sagte Stevie. „Veronica hat schon unzählige Reitstunden mitgemacht und ein fabelhaftes Pferd besessen, aber sie hat nie wirklich aufgepasst und deshalb nie etwas gelernt. Sie meinte schon alles zu können, aber da hat sie sich getäuscht. Das weiß sie jetzt. Cobalts Leben war der schreckliche Preis dafür.“

„Du magst Recht haben“, stimmte ihr Lisa zu, „aber so wie ich Veronica kenne, wird sie das niemals zugeben. Selbst wenn wir ihr sagen, dass wir sie hier gesehen haben, würde sie es leugnen. Aber wir sagen nichts. Schau, jetzt übt sie wieder.“

Stevie und Lisa sahen zu, wie Veronica noch mehrere Male die Springphasen übte und sich mit jedem Versuch verbesserte. Endlich schien sie mit sich zufrieden zu sein. Sie stand auf, schloss das Buch und stellte es in das Regal mit Pferdeliteratur zurück, wo auch Lisa ihren ansehnlichen Stapel herausgesucht hatte. Als sich Veronica nun anschickte, die Bücherei zu verlassen, steckten Stevie und Lisa ihre Köpfe tief in die Bücher, um nicht erkannt zu werden. Dann schloss sich die Tür hinter Veronica.

„Das ist erstaunlich“, sagte Stevie. Aber Lisa hörte sie nicht. Sie durchforschte emsig die Bücher.

„Nichts“, sagte sie und legte einen weiteren Band auf den Stoß schon durchgesehener Bücher. „Wie steht's mit deinem Brief?“, fragte sie.

„Ebenso“, sagte Stevie, ohne mit der Wimper zu zucken. Dafür war sie recht zufrieden mit dem Fortschritt ihrer Pferdezeichnung. Für den Brief hatte sie keine Idee mehr. Eine Viertelstunde später gab Lisa auf.

„Hier ist nichts zu finden. Es sei denn, wir bekommen eine Antwort auf deinen Brief, aber ansonsten müssen wir das Unternehmen aufgeben“, erklärte Lisa.

„Auf meinen Brief bekommen wir nie eine Antwort“, gestand Stevie und schob den Entwurf in ihre Tasche. Sie half Lisa, die Bücher zum Rückgabeschalter zu bringen.

„Ihr macht keinen sehr zufriedenen Eindruck“, sagte die Bibliothekarin. „Vielleicht, wenn ihr mir genau sagt, wonach ihr sucht, könnte ich euch weiterhelfen.“

„Das glaube ich nicht“, sagte Stevie, aber Lisa warf ihr einen tadelnden Blick zu.

„Ja, vielleicht doch“, sagte Lisa. „Wenn es Ihnen nicht zu viel Mühe macht.“

„Dafür bin ich doch da“, meinte die Bibliothekarin.

„Nun, wir schreiben ein Referat über Maximilian Regnery, den Gründer von Pine Hollow. Wir wissen nur, dass er den Reitstall Anfang dieses Jahrhunderts eröffnet hat. Mehr konnten wir bis jetzt leider nicht in Erfahrung bringen. Könnten Sie uns wirklich weiterhelfen?"

„Max? Seid ihr hinter dem her?", ließ sich eine raue Männerstimme hinter ihnen vernehmen. Stevie und Lisa wandten sich um. Es war der weißhaarige Herr, der bis jetzt Zeitung gelesen hatte.

„Maximilian Regnery I.", wiederholte Lisa.

„Der alte Max Senior", verbesserte sie der Mann.

„Genau den", sagte Stevie. „Kannten Sie ihn?" Der Mann nickte. „Wirklich?" Sie konnte es nicht glauben.

„Wenn ich es euch sage", erwiderte der Mann.

„Nun, wer war er? Woher ist er gekommen? Wie war er? Woher hat er das Geld für den Stall gehabt? War er ein Abenteurer?" Vor Freude, doch noch etwas zu erfahren, sprudelten die Fragen nur so aus ihr hervor.

„Hat er das große Erdbeben in San Francisco überlebt?", wollte Lisa wissen.

„An diesem Mann war wirklich nichts Besonderes", sagte der alte Mann.

„Das gibt es nicht!", rief Lisa. „Er war an der russischen Revolution beteiligt, nicht wahr?"

„Unsinn", antwortete der Mann. Endlich erfuhren sie etwas, und dann sollte keine Sensationsmeldung dabei sein! Stevie wappnete sich schon für die große Enttäuschung.

„Darf ich Ihnen einen Vorschlag machen, Mr ...?"

„Thompson", antwortete der Mann.

„Mr Thompson, wir möchten gerne in das kleine Café dort drüben gehen und eine Limonade trinken. Hätten Sie Lust, mitzukommen? Wir möchten Sie zu einem Drink einladen, und Sie erzählen uns über Max I., bitte ..."

„Eiscreme wäre mir aber lieber", sagte er mit einem Augenzwinkern.

„Aber gerne", sagte Stevie, obwohl das den Rest ihres Taschengeldes aufzehren würde. Aber wenn sie etwas über Max I. erfahren konnten, war ihr kein Preis zu hoch.

„Abgemacht", sagte er, und sie brachen auf.

Stevie, Lisa und Mr Thompson setzten sich an einen Tisch im rückwärtigen Teil des Cafés. Es sollte sie schließlich nicht gleich jeder Reitschüler von Pine Hollow sehen können. Das alles sollte ein Sattelclub-Geheimnis bleiben. In wenigen Minuten hatten sie ihre Bestellungen aufgegeben, und Mr Thompson begann zu erzählen. Lisa und Stevie saßen still da und hörten erstaunt zu. Der Lebenslauf dieses Mannes war so völlig anders, als sie es erwartet hatten.

Maximilian Regnery war der älteste Sohn irischer Einwanderer, die 1850 nach Amerika kamen. Der Vater von Max war Hufschmied gewesen. Deshalb versuchte sich auch Max in diesem Handwerk, aber mit wenig Erfolg. Er ging zur Schule, doch da kam er nicht voran. Er versuchte es als Verkäufer in einem Textilwarengeschäft, scheiterte aber ebenfalls, weil er nicht sehr gut rechnen konnte. Schließlich nahm er die Stelle eines Pferdepflegers an, und da war man mit ihm zufrieden.

Der Besitzer des Reitstalls war kein anderer als Mr Rappaport. Er wollte Max anspornen und erhöhte seinen Lohn um zehn Cents pro Woche. Old Max hat gespart, was er konnte, auch diese zehn Cents pro Woche und kaufte Pine Hollow nach Rappaports Tod. Max I. hatte sein ganzes Leben in Willow Creek verbracht. Er war nie in einer anderen Stadt gewesen, schon gar nicht in einem anderen Land – also ganz bestimmt nicht in San Francisco während des Erdbebens und auch nicht in Russland vor oder während der Revolution!

„Wie war er dann als Mensch?“, wollte Stevie wissen.

„Ich sagte es euch doch schon: völlig unauffällig. Er war ein guter Reiter, aber man konnte kaum ein Gespräch mit ihm führen. Seine Reitschüler, daran erinnere ich mich, spöttelten oft über ihn, denn er verstand überhaupt keinen Spaß. In seinen Stunden durfte nicht gesprochen werden, ja nicht einmal mit den Pferden sollten die Schüler sprechen. ‚Sie verstehen keine Menschensprache', pflegte er zu brüllen. Ich habe bei ihm reiten gelernt, müsst ihr wissen. Meine Mutter, Gott hab sie selig, lud ihn und seine Frau einmal zu uns zum Essen ein. Sie wollten über meine weitere Reitausbildung mit Max sprechen und mir außerdem Springstunden erteilen lassen. Aber Max weigerte sich. ‚Erst nach einem Jahr', hatte er streng gesagt und ließ sich nicht davon abbringen. Ich musste auch immer schwer arbeiten bei ihm im Stall. Alle seine Reitschüler setzte er für Arbeiten in und um den Stall ein. Sofort nach dem Abendessen verabschiedete er sich. Mein Vater war wütend und verbot meiner Mutter, ihn noch einmal zu uns einzuladen. ‚Das ist mein Haus', erklärte er, ‚und ich will mich darin nie mehr tödlich langweilen!' Meine Mutter lud ihn nicht mehr ein, und ich gab bald darauf auch das Reiten auf."

Das also war Max I. Kein Held von San Francisco oder der russischen Revolution – nur ein ganz unauffälliger, zurückgezogener Mann. Interessant war wohl nur die Tatsache, dass sein Enkel, Max III., noch ganz nach seinen Prinzipien Reitunterricht erteilte – und das 75 Jahre später.

Aber Max III. war nicht unauffällig und langweilte auch niemanden. Seine Schüler verehrten ihn.

„Was machen wir jetzt?", fragte Lisa ihre Freundin, nachdem Mr Thompson das Café verlassen hatte.

„Was sollen wir machen?“, fragte Stevie. „Wie meinst du das?“

„Nun ja, jetzt kennen wir die Geschichte von Max, und sie ist total uninteressant.“

„Wir erzählen sie einfach niemandem“, sagte Stevie. „Aber wir kümmern uns jetzt nicht mehr um die Geschichten der anderen. Wir denken uns selbst welche aus!“ Stevies Augen funkelten. „Max ist von Piraten gekidnappt worden. Sie stahlen ihm alles, was er besaß, und setzten ihn auf einer Südseeinsel aus, wo es keine Einwohner, sondern nur Pferde gab. Als er schließlich von der tasmanischen Marine gerettet wurde, weigerte er sich, die Insel zu verlassen, es sei denn, er durfte ein paar Pferde mitnehmen.“ Diese fantastische Geschichte hatte Stevie nämlich während des Wanderritts geträumt.

„Das ist die Idee!“ Lisa war begeistert. „Jetzt heizen wir die Gerüchteküche erst richtig an.“

Sie tranken ihre Limonade aus und machten sich auf den Heimweg.

14

„Ich gehe jetzt. Möchtest du nicht doch mitkommen?“, fragte Oberst Hanson seine Tochter.

„Nein, wirklich nicht, vielen Dank, Dad. Viel Vergnügen beim Tennisspielen – und mit Mrs Lerner. Sie ist doch deine Partnerin, habe ich Recht?“

„Ja, und sie hat eine ganz gemeine Rückhand!“, entgegnete ihr Vater. „Letzte Woche jedenfalls schlugen wir die Morrisons mühelos. Tennis ist ein toller Sport. Möchtest du nicht ein paar Trainingsstunden nehmen?“

„Nein, aber trotzdem vielen Dank“, sagte Carole. Sie wusste, ihr Vater wollte ihr helfen. Es war Samstag – an diesem Tag ging sie sonst immer reiten. Während der letzten Wochen hatte sich ihr Vater viel Mühe gegeben, sie gerade am Samstag auf andere Gedanken zu bringen, aber Carole war immer zu Hause geblieben.

„Ich muss ein Referat über die ägyptischen Pyramiden halten. Das werde ich heute machen.“

„Nach dem Spiel gehen Barbara und ich mit den Morrisons noch essen.“ Carole spitzte die Ohren.

„Du hast also eine Verabredung?“, fragte sie.

„Nun ja, ich weiß nicht, ob ich es eine Verabredung nennen kann. Es ist mehr ein, na ja, vielleicht doch eine Verabredung.“ Carole schmunzelte.

„Ist doch okay, Dad. Du sollst endlich wieder einmal etwas unternehmen – und wenn es sein muss, mit Mrs Lerner. Aber gib acht, dass sie ihre gemeine Rückhand nicht bei dir anwendet!“

„Danke für die Warnung“, sagte Oberst Hanson und gab seiner Tochter einen Kuss. „Es wird nicht spät. Im Kühlschrank ist noch eine Pizza, und heute Abend um zehn gibt es im Fernsehen einen Western mit John Wayne. Diesmal mache ich das Popcorn! Also abgemacht?“, fragte er listig.

„Nun ja, ich weiß nicht“, neckte Carole ihren Vater. „Ich weiß nicht, ob ich es wirklich eine Verabredung nennen soll ...“

„Okay, dann machst du das Popcorn. Bis später, du Schlitzohr.“

„Okay, abgemacht“, grinste Carole. Sie und ihr Vater sahen sich gerne alte Filme an. Sie freute sich schon auf den gemeinsamen Abend.

Vorläufig aber war Carole froh, dass sich ihr Vater mit Mrs Lerner traf. Er hatte in der letzten Zeit oft über sie gesprochen. Carole war deshalb nicht überrascht, dass er sie heute zum Abendessen einlud. Ihr Vater war also versorgt. Aber was sollte sie tun? Die Pyramiden interessierten sie heute überhaupt nicht. Sie sehnte sich nach Cobalt. Noch einmal wollte sie dieses prächtige Pferd unter sich spüren, mit ihm über die Felder galoppieren und über ein Hindernis setzen. Carole schlug die Hände vor das Gesicht und schüttelte den Kopf. Aber Cobalts Bild ließ sich nicht auslöschen. Dann, ohne weiter zu überlegen, stand Carole auf, ging in ihr Zimmer und zog sich um. Sie nahm ihre Beuteltasche und den Hausschlüssel, verließ das Haus und schloss hinter sich ab.

Rasch ging sie zur Bushaltestelle, und bald darauf kam auch schon der Bus. Sie warf das Fahrgeld in den Automaten und setzte sich in den hinteren Teil. Sie musste sechs Haltestellen fahren. Wie genau sie jede kannte! Beim Einkaufszentrum stieg sie aus, ging über den Parkplatz, dann die nächste Straße hinunter und über das Feld nach Pine Hollow.

Es war noch früh am Nachmittag. Etliche Reiter waren auf der Anlage, aber ihre Stunde begann erst viel später.

Carole wusste, wie sie ungesehen in den Stall gelangen konnte. Sie war nicht in der Stimmung zu reden und Fragen zu beantworten. Durch die Seitentür betrat sie den Stall. Mrs Reg saß in ihrem Büro neben der Sattelkammer, sah aber nicht auf, als Carole an der offenen Tür vorüberging. Patch und Pepper waren nicht in ihren Boxen – vielleicht in einer Stunde oder im Gelände, dachte Carole.

Und dann stand sie vor der dritten, leeren Box. Es war Cobalts Box. Sie war sorgfältig gereinigt und frisch mit Stroh eingestreut. Der Futtertrog und die Wassereimer waren ausgespült und zum Trocknen umgelegt worden.

Carole schob die Tür zurück und ging hinein. Sie atmete tief den geliebten Stallgeruch ein. Einen Moment lang hoffte sie, wenn sie die Augen schloss und wieder öffnete, würde Cobalt vielleicht vor ihr stehen. Fest presste sie die Augen zu, um das Sonnenlicht, das durch das Fenster strömte, auszusperren. Aber als sie die Augen wieder öffnete, war Cobalt nicht da. Zum ersten Mal wurde ihr wirklich bewusst, dass Cobalt nie mehr zurückkommen würde. Kein noch so inniges Wünschen konnte diese Tatsache ändern.

Sie lehnte sich gegen die Boxenwand und ließ sich hinuntergleiten, bis sie im frischen Stroh saß. Dann, zum ersten Mal, seit Cobalt tot war, weinte Carole. Sie kauerte allein in seiner leeren Box, die Tränen flossen über ihre Wangen, und der Schmerz über den Verlust erdrückte sie schier. Als die Tränen versiegt waren, sank sie erschöpft ins Stroh und schlief ein.

Carole wusste nicht, wie lange sie geschlafen hatte. Als sie erwachte, schien die Sonne nicht mehr durchs Boxenfenster. Also musste es Nachmittag sein, aber sie wusste nicht, wie spät am Nachmittag. Einen Augenblick überlegte sie, wodurch sie aufgewacht war, bis sie die Stimmen wieder hörte.

„Nein, Papa, nein!“, jammerte eine weinerliche Mädchenstimme.

Veronica! Carole wollte jetzt um nichts in der Welt Cobalts Box verlassen. Gerade von Veronica und ihren Leuten wollte sie nicht gesehen werden. Sie kroch von der Seitenwand zur Stirnseite der Box und kauerte sich dort direkt neben die Schiebetür. So konnte sie von Vorübergehenden nicht entdeckt werden. Aber sie konnte hören, was draußen gesprochen wurde.

„Du bist ungeschickt, Ronnie“, sagte eine Männerstimme. Das konnte nur Mr diAngelo sein. Und er nannte sie „Ronnie“! So durfte bestimmt nur ihr Vater sie rufen!

„Nein, Papa, ich möchte das nicht!“

Hatten sich Stevie und Lisa getäuscht? Gab Veronica das Reiten auch auf? Ging das Gespräch mit ihrem Vater nun darum?

„Delilah ist ein gutes Pferd!“, sagte Mr diAngelo. „Ist sie nicht die Stute, die von diesem Mädchen … wie heißt sie, Carole, immer geritten wird?“

„Ja, Papa. Carole hat Delilah immer geritten. Allerdings kommt sie nicht mehr."

„Wenn Carole, wie du mir sagtest, die beste Reiterin in der Gruppe war, dann hat ihr Max wohl auch das beste Pferd im Stall gegeben. Und, Liebling, die Stute würde so gut zu dir passen – mit dieser wunderbaren cremefarbenen Mähne und dem goldenen Fell ..."

„Darum geht es nicht, Papa."

„Wenn dir Delilah nicht liegt, dann soll dir mein Agent nächsten Monat auf der Auktion einen anderen Vollblüter ersteigern. Wir haben von der Versicherung genügend für Cobalt ausgezahlt bekommen. Ich kann dir wieder das beste Pferd im Stall kaufen. Möchtest du eines, das wie Cobalt aussieht?"

„Es kommt nicht darauf an, wie ein Pferd aussieht", sagte Veronica, als hätte sie Caroles Gedanken gelesen. „Wie das Pferd geht, darauf kommt es an. Noch wichtiger allerdings ist, wie gut der Reiter ist."

„Was hast du gesagt, Veronica?", fragte er seine Tochter. Es trat eine lange Stille ein. Carole hielt den Atem an, während sie auf Veronicas Antwort wartete.

„Es war meine Schuld, Papa", sagte sie schließlich. „Ich war leichtsinnig."

„Unsinn!", widersprach ihr Vater. „Du hast doch selbst gesagt, Max Regnery war schuld. Er hatte das Hindernis falsch aufgebaut."

„Das stimmt nicht", sagte Veronica. „Der Sprung war nicht leicht, aber Max hatte uns erklärt, wie er anzureiten war. Aber ich habe nicht einmal zugehört. Und dann bin ich einfach losgeritten. Cobalt hätte verweigern müssen, aber er sprang immer. Und das kostete ihn das Leben."

„Mach dir jetzt keine Sorgen, mein Lämmchen", tröstete Mr diAngelo seine Tochter. „Wir haben ja unser Geld von der Versicherung wiederbekommen."

„Geld hat damit nichts zu tun, Papa! Cobalt ist tot, und ich will kein anderes Pferd mehr. Erst wenn ich gelernt habe, es richtig zu reiten und zu betreuen!"

So lange Carole Veronica kannte, hatte sie nie einen Fehler eingestanden. Was sie jetzt gesagt hatte, war richtig. Sie war keine besonders gute Reiterin. Sie war Cobalt nicht gewachsen gewesen. Sie hat nie auf Max gehört. Das hatte zu dem Unfall geführt. Carole schüttelte den Kopf. Sie konnte es nicht fassen. Hatte Veronica ihre Lektion gelernt und sich verändert? Versuchte sie jetzt sogar – allerdings ohne Erfolg – auch ihren Vater zur Vernunft zu bringen?

„Du brauchst doch dein Pferd nicht zu versorgen, Ronnie", sagte ihr Vater, der seine Tochter völlig missverstand. „Dafür hat doch Max genug Pferdepfleger. Sie versorgen dein Pferd schon."

„Aber sie können es nicht für mich reiten, zumindest

nicht immer“, sagte sie. „Danke, dass du mir wieder ein Pferd kaufen willst, aber ich werde so lange Schulpferde reiten, bis ich besser bin. Ich werde mir erst wieder ein eigenes Pferd wünschen, wenn ich es auch wirklich reiten kann.“

„Schau doch, ich kann mir vorstellen, wie gut dieses Pferd zu dir passen würde, Ronnie“, fing Mr diAngelo wieder an.

„Papa!“, ermahnte ihn Veronica.

Carole verharrte regungslos in Cobalts leerer Box.

15

„Ich kann es“, sagte Carole in die leere Box hinein, sobald sich Veronicas Schritte entfernt hatten. „Und mehr noch, ich will es!“

Ihre Pferdeliebe hatte gesiegt. So lange sie denken konnte, spielten Pferde eine wichtige Rolle in ihrem Leben. Ihr Vater musste als Marineoberst mit seiner Familie bis vor zwei Jahren immer von einer Militärbasis zur anderen ziehen. Oder sie lebte mit ihrer Mutter allein, während ihr Vater irgendwo Dienst tat, wo die Familie nicht sein konnte. Ihre Mutter hatte manchmal scherzhaft gesagt, sie würden sich am besten in einem Möbelwagen häuslich einrichten. Carole hatte dieses Nomadenleben sogar gefallen, weil es an jedem Wohnort Pferde gab und sie immer hatte reiten dürfen.

Ihre ersten Reitstunden hatte sie in den Ställen auf den Militärbasen erhalten. Gab es dort keinen Stall, suchten ihre Eltern immer einen möglichst nahe gelegenen Reitstall. Schließlich fand sie heraus, dass sie durch Reitstunden in Privatställen immer sehr schnell neue Freundinnen gewann. Pine Hollow aber war bis jetzt der beste Stall. Max hatte immer gute Pferde und war ein strenger, aber guter Lehrer. Max, sein Vater und sein Großvater hatten schon manchen Spitzenreiter – ja sogar Olympia-Reiter ausgebildet.

So lange sie denken konnte, war es Caroles Wunsch gewesen, selbst Pferde zu besitzen, zu züchten und auszubilden. Und trotzdem hätte sie beinahe alles wegen Cobalt aufgegeben.

Nun aber wusste sie, dass sie dabeibleiben musste. Nur, wie würde Max reagieren? Konnte er, der von seinen Schülern absolute Hingabe zum Reitsport verlangte, sie wieder aufnehmen, nachdem sie einfach dem Unterricht ferngeblieben war?

„Ich muss mich stellen", sagte sie laut zu sich selbst. Sie stand auf und klopfte sich das Stroh von der Bluse. Als sie an sich heruntersah, bemerkte sie erst, dass sie Reithose und Reitstiefel trug. Sie hatte also schon gewusst, dass sie wieder reiten würde, als sie sich entschloss, nach Pine Hollow zu fahren! Wie unter Hypnose hatte sie wohl ihre Reitkleidung angezogen! Sie klopfte das Stroh auch von ihrer Hose und spähte über die Boxentür.

Bevor sie nicht mit Max gesprochen hatte, wollte sie mit niemandem sprechen und keine Fragen beantworten. Zum Glück war niemand in der Stallgasse.

Carole verließ die Box und rannte in die Richtung von Max' Büro. Zuvor aber musste es ihr gelingen, an Mrs Regs Büro neben der Sattelkammer vorbeizukommen.

Mrs Reg war zwar da, sah sie aber nicht vorbeihuschen. Sie war in der Sattelkammer und zu sehr damit beschäftigt, eine kleine schwarze Katze einzufangen und wieder in die Schachtel zu befördern.

„Du bleibst jetzt da drinnen, du kleiner Ausreißer! Wie hast du es überhaupt geschafft, hier heraufzuklettern?", schimpfte Mrs Reg. Sie stand auf einem Stuhl und streckte die Hand nach ihm aus. Aber der kleine Kerl turnte am untersten Dachbalken entlang, der gerade außer Mrs Regs Reichweite war.

„Ich helfe Ihnen, Mrs Reg", sagte Carole und kam in die Sattelkammer. „Sie sollten besser nicht auf einen Stuhl steigen", fügte sie hinzu.

„Du hast Recht, aber ich muss doch diesen Burschen wieder zu seinen Geschwistern zurückbringen. Erinnerst du dich an ihn? Er ist der kleine Teufel, mit dem du schon gespielt hast. Jetzt ist er schon nicht mehr zu bändigen!"

„Bitte, Mrs Reg, bleiben Sie so auf dem Stuhl stehen. Ich scheuche jetzt den kleinen Teufel zu Ihnen herüber, sodass Sie ihn greifen können."

„Er ist wirklich ein Teufel, dieser kleine Schwarze", klagte Mrs Reg. Die unerwartete Anwesenheit von Carole schien sie nicht zu verwundern. „Er tut garantiert nicht das, was du von ihm erwartest.“

Carole schob eine Werkzeugkiste unter den Balken und stieg darauf. Das Kätzchen saß hilflos zwischen Carole und Mrs Reg. Es hatte sich doch zu weit hinaufgewagt.

„Komm her, Kätzchen“, lockte es Mrs Reg.

„Geh schon!“ Carole versuchte mit Handbewegungen, den schwarzen Fellball Mrs Reg zuzutreiben, was bewirkte, dass sich das Kätzchen in die entgegengesetzte Richtung wandte und Carole entgegentappte. Sein kleiner Schwanz bewegte sich dabei hin und her.

„Sie kennen ihn aber schon gut“, sagte Carole. „Er macht genau das Gegenteil von dem, was jede andere Katze tun würde.“

„... und das vom Tag seiner Geburt an“, fügte Mrs Reg hinzu.

„Geh weg, Kätzchen!“, rief ihm Carole jetzt zu und blickte ihm direkt in seine himmelblauen Augen. „Geh weg von mir!“

Sie hörte sein Schnurren, ein Motor auf vollen Touren. Die kleine Katze sprang vom Balken auf Caroles Schulter. Carole stieg nun vorsichtig von der Kiste herunter, wobei sie sorgsam die Hand um das Kätzchen legte, damit es nicht abstürzte. Danach half sie Mrs Reg vom Stuhl.

„Hast du schon einen Namen für den kleinen Teufel

gefunden?“, fragte Mrs Reg und knüpfte damit ganz selbstverständlich an ihr Gespräch von vor etlichen Wochen an.

„Ja, ich glaube schon“, sagte Carole. Sie setzte sich auf die Werkzeugkiste und nahm das Kätzchen auf ihren Schoß. Innerhalb von Sekunden stellte es sein Schnurren ein. Es rollte sich zusammen und schlief sofort ein.

„Er heißt Schneeball“, verkündete Carole.

„Perfekt!“, lachte Mrs Reg. „Ein Name, so gegensätzlich wie er selbst. Der passt zu ihm! Aber du stellst uns vor ein Problem.“

„Welches?“, fragte Carole und streichelte Schneeball.

„Unsere Katzen werden doch immer nach Pferden benannt. Ich kenne keinen ‚Schneeball‘.“

„Können Sie denn keine Ausnahme machen?“

„Das glaube ich nicht“, sagte Mrs Reg. „Aber wir können den Brauch umgehen. Wenn er keine Stallkatze bleibt, braucht er auch keinen Stallnamen. Warum nimmst du ihn nicht mit nach Hause? In zwei Wochen kann man ihn von der Mutter trennen und ihm ein neues Zuhause geben. Frag doch einmal deinen Vater, wenn du diesen Teufel überhaupt möchtest!“

„Okay“, sagte Carole, „ich hätte ihn schon gerne.“

Jetzt erinnerte sich Carole, dass sie damals vorgehabt hatte, die Katze „Cobalt“ zu nennen. Das wäre falsch gewesen. Cobalt war ein großartiges Pferd, aber die Katze hatte Anspruch auf einen eigenen Namen. Carole warf einen Blick auf die Uhr in der Sattelkammer. Nur noch 15 Minuten bis zum Beginn der Reitstunde!

„Ich muss zu Max!“, sagte sie. „Tschüss!“

Sie rannte schnell aus der Sattelkammer und die Stallgasse hinunter. Vor der Bürotür mäßigte sie ihr Tempo und ging die letzten Schritte sogar langsam, um nicht pustend und schnaubend vor ihm zu stehen.

„Kann ich dich sprechen, Max?“, fragte sie höflich.

„Natürlich, Carole, komm doch herein“, sagte er und lächelte freundlich.

„Max, ich möchte fragen – ob ich wieder mitreiten darf, in meiner Gruppe?“

Max antwortete nicht sofort. War er ihr böse? Hatte er einer anderen Schülerin ihren Platz gegeben? Würde sie sich einen anderen Stall suchen müssen?

„Carole“, begann er, „ich weiß, was du durchgemacht hast. Ich weiß, wie sehr Cobalt dir am Herzen lag, und ich weiß, wie sehr du ihn vermisst – das tun wir übrigens alle. Ich bin froh, dich hier wieder zu sehen. Aber die Stunde beginnt in 15 ...“, ein Blick auf seine Uhr, „... 13 Minuten. Kannst du in der Zeit satteln und zäumen?“

„Und ob ich das kann!“, sagte sie aufatmend. „Ich hole gleich Delilahs Sattel und Zaumzeug.“

„Nicht Delilah“, sagte Max. Carole schluckte. Wenn

sie Delilah nicht reiten konnte, hatte Mr diAngelo das Pferd doch gekauft! Arme Delilah!

„Du musstest es wohl tun“ sagte Carole traurig. Sie sah ein, dass ein Stallbesitzer sich mit seinen Kunden arrangieren musste. Noch dazu gehörte Mr diAngelo die Bank, bei der Max eine Hypothek aufgenommen hatte. Mr diAngelo konnte Max also jederzeit …

„Was musste ich tun?“, wollte Max jetzt wissen.

„Sie verkaufen“, sagte Carole. Ich habe gehört, Mr diAngelo wollte das Pferd für Veronica kaufen. Ich kann verstehen, dass du nicht ablehnen konntest.“ Carole bemühte sich, sachlich zu denken.

„Das kann ich durchaus, wenn ich eines meiner Pferde nicht verkaufen will“, war die überraschende Antwort. „Abgesehen davon könnte ich sie zurzeit gar nicht verkaufen.“

„Ist sie krank?“, fragte Carole und erinnerte sich, wie seltsam sich Delilah schon während des Wanderritts benommen hatte – wechselhafte Stimmungen und unberechenbarer Appetit.

„Nicht eigentlich“, antwortete Max ausweichend.

„Was ist dann mit ihr?“, wollte Carole wissen.

„Sie ist trächtig, Carole. In ein paar Monaten kommt das Fohlen zur Welt. Bis dahin hat sie Urlaub und darf auf die Weide. Niemand reitet sie, und niemand wird sie kaufen.“

Ein Fohlen für Pine Hollow! Ein Palomino-Fohlen – wie Delilah! Was für eine Überraschung!

„Dann war sie auf dem Wanderritt doch nicht krank."

„Bestimmt nicht, sie hatte sich eben nur auf ihre Mutterschaft vorbereitet. Kurz vor der Geburt benehmen sich die Stuten dann meist wieder ziemlich seltsam. Es geht ihr ausgezeichnet, auch dem Fohlen, soweit man das sagen kann. Der Tierarzt meint, es wird zum Ende des Sommers geboren werden. Deshalb darf sie sich jetzt schonen."

„Ist das schön!" Carole war ganz benommen. Sie vergaß sogar die Reitstunde.

„Carole", sagte Max freundlich. Sie sah auf.

„Ich warte auf eine Frage, die du mir nicht gestellt hast."

„Was für eine Frage?"

„Willst du denn nicht wissen, wer der Vater von Delilahs Fohlen ist?"

„Ach so", Carole brauchte nicht mehr zu fragen. Es gab auf Pine Hollow nur einen Hengst, der Delilah gedeckt haben konnte. „Cobalt?" Max lächelte und nickte.

„Siehst du, er wird also weiterleben. So kann man es doch sehen." Carole konnte nicht sprechen. Die Nachricht überwältigte sie. Im nächsten Moment war Max wieder der nüchterne Stallbesitzer.

„Eine trächtige Stute macht viel Arbeit, Carole", sagte

er. „Wir dürfen Delilah von jetzt an kaum aus den Augen lassen. Wir wünschen uns doch ein gesundes Fohlen. Und wenn es erst auf der Welt ist, gibt es noch mehr zu tun. Es muss gefüttert, gepflegt und später ausgebildet werden.“ Er sah Carole an. „Du hilfst uns doch?“

„Gerne!“, sagte sie überglücklich. Ein Traum ging in Erfüllung.

„Gut, wenn du später helfen willst, das junge Pferd auszubilden, musst du noch besser reiten. Was sitzt du dann hier herum? Warum sattelst du nicht schon längst dein Pferd? Du reitest von jetzt an Diablo, verstanden?“

„Ja, Sir!“, sagte sie, stand auf und salutierte wie ein Soldat. Das hatte sie von ihrem Vater gelernt. Dann schwebte sie wie auf Wolken hinaus in den Stall. Sie musste sich beeilen, denn in wenigen Minuten begann die Stunde.

16

„Hallo, Carole!“, rief Betsy. Aber Carole wollte nur schnellstens zu Diablos Box. „Hast du es auch schon gehört?“

„Was?“, fragte Carole überrascht. War es möglich, dass Max die Neuigkeit über Delilah schon ausgeplaudert hatte? Das konnte aber nicht sein, sonst hätten Lisa oder Stevie sie schon längst angerufen.

„Max I. wurde von Piraten gekidnappt!“

„Bitte nicht jetzt“, stöhnte Carole und bahnte sich ihren Weg zu Diablo.

„Es ist aber wahr, glaube ich jedenfalls“, sagte Betsy.

Carole hatte keine Zeit mehr, zuzuhören. Sie ging in Diablos Box und begann ihn zu satteln und zu zäumen.

„Max I. war ein Pferdedieb“, rief eine Stimme von der nächsten Box zu ihr herüber. Es war Meg Durham: „Seine Bande beschaffte im Westen Pferde, die sie ...“

„Meg! Ich möchte in die Reitstunde und habe mein Pferd noch nicht aufgesattelt. Bitte erzähle mir das alles doch nach der Stunde.“

„Natürlich, Carole", sagte Meg. „Schön, dich wieder einmal zu sehen."

Bis Carole Diablo aufgezäumt hatte und ihn in die Bahn führte, hatten ihr noch zwei andere Reitschülerinnen zwei neue Geschichten über Max I. erzählt. Carole hatte noch nie derart haarsträubende Schauermärchen gehört. Aber jede Erzählerin behauptete, ihre Geschichte sei wahr.

„Carole! Du bist wieder da!!", kreischte Stevie. Sie war gerade auf Comanche gestiegen und ging mit ihm noch am langen Zügel. Lisa kam auf Pepper herangeritten.

„Ach, Carole, ich wusste, dass du zurückkommst. Ich freue mich so! Wir haben dich sehr vermisst!"

„Wirklich?" Carole strich mit der rechten Hand über das Glücksbringer-Hufeisen und stieg dann auf Diablo. „Und mir kommt es vor, als sei ich gerade noch rechtzeitig gekommen, bevor der ganze Stall verrückt spielt. Was soll der Humbug über Max I.?"

Lisa und Stevie schauten sich an, dann hielt jede von ihnen die Hand vor den Mund. Carole blieb es nicht verborgen, dass sie dahinter ihr Kichern versteckten.

„Wollt ihr mir jetzt auch noch erzählen, dass Max I. der erste Mensch war, der um die Jahrhundertwende mit einem Pferd den Südpol erobert hat? Er hatte selbst eine kleine Expedition ausgerüstet, die damals nur leider von der Presse nicht besonders beachtet wurde."

„Das ist wieder eine tolle Geschichte!“, rief Stevie.

„Was ist eigentlich los hier?“, wunderte sich Carole. Bevor jedoch Lisa oder Stevie antworten konnten, betrat Max die Bahn. „Die Stunde beginnt!“, sagte er streng. Von jetzt an durfte sich niemand mehr unterhalten.

„Nach der Stunde Sattelclub-Treffen in der Eisdiele?“, flüsterte Stevie noch. Carole nickte. Ihre Freundinnen würden Augen machen, wenn sie ihre Neuigkeit auspackte!

„Ihr habt also in der Bücherei einen alten Mann aufgetrieben, der den alten Max tatsächlich gekannt hat?“ Carole war aufrichtig erstaunt. Die drei Mädchen saßen um ihren Lieblingstisch in der kleinen Eisdiele im Einkaufszentrum. Jede von ihnen verzehrte genüsslich einen Eisbecher, den ersten, den Stevie sich leisten konnte, nachdem sie Mr Thompson eingeladen hatte.

„Oh ja!“, stöhnte Stevie, „Max passte also in keine unserer Geschichten! Er war zwar ein guter Reiter und ein strenger Lehrer – wie unser Max –, aber ansonsten war er der langweiligste Bursche von der Welt. Nie hat er Willow Creek verlassen. Nie hat er etwas Besonderes oder gar Aufregendes vollbracht.“

„Warum erzählt mir dann jeder über Piraten, Pferdediebstahl und was sonst noch?"

„Wir erzählen den Leuten, dass wir recherchiert haben, was ja stimmt, und dass wir dieses und jenes herausgefunden haben. Jedem erzählen wir dann eine andere Geschichte – unter dem Siegel der Verschwiegenheit, versteht sich!"

„So etwas kann doch nur Stevie eingefallen sein", lachte Carole. „Du bist doch eine alte Märchentante!"

„Es ist aber hauptsächlich Lisas Verdienst", räumte Stevie ein. „Sie wusste, wo man suchen musste. Aber wenn du etwas über eine gewisse Mrs Rappaport oder die Kanalisation unserer Stadt wissen möchtest, dann wende dich vertrauensvoll an mich!"

„Ganz bestimmt", versicherte ihr Carole. „Was ich aber wirklich wissen möchte: Was macht Veronica?" Carole erzählte ihnen von der Unterhaltung zwischen Veronica und ihrem Vater, die sie mitgehört hatte.

Stevie und Lisa konnten ihrerseits über Veronicas „Trockenspringstunde" in der Bücherei berichten, die sie hatten beobachten dürfen.

„Also ändert sie sich doch?", fragte Carole.

„Ich denke schon", sagte Lisa feierlich. „Als Cobalt verunglückte, kam ihr vielleicht doch die Erkenntnis, dass sie nicht unschuldig daran war. Ihr müsst das anerkennen!"

„Das tue ich auch“, erklärte Stevie. „Trotzdem mag ich sie nicht. Sie ist und bleibt ein Biest.“ Die drei Sattelclub-Mitglieder lachten.

„Jetzt erzähle ich euch aber meine Neuigkeiten!“ Stevie und Lisa lauschten andächtig, während ihnen Carole von Schneeball und Delilah berichtete.

„Ich kann es nicht erwarten, bis das Fohlen zur Welt kommt!“, rief Stevie. „Es gibt nichts Lieberes als ein junges Pferd! Was meinst du, wird es schwarz sein wie Cobalt oder ein hübscher Palomino wie Delilah?“

Sie unterhielten sich lebhaft über das Fohlen und löffelten dabei ihr Eis. Dann wollte Lisa wissen:

„Was hat dich wieder zurückkommen lassen?“

„Es gibt wohl verschiedene Gründe“, überlegte Carole. „Du hast Recht gehabt, als du mir sagtest, ich hätte plötzlich eine Scheu vor Pferden. Wäre ich gleich wieder geritten, hätte ich ständig Angst gehabt, jedem anderen Pferd müsste das Gleiche zustoßen wie Cobalt. Aber dann konnte ich mich davon überzeugen, dass Veronica trotz ihrer Schuld, die sie eingestand, es auch wieder versuchte. Und was ich beim Tod meiner Mutter gelernt habe: Es ist schrecklich, wenn man jemanden verliert, den man geliebt hat, es ist aber noch schlimmer, wenn man dann gar niemanden mehr hat, den man gernhaben kann.“ Stevie und Lisa schwiegen. „Und noch etwas wurde mir plötzlich klar“, fuhr Carole fort. „Sosehr ich

Cobalt gemocht habe, er war nicht mein Pferd. Er gehörte Veronica."

„Aber du hast ihn fast öfter geritten als Veronica", meinte Lisa.

„Schon, aber der entscheidende Gedanke kam von Mrs Reg. Sie erklärte ihn mir in wenigen Worten: Es gibt so viele Pferde, gute und schlechtere, manche sind eine Mischung aus Gut und Böse. Und ich möchte sie alle reiten!"

„Oho", sagte Stevie. „Das nenne ich einen Entschluss! Carole wird jetzt jedes Pferd reiten! Aber was sagen die Pferde dazu? Werden sie sich darüber freuen oder werden sie scheuen?"

Die drei Mädchen lachten herzlich und waren sehr zufrieden. Der Sattelclub war wieder komplett.

Bonnie Bryant ist Autorin vieler Jugendbücher und hat unter ihrem Ehenamen B. B. Hiller auch Romane zu Kultfilmen wie „Liebling, jetzt haben wir ein Riesenbaby" verfasst.

Die erste Folge des Sattelclubs entstand 1986. Die Amateurreiterin vertiefte ihre Kenntnisse über Pferde zeitgleich mit ihren Heldinnen Stevie, Carole und Lisa. Wobei die drei Mädchen, wie die Autorin betont, die weitaus besseren Reiterinnen sind.

Bonnie Bryant ist in New York geboren und aufgewachsen. Noch heute lebt sie zusammen mit ihren zwei Söhnen in Greenwich Village.

Leseprobe aus dem
Ravensburger Taschenbuch 54929 von Bonnie Bryant
„Ein Pferd für Carole“ und „Die Neue“

„Es sieht so aus, als würde ich tatsächlich Fortschritte machen“, sagte Lisa Atwood zu ihren beiden besten Freundinnen und lachte. „Jetzt bekomme ich von Max nur noch vier Anweisungen gleichzeitig – in meinen ersten Reitstunden waren es immerhin acht!“

Carole Hanson und Stevie Lake gaben Lisa Recht. Max Regnery, Reitlehrer und Besitzer des Stalls Pine Hollow, hatte seine Eigenheiten. Die Mädchen hatten gelernt, dass ein guter Reiter auf viele Einzelheiten achten musste!

Die Mädchen hatten es sich in Stevies Zimmer gemütlich gemacht und sprachen wieder einmal über ihr Lieblingsthema: Pferde. Die drei Freundinnen hatten vor kurzer Zeit den Sattelclub gegründet, und ihr heutiges Treffen war eine „Versammlung“. Dem Club konnte nur angehören, wer zwei Bedingungen erfüllte: Er musste ein Pferdenarr sein und bereit sein, jederzeit für den anderen da zu sein, wenn er Hilfe brauchte. Im Augenblick gab es weder Probleme noch besondere Aktivitäten, also konnten sich die Mädchen entspannt über Pferde und die Reiterei unterhalten.

Lisa saß im Schneidersitz auf Stevies Bett. Während sie sich mit ihren Freundinnen unterhielt, drehte sie eine Strähne ihrer langen, hellbraunen Haare um einen Finger. Sie war klein und feingliedrig und sah jünger aus als dreizehn. Durch ihre Kleidung – ein Faltenrock und eine Biesenbluse –, die ganz nach dem Geschmack ihrer Mutter ausgesucht wurde, sah sie aus wie ein braves kleines Mädchen. Manchmal träumte Lisa davon, sich eine Punkfrisur schneiden zu lassen und ausgeflippte Kleider aus dem Secondhandladen zu kaufen. Aber sie war nicht aufmüpfig genug, um sich gegen ihre Mutter durchzusetzen.

Obwohl ein Jahr älter als ihre Freundinnen, war Lisa die unerfahrenste Reiterin in der Gruppe. Sie hatte erst vor Kurzem mit dem Reitunterricht begonnen, und das auch nur, weil ihre Mutter der Ansicht war, dass ein Mädchen aus guter Familie reiten sollte. Dann aber war Lisa völlig unerwartet zur Pferdenärrin geworden und hatte nicht nur ihre Mutter, sondern sich selbst und sogar Max damit überrascht, wie gut und schnell sie reiten lernte.

„Welches sind denn die vier Anweisungen, die du noch zu befolgen hast?“, fragte Stevie augenzwinkernd.

Stevie lag auf dem Teppich und stemmte die Beine

gegen ihr Bett. Ihre dunkelblonden Haare ergossen sich höchst wirkungsvoll über den Boden. Aus ihren dunkelbraunen Augen sprühte der Übermut. Sie wohnte mit ihren Eltern und ihren drei Brüdern, dem achtjährigen Michael, ihrem Zwillingsbruder Alex und dem vierzehnjährigen Tim in einem geräumigen Haus. Im Gegensatz zu Lisas immer gepflegtem Äußeren war Stevie stets salopp gekleidet. Sie ritt immer in Jeans und abgetragenen Cowboystiefeln.

Jetzt, nach der Reitstunde, saß sie in einem übergroßen Sweatshirt und Leggings da.

Stevie war die einzige Reiterin in ihrer Familie. Nicht immer konnten ihre Eltern das nötige Verständnis für ihre Pferdebegeisterung aufbringen. Doch es war Stevie gelungen, sie von ihrer aufrichtigen Liebe zum Reitsport zu überzeugen – vielleicht, weil sie nichts so ernsthaft betrieb wie die Reiterei.

Stevie hatte immer Unfug im Kopf, und nicht selten saß sie deshalb in der Klemme. Trotzdem schaffte sie es doch immer wieder, sich ungeschoren aus der Affäre zu ziehen. Dies bewunderte Lisa an Stevie besonders.

Jetzt musste Lisa einen Augenblick nachdenken, um die Anweisungen, die Max ihr während der Reitstunde zugerufen hatte, aufzählen zu können. Sie verdrehte die Augen und rief mit dunkler Stimme: „Absätze tief, Zehenspitzen nach innen, Kopf hoch." Sie machte eine

Pause, lachte, und setzte dann in noch strengerem Ton hinzu: „Rede nicht mit deinem Pferd!"

Die Freundinnen brachen in ein ausgelassenes Gelächter aus. Jeder wusste, dass Max gewisse fixe Ideen hatte, von denen er nicht abzubringen war. So vertrat er die Meinung, Pferde verstünden keine menschliche Sprache. Er erklärte seinen Reitschülern stets, dass ein Pferd zwar hin und wieder gerne den Klang einer beruhigenden Stimme hört, aber keine Worte verstehen kann. Stattdessen sollte sich der Reiter durch die „Hilfen", ausgeführt durch die Zügelhand, die Schenkel und die Peitsche, verständlich machen.

„Was hast du denn zu Pepper gesagt?", wollte Carole wissen.

„Ich habe ihn ermahnt, nicht laufend auf die Uhr zu schauen, der Unterricht würde noch eine halbe Stunde weitergehen!"

„Ich weiß, wenn Pepper keine Lust mehr hat, dann drängt er zum Stall."

Carole war von den drei Mädchen die erfahrenste Reiterin. Sie ritt schon seit frühester Jugend. Ihr Vater, ein Oberst der Marineinfanterie, war auf verschiedenen Stützpunkten stationiert gewesen, wo es meist einen Reitstall gab, zu dem auch die Angehörigen Zugang hatten.

Lisa fand Carole mit ihren schulterlangen, schwarz gelockten Haaren und ihren ausdrucksvollen braunen

Augen ausgesprochen hübsch. Sie wusste, dass Carole davon träumte, einmal einen eigenen Reitstall zu besitzen. Dort wollte sie Pferde züchten, ausbilden und reiten. Aber auch Lisa hatte sich inzwischen dem Reitsport verschrieben. Deshalb freute sie sich immer, wenn Carole ihre eigenen Beobachtungen bestätigte.

„Jedes Mal, wenn wir an der Stalltür vorüberkamen, wurde er langsamer und drehte den Kopf zur Tür – wie um mir zu sagen, dass er genug davon hatte, immer im Kreis herumzulaufen", erzählte Lisa.

„Ich habe einmal ein Pferd geritten", erinnerte sich Carole, „das hatte einen so ausgeprägten Stalldrang, dass man mit ihm bei einem Ausritt nur in die dem Stall entgegengesetzte Richtung reiten durfte. Bekam es den Kopf in Richtung Stall, hielt es nichts mehr davon ab, zurückzurennen, egal wie weit weg es war. Wir nannten es Taube, weil es wie eine Brieftaube immer auf dem schnellsten Weg nach Hause wollte!"

Die Mädchen lachten. Da klopfte es an die Tür.

Ravensburger Bücher

Wahre Pferde-Freundschaft!

Bonnie Bryant

Freundschaft ist alles & Abenteuer auf der Pferderanch

Der Sattelclub, Sammelband – Band 5 & 6

Gefühls-Chaos bei Carole: Ihr Vater hat plötzlich eine neue Freundin und dann verliebt sich auch noch ein Junge aus dem Reitstall in sie. Ein Glück, dass sie sich immer auf ihre Freundinnen Lisa und Stevie verlassen kann. Und ein besonders großes Abenteuer steht ihnen noch bevor: ein Besuch auf einer richtigen Pferderanch! Ohne Sattel durch die wilde Prärie – das ist etwas für echte Cowgirls!

ISBN 978-3-473-**54930**-6

www.ravensburger.de

Ravensburger

RTB_11_058

Ravensburger Bücher

Neue Abenteuer für den Sattelclub!

Bonnie Bryant

Lisa greift ein & Reitstall in Not

Der Sattelclub, Sammelband – Band 7 & 8

Aufregung in Pine Hollow: Aus Geldnot sollen alle Pferde verkauft werden. Schnell muss ein Plan her, um den Reitstall zu retten. Aber das ist noch nicht alles! Die Sattelclub-Mädchen dürfen ihren Reitlehrer nach New York begleiten. Im Central Park lernen Stevie, Carole und Lisa einen jungen Schauspieler kennen, dem sie für seinen neuen Film das Reiten beibringen sollen. Eine echte Herausforderung!

ISBN 978-3-473-**54931**-3
www.ravensburger.de

Ravensburger

RTB_11_059